Situada en unos Estados Unidos donde la mitad de la población ha sido silenciada, *Voz* es una historia inolvidable y llena de tensión, en la que una mujer se enfrentará a los poderes establecidos para proteger a su hija y a sí misma.

100 AL DÍA. NI UNA MÁS. Esa es la cifra de palabras que la neurolingüista Jean McClellan y el resto de mujeres tienen derecho a pronunciar cada día. Una sola palabra por encima de esa cifra y cientos de voltios de electricidad recorrerán las venas de cualquier mujer que se atreva a sobrepasarla. Ese es el mandato del nuevo gobierno. Las mujeres no pueden escribir, los libros les han sido prohibidos, sus cuentas bancarias han sido transferidas al hombre de familia y se han suprimido todos los empleos para las mujeres.

Pero cuando el hermano del presidente sufre un extraño ataque, a Jean le devuelven temporalmente el derecho a trabajar y a hablar más de 100 palabras al día, con el objetivo de que continúe investigando la cura de la afasia, un extraño trastorno de una parte del cerebro que controla el lenguaje.

Jean no tardará en descubrir que la están utilizando y que ha pasado, sin saberlo, a formar parte de un plan mucho más grande, cuya intención no es encontrar la cura de la afasia, sino inducirla. ¿El objetivo final? Quitar por completo la voz a las mujeres.

Voz

Voz

Christina Dalcher

Traducción de Ana Herrera

rocabolsillo

© 2018, Christina Dalcher

Derechos de traducción acordados por Taryn Fagerness Agency
y Sandra Bruna Agencia Literaria SL.

Primera edición en este formato: junio de 2020

© de la traducción: 2019, Ana Herrera
© de esta edición: 2020, 2019, Roca Editorial de Libros, S. L.
Av. Marquès de l'Argentera 17, pral.
08003 Barcelona
actualidad@rocaeditorial.com
www.rocabolsillo.com

Impreso por LIBERDÚPLEX, S. L. U.
Sant Llorenç d'Hortons (Barcelona)

ISBN: 978-84-17821-00-5
Código IBIC: FA; FL
Depósito legal: B. 8931-2020

RB21005

En memoria de Charlie Jones, lingüista, profesor y amigo

1

Si alguien me hubiera dicho que podía cargarme al presidente, el Movimiento Puro y a ese desgraciado e incompetente de Morgan LeBron en una sola semana, no les habría creído. Pero la verdad es que no habría discutido mucho. No habría dicho nada.

Me he convertido en una mujer de pocas palabras.

Esta noche en la cena, antes de que yo pronuncie las últimas palabras del día, Patrick toca el dispositivo plateado que llevo en torno a la muñeca izquierda. Es un toque ligero, como si compartiera mi dolor, o como si quisiera recordarme que me quede tranquila hasta que el contador se reinicie, a medianoche. Ese hecho mágico ocurrirá mientras esté dormida, y empezaré el martes con el contador a cero. El de mi hija Sonia hará exactamente lo mismo.

Mis hijos varones no llevan contadores de palabras.

Durante la cena se embarcan en el típico parloteo sobre el colegio.

Sonia también va al colegio, aunque nunca desperdicia palabras explicando cómo le ha ido el día. En la cena, mientras van comiendo el estofado sencillo que preparo de memoria, Patrick le hace preguntas sobre sus progresos en economía doméstica, forma física y un nuevo curso titulado Contabilidad Sencilla para Amas de Casa. ¿Obedece a los profesores? ¿Obtendrá buenas notas este trimestre? Sabe exactamente el tipo de preguntas que debe hacer: cerradas, que requieran solo asentir o negar con la cabeza.

Miro y escucho, y las uñas me marcan medias lunas en la carne de las palmas de las manos. Sonia asiente adecuadamente y arruga la nariz cuando los gemelos, que son pequeños y no entienden la importancia de las interrogaciones con respuesta sí/no, y las preguntas concretas, le piden a su hermana que les cuente cómo son los profesores, cómo son las clases, qué temas le gustan más. Demasiadas preguntas abiertas. Me niego a pensar que saben lo que hacen, que le están poniendo una trampa, sacándole palabras. Pero tienen once años y la edad suficiente para saberlo. Y han visto lo que pasa cuando nosotras utilizamos demasiadas palabras.

Los labios de Sonia tiemblan y mira de un hermano a otro, y la punta de su lengua rosa palpita en el borde de los dientes, o en la parte carnosa de su labio inferior, una parte que tiene vida propia y se agita. Steven, mi hijo mayor, extiende la mano y le toca la boca con el índice.

Yo podría decirles lo que quisieran saber: ahora dan clase solo los hombres. El sistema es unívoco. Los profesores hablan. Los alumnos escuchan. Me costaría dieciséis palabras.

Solo me quedan cinco.

—¿Qué tal es su vocabulario? —pregunta Patrick señalando hacia mí con la barbilla. Lo reformula—. ¿Está aprendiendo?

Me encojo de hombros. A los seis años, Sonia debería tener un ejército de diez mil lexemas, tropas individuales que se reúnen, se colocan en formación y obedecen las órdenes que emite su pequeño cerebro, todavía adaptable. «Debería» tener, si las tres habilidades básicas (lectura, escritura, números) no se hubieran reducido ahora a una: simple aritmética. Después de todo, un día mi hija tendrá que comprar y llevar una casa, ser una esposa devota y fiel. Para eso hacen falta las matemáticas, pero no la ortografía. Ni la literatura. Ni la voz.

—Tú eres la lingüista cognitiva —dice Patrick recogiendo los platos vacíos y empujando a Steven a que haga lo mismo.

—Era.

—Eres.

A pesar de llevar un año de práctica, las palabras se me escapan antes de poder contenerlas:

—Ya no.

Patrick mira el contador y ve que otros tres números han

desaparecido. Noto la presión de cada uno de ellos en mi pulso, con un tamborileo ominoso.

—Ya basta, Jean —dice.

Los chicos intercambian miradas preocupadas, esa preocupación que procede de saber lo que ocurre si el contador sobrepasa esos tres dígitos. Uno, cero, cero. Entonces es cuando digo mis dos últimas palabras del lunes. A mi hija. Ese «buenas noches» susurrado apenas se ha escapado cuando los ojos de Patrick se clavan en los míos, suplicantes.

La cojo en brazos y la llevo a la cama. Ella pesa más ahora, casi demasiado para llevarla a cuestas, y necesito usar los dos brazos.

Sonia me sonríe cuando la arropo bajo las sábanas. Como de costumbre, no puedo leerle un cuento antes de dormir, no hay Dora la exploradora, ni Winnie the Pooh, ni Peter Rabbit y sus aventuras en el huerto del señor McGregor. Es espantoso lo que ha llegado a aceptar como normal.

Le tarareo una canción sobre pajaritos y cabritas, y cada verso aparece claro y tranquilo pintado ante los ojos de mi imaginación.

Patrick mira desde la puerta. Sus hombros, que en tiempos fueron anchos y fuertes, ahora están caídos formando una V invertida; tiene la frente arrugada con una forma similar. Todo en él parece señalar hacia abajo.

2

*E*n el dormitorio, como todas las demás noches, me envuelvo en un edredón de palabras invisibles fingiendo que leo, dejando que los ojos bailen sobre imaginarias páginas de Shakespeare. Si me siento más caprichosa, mi texto preferido podría ser Dante con su italiano original, estático. Muy poco de la lengua de Dante ha cambiado a lo largo de los siglos, pero esta noche me encuentro caminando trabajosamente a través de un léxico olvidado. Me pregunto cómo sobrellevarían las mujeres italianas la nueva situación, si nuestro empeño nacional llegara a ser internacional algún día.

Quizá hablasen mucho más con las manos.

Pero la posibilidad de que nuestra enfermedad traspase los mares es escasa. Antes de que la televisión se convirtiera en un monopolio federal, antes de que nos pusieran los contadores en las muñecas, vi algunos noticiarios. Al Jazeera, la BBC, las tres cadenas italianas de la RAI y otros solían emitir programas de entrevistas. Patrick, Steven y yo los veíamos, antes de que los niños se fueran a la cama.

—¿Tenemos que hacerlo? —gruñía Steven. Estaba derrumbado en su silla habitual, con una mano hundida en el cuenco de palomitas, con la otra enviando mensajes con su teléfono.

Subí el volumen.

—No. No tenemos que hacerlo. Pero sí que podemos. —¿Quién sabía durante cuánto tiempo más podría ser cierto eso? Patrick ya estaba leyendo sobre los privilegios del cable, que pendían de un hilo muy tenue—. No todo el mundo tiene esto, Steven. —Lo que no le decía era: «Disfrútalo mientras puedas».

Aunque, claro, no había mucho que disfrutar.

En todos los programas aparecía lo mismo. Uno tras otro se reían de nosotros. Al Jazeera nos llamaba «el nuevo extremismo». Habría sonreído si no viera algo de verdad en ello. Los expertos políticos británicos meneaban la cabeza como diciendo: «Esos yanquis chiflados... ¿Qué harán ahora?». Los expertos italianos, presentados por unas chicas muy sexis, escasamente vestidas y exageradamente maquilladas, gritaban y nos señalaban y se reían.

Se reían de nosotros. Nos decían que teníamos que relajarnos, porque si no acabaríamos llevando pañuelos y faldas largas e informes. En uno de los canales italianos, un *sketch* satírico subido de tono enseñaba a dos hombres vestidos como puritanos practicando la sodomía. ¿Así es realmente como ven Estados Unidos?

No lo sé. No he vuelto a ninguno de esos países desde antes de que naciera Sonia, y ahora no tengo ninguna posibilidad de ir.

Nuestros pasaportes desaparecieron antes que nuestras palabras.

Debo precisar: desaparecieron «algunos» de nuestros pasaportes.

Averigüé ese hecho debido a una circunstancia de lo más trivial. En diciembre, me di cuenta de que los pasaportes de los gemelos y el de Steven habían expirado, y entré en una web para descargar tres formularios de renovación. Sonia, que nunca había tenido más documentación que su certificado de nacimiento y un librito de registro de vacunas, necesitaba un formulario distinto.

La renovación de los chicos fue fácil, lo mismo que había sido siempre la de Patrick y la mía. Pero cuando hice clic en el vínculo de petición de pasaportes nuevos, me llevó a una página que nunca había visto antes, un cuestionario con una sola pregunta: «¿El solicitante es hombre o mujer?».

Miré a Sonia, que jugaba con unos bloques de colores en la alfombra de mi oficina improvisada en casa, y marqué la casilla correspondiente a «mujer».

—¡Rojo! —chilló ella mirando la pantalla.

—Sí, cariño —dije yo—. Rojo. Muy bien. ¿O?

—¡Escarlata!

—Mejor aún.

Sin que se lo pidiera, ella siguió:

—¡Carmesí! ¡Cereza!

—Muy bien, cariño. Sigue así, estupendo —dije dándole unas palmaditas y arrojando otro grupo de cubos a la alfombra—. Ahora prueba con los azules.

Al mirar mi ordenador, me di cuenta de que Sonia tenía razón. La pantalla estaba toda en rojo. Rojo como la puta sangre.

> Por favor, contacte con nosotros en el número
> que se ve más abajo. O bien puede enviarnos
> un mensaje a solicitudes.estado.gob. ¡Gracias!

Probé a marcar ese número una docena de veces antes de recurrir al mensaje, y luego esperé una docena de días antes de recibir una respuesta. O una especie de respuesta. Una semana y media más tarde, un mensaje recibido en mi bandeja de entrada me indicaba que debía visitar mi centro de solicitud de pasaportes local.

—¿Puedo ayudarle, señora? —dijo el empleado cuando aparecí con el certificado de nacimiento de Sonia.

—Pues sí, si puede hacer solicitudes de pasaporte. —Introduje los documentos por la ranura que tenía la pantalla de plexiglás.

El empleado, que parecía tener diecinueve años como mucho, lo cogió y me dijo que esperase.

—Oh —dijo al volver a la ventanilla—. Necesitaré su pasaporte un momento. Solo para hacer una copia.

El pasaporte de Sonia tardaría unas semanas, me dijeron. Lo que no me dijeron es que mi pasaporte había sido anulado.

Lo averigüé mucho más tarde. Y Sonia nunca tuvo su pasaporte.

Al principio, unas pocas personas consiguieron salir. Algunas cruzaron la frontera hacia Canadá, otros salieron en barcos hacia Cuba, México y las islas. Las autoridades enseguida empezaron a establecer controles, y ya se había construido el muro que separaba el sur de California, Arizona, Nuevo México y Texas de México mismo, así que las salidas se acabaron rápidamente.

—No podemos consentir que nuestros ciudadanos, nuestras familias, nuestros padres y madres, huyan —dijo el presidente en uno de sus primeros discursos.

Creo que Patrick y yo lo habríamos conseguido, si hubiéramos estado solos. Pero con cuatro hijos, uno de los cuales no tenía todavía conocimiento para no ponerse a saltar en el asiento y chillar «¡Canadá!» a los guardias fronterizos, no había forma.

Así que no me siento con ganas esta noche, no después de pensar con qué facilidad nos tienen prisioneros en nuestro propio país, no después de que Patrick me haya cogido entre sus brazos y me haya dicho que intente no pensar demasiado en cómo eran las cosas antes.

Cómo eran antes.

Así eran las cosas, antes: nos quedábamos despiertos hasta tarde, hablando. Nos quedábamos en la cama, las mañanas de los fines de semana, posponiendo las tareas domésticas y leyendo el periódico del domingo. Íbamos a fiestas y tomábamos copas, y también salíamos a cenar, y hacíamos barbacoas en verano, con el buen tiempo. Jugábamos a las cartas… primero a espadas y al bridge; más tarde, cuando los chicos eran lo bastante mayores para distinguir un seis de un cinco, con ellos a la guerra y a la pesca.

Yo, por mi parte, tenía amigas, antes. «Noches de chicas», llamaba Patrick a mis salidas nocturnas con las amigas, pero sé que no lo decía de mala fe. Eran cosas que decían antes los hombres. Bueno, eso me digo a mí misma, al menos.

Antes teníamos clubes de lectura, charlas de café, debatíamos de política en los bares tomando unos vinos; luego, más tarde, en los sótanos, en lo que era nuestra versión de *Leer*

«Lolita» en Teherán. A Patrick no parecían importarle mis escapadas semanales, aunque a veces nos hacía bromas, antes de que no quedara nada con lo que hacer bromas. Según él, éramos las voces que no se podían acallar nunca.

Caramba con la clarividencia de Patrick.

3

*C*uando empezó todo, antes de que ninguno de nosotros pudiera sospechar lo que nos depararía el futuro, hubo una mujer en particular, una de las más escandalosas.

Se llamaba Jackie Juarez.

No quiero pensar en Jackie, pero de repente me veo un año y medio atrás, no mucho después de la investidura, sentada en el cuarto de estar con los chicos, haciéndolos callar para que no despierten con sus risas a Sonia.

—La mujer de la televisión está histérica —señala Steven cuando vuelve al cuarto de estar con tres cuencos de helado.

«Histérica.» Odio esa palabra.

—¿Cómo? —digo.

—Las mujeres están locas —continúa—. No es ninguna noticia, mamá. Ya sabes lo que se dice de las mujeres histéricas y la depresión posparto.

—¿Cómo? —vuelvo a decir—. ¿Dónde has oído eso?

—Lo he aprendido en el colegio hoy. Un tipo llamado Cooke o algo así. —Steven les tiende el postre—. Mierda. Uno de los cuencos es más pequeño. Mamá, ¿quieres el cuenco más pequeño o el más grande?

—El más pequeño. —Luchaba para mantener el peso desde mi último embarazo.

Él pone los ojos en blanco.

—Ya. Espera a que tu metabolismo llegue a los cuarenta y tantos. ¿Y cuándo habéis empezado a leer a Crooke? No creo que la *Descripción del cuerpo del hombre* haya llegado a ser lectura recomendada del instituto. —Cojo el primero de lo que parecen tres trocitos tamaño ratón de helado de chocolate «Rocky road»—. Ni siquiera para Literatura Avanzada.

—Pues prueba con Estudios Religiosos Avanzados, mamá —dice Steven—. Bueno, Cooke, Crooke, ¿qué más da?

—Una erre, chico.

Me vuelvo hacia la mujer furibunda de la tele. Ya la había visto antes, quejándose por la desigualdad salarial y el techo de cristal, imposible de romper, siempre haciendo propaganda de su último libro. Este lleva el título positivo y apocalíptico de *Nos harán callar. Lo que deberías saber sobre el patriarcado y tu voz.* En la cubierta una serie de muñecas de todo tipo, desde Kewpies a Barbies y Raggedy Ann, nos miran, con su tecnicolor rabioso, con una mordaza de bola puesta con Photoshop encima de la boca.

—Qué mal rollo —le digo a Patrick.

—Muy exagerado, ¿no te parece? —Mira un poco anhelante mi helado, que se está derritiendo—. ¿Te lo vas a comer?

Le tiendo el cuenco, sin apartar la vista del televisor. Algo en las mordazas de bola me molesta, más aún de lo que debería molestarme una bola roja sujeta a la cara de una Raggedy Ann. Son las correas, supongo. La X negra con el centro rojo sangre cruzando cada una de las caras de las muñecas. Parecen burkas torpes, borrando todos los rasgos menos los ojos. Quizá se trate de eso, precisamente.

Jackie Juarez es autora de este libro y de una docena más, todos con títulos similares, chirriantes, como *Calla y siéntate*, *Descalza y embarazada: lo que la religión quiere que seas*, y el favorito de Patrick y Steven: *El útero andante.* La imagen de la portada de este último es muy truculenta.

Ahora chilla al entrevistador, que probablemente no tendría que haber dicho la palabra «feminazi».

—¿Sabe lo que queda si quita «femi» de «feminazi»? —Jackie no espera respuesta—. Nazi. Eso es lo que queda. ¿Le gusta más así?

El entrevistador se queda desconcertado.

Jackie le ignora y dirige sus ojos cargados de rímel, sus ojos enloquecidos, hacia la cámara, de modo que parece que me está mirando a mí directamente.

—No tenéis ni idea, señoras. Ni puñetera idea. Estamos en un tobogán precario hacia la prehistoria, chicas. Pensadlo. Pensad dónde estaréis, dónde estarán vuestras hijas, cuando los tribunales echen el reloj atrás. Pensad en palabras como «permiso conyugal» y «consentimiento paterno». Pensad en despertaros una mañana y que resulte que ya no tenéis voz en nada. —Hace una pausa después de cada una de estas últimas palabras, con los dientes apretados.

Patrick me da un beso de buenas noches.

—He de levantarme tempranísimo, cariño. Tengo una reunión a la hora del desayuno con el jefazo, ya sabes dónde. Buenas noches.

—Buenas noches, cariño.

—Tendría que tomarse un calmante —dice Steven todavía mirando la pantalla. Ahora tiene una bolsa enorme de Doritos en el regazo y se los está comiendo de cinco en cinco, como para recordar que la adolescencia no está tan mal.

—¿Helado de chocolate y Doritos, hijo? —digo—. Se te llenará la cara de granos.

—El postre de los campeones, mamá. Eh, ¿podemos ver otra cosa? Esta tía es un palo, de verdad.

—Claro. —Le tiendo el mando a distancia, y Jackie Juarez se queda inmóvil, y acaba reemplazada por una reposición de *Duck Dynasty*—. ¿De verdad, Steve? —digo viendo a un hombre barbudo tras otro, vestidos de camuflaje de montaña, ponerse filosóficos sobre el estado de la política.

—Sí. Son un puto desmadre.

—Están locos. Y cuidadito con lo que dices.

—Es una broma, mamá. No hay gente así en realidad.

—¿Has estado en Luisiana alguna vez? —Le quito la bolsa de aperitivos—. Tu padre se ha comido mi helado.

—El Mardi Gras de hace dos años, mamá. Estoy empezando a preocuparme por tu memoria.

—Nueva Orleans no es Luisiana.

O quizá sí, pienso. Pensándolo bien, ¿qué diferencia hay entre un pueblucho atrasado donde aconsejan a los hombres que se casen con adolescentes y un puñado de borrachos disfrazados arrojando collares de cuentas a cualquier tía que les enseñe las tetas en St. Charles Avenue?

Probablemente no mucha.

Y aquí tenemos todo el país resumido en cinco minutos: Jackie Juarez, con su traje urbano y su maquillaje de Bobbi Brown, predicando el miedo; los montañeses de la tele, predicando el odio. O quizá al revés. Al menos, esa gente de Luisiana no me mira fijamente desde la pantalla, haciéndome acusaciones.

Steven, que ya va por la segunda lata de Coca-Cola y el segundo cuenco de helado de chocolate —aunque no lo expreso bien, porque ha pasado del cuenco y se está comiendo los restos de helado directamente del envase—, anuncia que se va a la cama.

—Mañana tengo un examen de Estudios Religiosos Avanzados.

¿Cuándo empezaron a dar clases de ERA los alumnos de segundo? ¿Por qué no le enseñan algo útil, como biología o historia? Le hago las dos preguntas.

—El curso de estudios religiosos es nuevo. Se lo ofrecen a todo el mundo, incluso a los de primero. Creo que lo van a ir integrando en el currículo normal el año que viene. El caso —dice desde la cocina— es que no nos queda tiempo para biología o historia este año.

—Pero ¿de qué va eso? ¿Teología comparativa? Supongo que eso se podría tolerar… incluso en un colegio público.

Él vuelve al salón con un bizcocho de chocolate. Su copita de antes de irse a dormir.

—Nooo. Más bien es como… no sé, filosofía de la Cristiandad. Bueno, buenas noches, mamá. Te quiero. —Me da un beso en la mejilla y desaparece en el vestíbulo.

Vuelvo a poner a Jackie Juarez.

Era mucho más guapa en persona, y resulta imposible saber si ha cogido peso desde la graduación o bien si la cámara le añade los cinco kilos de rigor. Bajo el maquillaje profesional y el peinado profesional, Jackie parece cansada, como si veinte años de ira se reflejasen en su rostro, arruga por arruga.

Mastico otro Dorito y me chupo las sustancias químicas saladas de los dedos, luego cierro la bolsa y la dejo fuera de mi alcance.

Jackie me mira con esos ojos suyos tan fríos que no han cambiado nada, acusadora.

No necesito que me acuse. No lo necesitaba hace veinte años y no lo necesito ahora, pero siempre recordaré el día que empezó todo. El día que mi amistad con Jackie empezó a hacer aguas.

—Vienes a la manifestación, ¿verdad, Jean? —Jackie estaba allí delante, sin sujetador y sin maquillaje, a la puerta de mi dormitorio, donde yo estaba despatarrada entre la mitad de la colección de neurolingüística de la biblioteca.

—No puedo. Estoy ocupada.

—Joder, Jean, esto es más importante que algún estúpido estudio sobre la afasia. ¿Y si te centras en la gente que todavía vive?

La miré, y mi cabeza se inclinó hacia la derecha, en una pregunta silenciosa.

—Vale, vale. —Levantó las manos—. Todavía viven. Lo siento. Simplemente lo que digo es que eso del Tribunal Supremo está pasando «ahora».

Jackie siempre llamaba a las situaciones políticas, elecciones, nombramientos, confirmaciones, discursos, lo que sea, «eso». Eso de los tribunales. Eso del discurso. Eso de las elecciones. Me volvía loca. Era de esperar que una sociolingüista se tomase el tiempo necesario para mejorar su vocabulario, de vez en cuando.

—Bueno —dijo—, el caso es que yo voy. Podrás darme las gracias más tarde, cuando el Senado confirme el escaño de Grace Murray en la bancada. Ahora es la única mujer, por si te interesa. —Empezó otra vez con lo de «esos misóginos gilipollas de la comisión parlamentaria de hace dos años».

—Gracias, Jackie. —No pude ocultar la sonrisa en mi voz.

Ella, sin embargo, no sonreía.

—Vale. —Aparté a un lado mi libreta y me metí el lápiz en la cola de caballo—. ¿Te importaría dejar de joderme? O sea, esa clase de neurociencia me está matando. Es el trimestre de la profesora Wu, y esta no toma prisioneros. Joe ha caído. Mark ha caído. Hannah también ha caído. Esas dos chicas de Nueva Delhi, las que siempre van por ahí del brazo y han dejado las huellas de su culo en los cubículos de la biblioteca de aquí al lado, han caído también. No es que estemos intercambiando anécdotas sobre maridos enfadados y mujeres tristes y compartiendo nuestra visión de cómo serán los mensajes que se envíen los adolescentes en el futuro, cada martes.

Jackie cogió uno de los libros de la biblioteca de mi cama y lo abrió, echando un vistazo al título.

—*Etiología del ataque en los pacientes con afasia de Wernicke*. Fascinante, Jean. —Lo tiró al edredón y aterrizó con un sordo golpe.

—Eso es.

—Bien. Pues quédate aquí, en tu pequeño laboratorio burbuja, mientras las demás vamos. —Jackie recogió el libro, escribió dos líneas en el interior de la contraportada y lo dejó caer de nuevo—. Por si encuentras un minuto de sobra para llamar a tus senadores, Chica Burbuja.

—Me gusta mi burbuja —dije—. Y es un libro de la biblioteca.

A Jackie parecía importarle una mierda, lo mismo que si acabara de dibujar unos *tags* en la piedra Rosetta con una lata de pintura en espray.

—Sí, claro, claro que sí, a ti y al resto de feministas blancas. Espero que nadie llegue y te la pinche.

Y diciendo esto salió con un montón de pancartas de colores en los brazos.

Cuando nuestro alquiler expiró, Jackie dijo que no quería renovarlo. Ella y otras chicas habían decidido mudarse a un piso en Adams Morgan.

—Me gusta mucho más el ambiente que hay allí —me dijo—. Feliz cumpleaños, por cierto. Tendrás un cuarto de siglo el año que viene. Como decía Marilyn Monroe, eso hace pensar a una chica. Pero ahora quédate tranquila. Y piensa en lo que necesitas hacer para seguir libre.

Dejó un regalo que era un surtido de objetos relacionados, un lote temático. Dentro del plástico de burbujas había un paquete de chicles, de esos con caricaturas muy feas y dentro cada chicle envuelto individualmente en papel; un envase de jabón rosa con una varita de plástico sujeta al tapón; limpiador de baño, a que no adivináis de qué marca; una botella individual de vino espumoso de California y un pack de veinticinco globos.

Aquella noche me bebí el vino espumoso directamente de la botella e hice explotar todas y cada una de las burbujas del plástico de embalaje. Lo demás fue a la basura.

No volví a hablar con Jackie nunca más. En noches como esta, desearía haberlo hecho. Quizá eso (eso de las elecciones, eso de la nominación, eso de la confirmación, eso de la orden ejecutiva) no habría resultado como resultó.

4

A veces trazo letras invisibles en mi palma. Mientras Patrick y los chicos hablan fuera con la lengua, yo hablo con los dedos. Chillo, gimo, me quejo por lo que, según palabras de Patrick, «era antes».

Así es como son las cosas ahora: tenemos una cuota de cien palabras por día. Mis libros, incluso los ejemplares antiguos de Julia Child y (qué ironía) el maltratado volumen a cuadros rojos y blancos *Mejores hogares y jardines*, que una amiga decidió que sería una bonita broma como regalo de boda, están encerrados en armarios, para que Sonia no pueda cogerlos. Eso significa que yo tampoco puedo hacerlo. Patrick lleva siempre las llaves como un peso, y a veces creo que es el peso de esa carga lo que hace que parezca mayor.

Son las cosas pequeñas lo que más echo de menos: los botes llenos de bolígrafos y lápices en los rincones de todas las habitaciones, los cuadernos de notas metidos entre los libros de cocina, la pizarra mágica para la lista de la compra, en la pared, junto al armarito de las especias. Incluso mis antiguos imanes de poesía de la nevera, aquellos que usaba Steven para componer frases absurdas medio en italiano medio en inglés, partiéndose de risa. Todo, todo, todo desaparecido. Como mi cuenta de correo.

Como todo.

Algunas de las pequeñas tonterías de la vida siguen siendo las mismas. Aún puedo conducir, ir a las tiendas de alimentación los martes y los viernes, comprarme vestidos nuevos, y también bolsos, y arreglarme el pelo una vez al mes en Iannuzzi. El corte no ha cambiado: necesito demasiadas palabras preciosas para decirle a Stefano cuánto quiero que me corte por aquí o me deje por allá. Mis lecturas por placer se limitan a los carteles que anuncian la última bebida energética, las listas de ingredientes de las botellas de kétchup, las instrucciones de lavado de las etiquetas de la ropa: «No usar lejía».

Un material fascinante, todo él.

Los domingos llevamos a los chicos al cine y compramos palomitas de maíz y refrescos, y esas cajitas pequeñas rectangulares de bombones con una imagen de grageas blancas delante, de las que se encuentran solo en los cines, nunca en las tiendas. Sonia siempre se ríe con los dibujos animados que ponen mientras la gente se va sentando. Las películas son una distracción, la única vez que oigo voces femeninas sin restricción y sin limitación. A las actrices se les da una dispensa especial, mientras están haciendo su trabajo. Sus diálogos, por supuesto, los escriben hombres.

Durante los primeros meses yo echaba un vistazo a escondidas a algún libro de vez en cuando, garabateaba una nota rápida en la parte trasera de una caja de cereales, o un cartón de huevos, escribía una nota de amor a Patrick con pintalabios en el espejo de nuestro cuarto de baño. Tenía buenos motivos, muy buenos («No pienses en ellas, Jean; no pienses en las mujeres que viste en la tienda de comestibles») para escribir las notas solo dentro de casa. Entonces Sonia apareció una mañana, vio el mensaje con pintalabios que no sabía leer, y chilló: «¡Letras! ¡Malas!».

A partir de ese momento mantuve la comunicación en mi interior. Escribía solo unas pocas palabras a Patrick por las noches, después de que los niños se fueran a la cama, y luego quemaba las notas de papel en una lata. Tal y como está Steven ahora, ni siquiera me arriesgo a eso.

Patrick y los chicos, fuera, en el porche trasero, junto a mi ventana, intercambian historias sobre la escuela, la política, las noticias, mientras los grillos cantan en la oscuridad en torno a nuestra casa. Hacen un ruido terrible, los chicos y los grillos. Ensordecedor.

Todas mis palabras rebotan en el interior de mi cabeza

mientras escucho, emergen de mi garganta en un suspiro pesado, sin sentido. Y lo único que puedo pensar entonces es en las últimas palabras que me dijo Jackie.

«Piensa en lo que necesitas hacer para seguir libre.»

Bueno, pues hacer algo más que joderlo todo habría sido bueno, para empezar.

5

*N*ada de todo esto es culpa de Patrick. Es lo que me digo a mí misma hoy.

Intentó protestar cuando la idea apareció por primera vez entre los muros cóncavos de una oficina azul, en un edificio blanco, en la avenida Pennsylvania. Sé que lo hizo. La disculpa que tiene en los ojos no se puede negar, pero hablar en defensa de lo que piensa nunca ha sido el fuerte de Patrick.

Y no fue Patrick el hombre que inundó de votos a Sam Myers antes de las últimas elecciones, el mismo hombre que prometió más votos aún la próxima vez que se presentara Myers. El hombre a quien, años atrás, a Jackie le gustaba llamar Saint Carl.

Lo único que tenía que hacer el presidente era escuchar, recibir instrucciones y firmar mierdas… un pequeño precio a cambio de ser durante ocho años el hombre más poderoso del mundo. Cuando fue elegido, sin embargo, ya no quedaba demasiado por firmar. Se habían previsto todos y cada uno de los diabólicos detalles.

En algún momento, durante ese tiempo, lo que se conocía como el Cinturón Bíblico, esa franja de estados sureños donde gobierna la religión, empezó a expandirse. Se transformó de cinturón en corsé, cubriendo casi todos los miembros del país: las democráticas utopías de California, Nueva Inglaterra, el noroeste del Pacífico, Washington, las jurisdicciones sureñas de Texas y Florida, lugares tan alejados del extremo azul del espectro que parecían intocables. Pero el corsé se convirtió en un traje completo, y al final llegó incluso hasta Hawái.

Y no lo vimos venir.

Mujeres como Jackie sí que lo vieron. Incluso encabezó una manifestación del grupo de Ateos por la Anarquía, que contaba con diez miembros, por todo el campus, chillando ridículas consignas como ¡AHORA ALABAMA, VERMONT MAÑANA! Y TU CUERPO NO ES TUYO... ¡ES UN CUERPO PURO! No le importaba una mierda que la gente se riera de ella.

—Mira, Jeanie —me dijo—. El año pasado había veintiuna mujeres en el Senado. Ahora tenemos a quince de las nuestras en ese sanctasantórum. —Levantó una mano y empezó a contar con los dedos, uno por uno—. Virginia occidental, no reelegida. Iowa, no reelegida. Dakota del Norte, no reelegida. Misuri, Minnesota y Arkansas dimitieron «por razones desconocidas». Pam, pam, pam. Del veintiuno hemos bajado al quince por ciento de representación en un momento. Y se dice que Nebraska y Wisconsin se están decantando hacia candidatos, cito, «que ponen por delante los intereses de la nación».

Antes de que pudiera detenerla, siguió enumerando las cifras del Congreso.

—Del diecinueve al diez por ciento, y solo para California, Nueva York y Florida. —Jackie hizo una pausa para asegurarse de que la escuchaba—. ¿Texas? Adiós. ¿Ohio? Adiós también. ¿Todos los estados del sur? Lo que el puto viento se llevó, eso ha sido. ¿Y crees que es por casualidad? Porque seguro que volvemos a principios de los noventa, después de las siguientes elecciones. Se cortará de nuevo la representación por la mitad, y volveremos a la edad oscura de los años setenta.

—Venga, Jacko, te estás poniendo histérica con esto.

Sus palabras me llegaron como flechas envenenadas.

—Bueno, alguien tiene que ponerse histérica.

Lo peor de todo es que Jackie estaba equivocada. No bajamos del veinte por ciento de representación femenina en el Congreso a un cinco por ciento. A lo largo de los quince años siguientes bajamos hasta el cero.

En las últimas elecciones llegamos a ese objetivo impensable, y la predicción de Jackie de que «volveríamos a principios de los noventa» parecía que se había cumplido... si nos referíamos al principio de la década de 1890. El Congreso tenía la misma diversidad que un cuenco de helado de vainilla, y las dos mujeres que todavía ostentaban algún cargo en el gobierno fueron reemplazadas rápidamente por hombres que, según las palabras de Jackie, «ponen por delante los intereses de la nación».

El Cinturón Bíblico se había extendido y aumentado hasta convertirse en una especie de cinturón de castidad de esos de hierro.

Pero se requería también un puño de hierro, un arma para imponer la ley. De nuevo, Jackie parecía clarividente.

—Espera y verás, Jeanie —dijo mientras fumábamos cigarrillos de clavo baratos en la única ventana de nuestro apartamento. Señaló las cinco filas pulcras de estudiantes que marchaban en formación cerrada—. ¿Has visto a esos chicos del Cuerpo de Capacitación de Oficiales de la Reserva?

—Sí —dije exhalando el humo por la ventana, con el ambientador a mano, por si aparecía nuestra casera—. ¿Y qué?

—El quince por ciento tienen un cierto aire baptista. El veinte por ciento, católicos, de la variedad romana. Casi otra quinta parte son cristianos no confesionales… que no sé qué narices significará eso. —Probó a hacer unos anillos de humo y los vio salir temblando por la ventana.

—¿Y qué? Aún queda una parte, ¿no? Casi la mitad son agnósticos entonces.

Jackie se echó a reír.

—¿Se te ha caído el cerebro, Jeanie? No he mencionado a los mormones ni a los metodistas ni a los luteranos ni a la Conferencia Cristiana del río Tioga.

—¿El qué del río Tioga? ¿Cuántos son?

—Uno. Creo que está en las fuerzas aéreas.

Me tocó a mí echarme a reír entonces. Me atraganté con una chupada de humo de clavo, apagué la colilla y me rocié bien con ambientador.

—Bueno, no es tan grave.

—Pues no. Pero los otros sí. Es una organización muy potente y religiosa. —Jackie se asomó a la ventana para verlos mejor—. Y son hombres casi todos. Hombres conservadores que aman a su Dios y su país —suspiró—. Y a las mujeres, no tanto.

—Eso es ridículo —dije dejando que se me acabara de quemar el otro pulmón encendiendo otro cigarrillo—. No odian a las mujeres.

—Ay, chiquilla, tienes que salir más. ¿Qué estados crees que tienen la tasa más elevada de alistamiento? Te daré una pista: no es la puta Nueva Inglaterra. Son chicos clásicos.

—¿Y qué? —La estaba exasperando, y lo sabía, pero es que no entendía el vínculo que intentaba establecer Jackie.

—Pues que son conservadores, eso es lo que te digo. Blancos, en su inmensa mayoría. Heterosexuales, en su inmensa mayoría. —Jackie apagó la colilla del cigarrillo de clavo a medio fumar, lo envolvió en una bolsa de plástico y se enfrentó a mí con los brazos cruzados—. ¿Quién crees que está más enfadado, ahora mismo? En nuestro país, quiero decir.

Pues me encogí de hombros.

—¿Los afroamericanos?

Ella hizo un ruido como de bocina, una especie de «has perdido, pero te llevarás algún bonito premio de consolación que tenemos entre bastidores», algo así.

—Vuelve a intentarlo.

—¿Los gais?

—No, hija. El típico macho blanco heterosexual. Está muy enfadado. Se siente emasculado.

—De verdad, Jacko…

—Claro que sí. —Jackie me señaló con un dedo con una uña pintada de color morado—. Espera y verás. Vamos a tener un mundo muy distinto dentro de unos años, si no hacemos algo por cambiarlo. Se extenderá el Cinturón Bíblico, no tendremos representación en el Congreso y saldrán un montón de chicos hambrientos de poder, hartos de que les digan que tienen que ser más sensibles. —Se echó a reír, una risa malvada, que sacudió todo su cuerpo—. Y no creas que todos serán hombres. También las Amas de Casa Perfectas estarán de su parte.

—¿Quiénes?

Jackie señaló mi sudadera, mi pelo enmarañado, el montón de platos de ayer en el fregadero, y finalmente su propia ropa. Era una de las creaciones de moda más interesantes que le había visto llevar desde hacía tiempo: unos leggings con estampado de cachemir, un jersey enorme de ganchillo que fue beis, pero que ahora había adoptado el color de otras diversas piezas de ropa, y unas botas moradas con tacón de aguja.

—Las Mujercitas de su Casa. Esas chicas que llevan falda y jersey a juego, y unos zapatos muy discretos, y que se gradúan en ser «señora de». ¿Crees que son como nosotras? Mal pensado.

—Vamos, Jackie… —dije.

—Espera y verás, Jeanie.

Y eso hice. Todo resultó más o menos como Jackie pensaba. Y peor aún. Pasó en muchos sectores, y de una forma tan discreta que nadie tuvo la oportunidad de cerrar filas.

Una cosa que aprendí de Jackie: no se puede protestar de lo que no ves venir.

Aprendí otras cosas también, hace un año. Aprendí lo difícil que es escribir una carta a mi congresista sin tener bolígrafos, o enviarla sin sello. Aprendí lo fácil que es para el hombre que dirige la oficina de suministros decir: «Lo siento, señora. No le puedo vender eso», o para el empleado de Correos menear la cabeza cuando alguien que no tiene un cromosoma Y pide sellos. Aprendí lo rápido que se puede cancelar una cuenta de teléfono móvil, y lo eficientes que pueden ser los jóvenes alistados para instalar cámaras.

Aprendí que en cuanto se empieza a poner en práctica un plan todo puede pasar de la noche a la mañana.

6

*P*atrick se siente juguetón esta noche, aunque yo no. O bien busca alivio al estrés de otro día más y otra semana más en el trabajo, poniendo gasolina en el coche y pagando las facturas de dentista de los niños. Ni siquiera un empleo de alto nivel en el gobierno parece bastar, ahora que yo ya no trabajo.

Las luces del porche están apagadas, los chicos han caído rendidos en sus camas, y Patrick ha caído en la nuestra.

—Te quiero, cariño —dice. Sus manos vagabundas me dicen que no está dispuesto a dormir ahora mismo. Y ha pasado ya un cierto tiempo. Unos cuantos meses, me parece. Quizá más.

Así que nos ponemos a hacerlo.

Yo no hablaba nunca demasiado, cuando hacíamos el amor. Las palabras me parecían siempre torpes, interrupciones del ritmo natural, del acoplamiento básico. Y desde luego no me gustaban nada las estúpidas y repetitivas frases del porno: «Métemela toda. Ya voy. Más fuerte. Oh, dale, dale, dale…». Tienen su papel en el flirteo casero o en las bromas picantes con las amigas, pero en la cama, no. Con Patrick, no.

Pero sí que hablábamos. Antes y después. Y durante. Un «te quiero», con sus tres sílabas que contienen una oclusiva sorda linguo-dental y otra linguo-velar, un diptongo creciente y una «r» vibrante linguo-alveolar, una consonante tan suave y tan apropiada para la ocasión. Nuestros nombres susurrados, Patrick, Jean.

Esta noche, con los niños en la cama y Patrick en mi interior, su respiración regular muy cerca y muy fuerte en mi oído, con los ojos cerrados al resplandor de la luna reflejada en el espejo del tocador, considero lo que habría preferido. ¿Sería más feliz si él compartiera mi silencio? ¿Sería más fácil? ¿O necesito las palabras de mi marido para llenar el vacío que hay en la habitación y en mi interior?

Él se detiene.

—¿Qué pasa, cariño? —Hay preocupación en su voz, pero me parece notar también algo distinto, un tono que nunca había oído en él. Parece compasión.

Me incorporo, pongo las dos manos una a cada lado de su cara, y atraigo su boca hacia la mía. En el beso hablo con él, le doy seguridad, le explico que todas las pequeñas cosas van a ir bien. Es mentira, pero una mentira adecuada para el momento, y él no vuelve a decir nada.

Esta noche que todo esté tranquilo. Silencio absoluto. Vacío.

Ahora estoy en dos sitios a la vez. Aquí, debajo de Patrick, con su peso suspendido encima de mi piel, parte de él, y sin embargo aparte. Estoy en mi otro yo, trasteando con los botones de mi vestido del baile de graduación, en el asiento trasero del Grand National de Jimmy Reed, un coche hecho exclusivamente para el sexo. Jadeo y me río, borracha por el ponche al que han echado alcohol a escondidas, mientras Jimmy me toca y me magrea. Luego estoy cantando en el Glee Club, animando a nuestro equipo de fútbol sin estrellas, pronunciando el discurso de despedida en la graduación de la universidad, gritando obscenidades a Patrick cuando él me dice que empuje y jadee «una vez más, cariño», antes de que salga la cabeza del bebé. Estoy en una casita alquilada, hace dos meses, echada bajo el cuerpo de un hombre a quien deseo desesperadamente volver a ver, un hombre cuyas manos todavía noto recorriendo toda mi carne.

«Lorenzo», suspiro dentro de mi cabeza, y aparto a un lado las tres deliciosas sílabas, antes de que me hagan demasiado daño.

Todo mi ser se está alejando cada vez más y más.

En momentos como este, pienso en las otras mujeres. En la doctora Claudia, por ejemplo. Una vez, en su despacho, le pregunté si las ginecólogas disfrutan del sexo más que las demás o si se distraen con la naturaleza clínica del acto. No sé si se echan y piensan: «Ah, ahora mi vagina se está dilatando y alargando, el clítoris se retrae en su capucha, ahora el primer tercio (pero solo el primer tercio) de las paredes de mi vagina se contraen al ritmo de una pulsación cada ocho décimas de segundo…».

La doctora Claudia retiró el espéculo con un suave movimiento y dijo:

—En realidad, cuando empecé a asistir a la facultad de medicina, eso era exactamente lo que hacía. No podía evitarlo. Gracias a Dios, mi pareja era otro estudiante de medicina, porque si no, se habría subido la cremallera y me habría dejado allí tirada riéndome histéricamente debajo de las sábanas. —Me dio unos golpecitos en la rodilla y me bajó un pie, luego el otro, de los estribos cubiertos de tejido rosa—. Ahora, sencillamente, lo disfruto. Como todo el mundo.

Mientras pienso en la doctora Claudia y su brillante espéculo de acero, Patrick tiene un orgasmo y se derrumba encima de mí, besándome las orejas y la garganta.

Me pregunto qué harán las demás mujeres. Cómo lo sobrellevarán. ¿Encontrarán todavía algo con lo que poder disfrutar? ¿Amarán a sus maridos de la misma manera? ¿Los odiarán un poquito solamente?

7

*L*a primera vez que ella chilla, creo que estoy soñando. Patrick ronca a mi lado; siempre ha dormido pesadamente, y su apretada agenda del mes pasado le ha dejado molido. Así que ronca, ronca y ronca.

Mi empatía ya ha expirado. Que trabajen doce horas al día para compensar el bajón inevitable de cancelar casi la mitad de la fuerza de trabajo. Que acaben enterrados en papeleo y estupideces administrativas, y que vuelvan cojeando a casa, duerman derrengados y vuelvan a levantarse y se vayan otra vez. ¿Qué narices esperaban?

No es culpa de Patrick. Lo sé en lo más profundo de mi corazón y de mi cabeza. Con cuatro hijos, necesitamos los ingresos que aporta su trabajo. Pero, aun así, no me queda empatía alguna por él.

Ella chilla de nuevo, no un grito sin palabras, sino una catarata de palabras que hielan la sangre.

—¡Mamá, no dejes que me coja no dejes que me coja no dejes que me coja no dejes que me coja…!

Salgo de la cama entre un revoltijo de sábanas y edredones, con el camisón enredado en las piernas. Me doy un golpe en la espinilla con la dura esquina de la mesita de noche, un blanco perfecto en el hueso. Sangrará, dejará una cicatriz, pero no pienso en eso. Pienso en la cicatriz que llevaré si no llego a la habitación de Sonia a tiempo para tranquilizarla.

Las palabras continúan fluyendo, volando por el pasillo hacia mí como dardos envenenados procedentes de un millón de cerbatanas hostiles. Cada una de ellas pincha, cada una de ellas perfora mi piel, antes dura, con la precisión del escalpelo de un cirujano, yendo directamente a mis tripas. ¿Cuántas palabras habrá dicho? ¿Cincuenta? ¿Sesenta? ¿Más?

Más.

Ay, Dios mío.

Ahora Patrick ya está despierto, pálido y con los ojos muy abiertos, el vivo retrato de algún héroe de la pantalla aterrorizado al descubrir el monstruo en el armario. Oigo sus pasos rápidos detrás de mí, al compás del repiqueteo de la sangre que pulsa por mis venas, le oigo chillar: «¡Corre, Jean, corre!», pero no me vuelvo. Las puertas se abren al pasar yo por ellas a toda velocidad, primero la de Steve, luego la de los gemelos. Alguien (quizá Patrick, quizá yo) da al interruptor de la luz al pasar, y veo tres caras borrosas, pálidas como fantasmas, por el rabillo del ojo. Desde luego, la habitación de Sonia tiene que ser la que está más lejos de la mía.

—¡Mamá, por favor, no dejes que me coja no dejes que me coja no dejes que…

Sam y Leo se echan a llorar. Durante el más breve de los instantes registro un solo pensamiento: «Mala madre». Mis niños tienen problemas y yo paso de largo de ellos, sin preocuparme, ausente. Ya me preocuparé después por ese problema, si estoy en condiciones de preocuparme por algo.

Dos pasos en la pequeña habitación de Sonia, salto hacia su cama, buscando su boca con una mano, apretándola con fuerza. Mi mano libre busca bajo sus sábanas el duro metal del contador de muñeca.

Sonia se queja, apretada bajo mi palma, y yo miro el reloj de la mesilla de soslayo. Son las once treinta.

No me quedan palabras hasta dentro de media hora.

«Patrick…», pronuncio sin hablar, cuando él enciende la luz del techo. Cuatro pares de ojos miran la escena en la cama de Sonia. Debe de parecer violencia, una escultura grotesca: mi hija retorciéndose, con el camisón empapado de sudor; yo, echada encima de ella, ahogando sus gritos y sujetándola contra el colchón. Qué horrible cuadro debemos de formar. Infanticidio puro.

Mi contador brilla con el número 100 por encima de la boca

de Sonia. Me vuelvo hacia Patrick, suplicándole en silencio, sabiendo que si hablo, si el led marca el 101, ella compartirá la inevitable conmoción.

Patrick se une a mí en la cama, quita mi mano de la boca de Sonia, la reemplaza con la suya.

—Shh, pequeña… Papá está aquí. Papá no dejará que te pase nada.

Sam, Leo y Steve entran en la habitación. Luchan por ocupar posiciones y de repente ya no queda espacio para mí. «Mala madre» se convierte en «madre inútil», dos palabras que rebotan en mi cabeza como pelotas de ping-pong. Gracias, Patrick. Gracias, chicos.

No los odio. Me digo a mí misma que no los odio.

Pero a veces sí.

Odio que los machos de mi familia le digan a Sonia lo guapa que es. Odio que sean los que la consuelan, cuando se cae de la bicicleta, que se inventen historias para contarle sobre princesas y sirenas. Odio tener que mirar y escuchar.

Me cuesta una barbaridad recordar que no han sido ellos los que me han hecho esto.

Joder.

Sonia se ha tranquilizado ya, el peligro inmediato ha pasado. Pero observo, mientras salgo de su habitación, que sus hermanos procuran no tocarla. Solo por si le da otro ataque.

En la esquina del salón tenemos el bar, un carrito de madera muy recia con su surtido de botellas con líquido anestésico. Vodka y ginebra transparentes, whisky y bourbon color caramelo, un poquito de líquido color cobalto en la botella de curaçao que compramos hace años para un pícnic de tema polinesio. Metida en el fondo está lo que busco: la grappa, también conocida como quitapenas italiano. La saco, junto con una copita pequeña, y me llevo las dos cosas al porche posterior, y espero a que el reloj dé la medianoche.

Ya no suelo beber mucho, la verdad. Es demasiado deprimente tomarte un gin-tonic helado y pensar en las tardes de verano, cuando Patrick y yo nos sentábamos hombro con hombro en el balcón de nuestro primer apartamento, pequeño como un sello de correos, hablando de mis becas de investigación y artículos publicados y de la cantidad enorme de horas que tenía que hacer él como residente del Hospital Universitario de Georgetown. También me da miedo emborracharme, miedo de coger demasiado valor alcohólico y olvidarme de las normas. O desobedecerlas abiertamente.

El primer sorbo de grappa baja como el fuego; el segundo es más suave, paliativo. Voy por el tercero cuando el reloj anuncia que el día de hoy ha terminado, y un sordo sonido en mi muñeca izquierda me da otras cien palabras.

¿Qué haré con ellas?

Vuelvo a entrar por la puerta de pantalla, paso por la alfombra del salón, vuelvo a dejar la botella en el bar. Sonia está sentada cuando entro en su habitación, con un vaso de leche en la mano, sostenida por la mano de Patrick. Los chicos han vuelto a sus camas, y yo me siento al lado de mi marido.

—Todo va bien, cariño. Mamá está aquí.

Sonia me sonríe.

Pero las cosas no ocurren así.

Me llevo mi copa afuera, al césped, más allá de las rosas que la señora Ray eligió y plantó con cuidado, fuera, hacia el oscuro y fragante trozo de césped donde florecen las lilas. Dicen que se supone que tienes que hablarles a las plantas para que estén más sanas. Es cierto, mi jardín está moribundo. Esta noche, sin embargo, me importan una mierda las lilas, las rosas y todo lo demás. Mi estado mental es totalmente distinto.

—¡Hijos de puta! —chillo. Una y otra vez.

Se enciende una luz en la casa de los King, y las persianas verticales tiemblan y se separan. Me importa una mierda. No me importa si despierto a toda la urbanización, si me oyen incluso en Capitol Hill. Chillo, chillo y chillo hasta quedarme ronca. Luego doy otro trago de la botella de grappa, que me salpica en el camisón.

—¡Jean! —La voz viene de detrás de mí, seguida por un portazo—. ¡Jean!

—¡Vete a la mierda! —digo—. O sigo hablando.

De repente, ya no me importa la conmoción ni el dolor. Si

puedo chillar mientras pasa, mantener viva la ira, ahogar la sensación con alcohol y palabras, ¿continuará fluyendo la electricidad? ¿Me dejará fuera de combate?

Probablemente no. No nos matan por el mismo motivo que no condenan los abortos. Nos hemos convertido en un mal necesario, en objetos a los que follarse y no escuchar.

Es Patrick quien chilla ahora.

—¡Jean! Cariño, para. Por favor, para.

Se enciende otra luz en la casa de los King. Se oye el chirrido al abrirse una puerta. Pasos.

—¿Qué demonios está pasando ahí, McClellan? Intentamos dormir. —Es el marido, claro. Evan. Olivia sigue atisbando por las ventanas a través de las persianas mi actuación de medianoche.

—Que te jodan, Evan —digo.

Evan anuncia que va a llamar a la policía, aunque no de una manera tan educada, claro. Entonces la luz de la ventana de Olivia se apaga.

Oigo gritos, algunos míos, y luego Patrick se me echa encima, apretándome contra la hierba húmeda, rogándome, engatusándome, y noto las lágrimas en sus labios cuando me besa para que me tranquilice. Mi primera idea es si enseñaron a los hombres esas técnicas, si les entregaron panfletos a los maridos y a los hijos, a los padres y a los hermanos, cuando nos pusieron a todas esas brillantes pulseras de acero. Entonces decido que no creo que a ellos les importásemos tanto.

—Déjame. —Estoy en la hierba, con el camisón pegado al cuerpo como una piel de serpiente. Entonces me doy cuenta de que siseo.

También me doy cuenta de que las pulsaciones están muy juntas.

Patrick me coge la muñeca izquierda, comprueba el número.

—Te has quedado a cero, Jean.

Intento arrancar mi brazo de su presa, un acto tan vacío de esperanza como mi corazón. La hierba sabe amarga en mi boca, hasta que me doy cuenta de que estoy masticando un puñado de tierra. Sé lo que está haciendo Patrick, sé que está concentrado en absorber el golpe conmigo.

De modo que me quedo en silencio y dejo que me acompañe dentro mientras los gemidos de las sirenas se hacen más fuertes.

Patrick puede hablar con ellos. A mí no me queda ninguna palabra.

8

*I*diota, idiota, idiota.

La mirada inexpresiva de Sonia cuando la acompaño bajo la lluvia a la parada del autobús es el peor reproche, mi castigo por mi diatriba empapada en grappa de anoche, en el jardín. Ciertamente, peor que tal o cual policía aleccionándome sobre los disturbios que causé en la paz del vecindario.

Es la primera vez que no le he dicho que la quiero antes de enviarla al colegio. Le mando un beso con los dedos, y de inmediato lo lamento, porque ella también se lleva la diminuta mano a los labios y me lo devuelve.

El ojo negro de una cámara me mira desde la puerta del autobús.

Ahora las cámaras están por todas partes. En los supermercados y en los colegios, en los salones de belleza y en los restaurantes, esperando captar algún gesto que se pueda interpretar como lenguaje de signos, aun la más rudimentaria forma de comunicación no verbal.

Porque después de todo, la mierda que nos ha caído encima no tiene nada que ver con hablar.

Creo que fue un mes después de los contadores de muñeca, cuando ocurrió aquello. En la sección de productos alimenticios de Safeway, precisamente. No conocía a aquellas mujeres, pero las había visto comprar antes. Como todas las madres recientes del barrio, viajaban en parejas o en grupo, haciendo recados sincronizadamente, dispuestas a echarse una mano si uno de los bebés tenía una rabieta en el pasillo de la caja. Esas dos, sin embargo, iban muy juntas, demasiado juntas. Ir tan juntas, ahora lo comprendo, era el problema.

Se le pueden quitar muchas cosas a una persona: dinero, trabajo, estímulos intelectuales, lo que sea. Incluso se le pueden quitar las palabras, pero no se cambia su esencia.

Sin embargo, si se le quita la camaradería, ya estamos hablando de algo totalmente distinto.

Vi a esas mujeres que por turno vigilaban cada una el bebé de la otra, y se señalaban al corazón y a las sienes, con un argot silencioso. Las vi hablar por señas junto a una pirámide de naranjas, riéndose cuando confundieron una de las letras, porque probablemente no habían utilizado la lengua de signos desde sexto, cuando se pasaban mensajes sobre Kevin, Tommy o Carlo. Las vi mirar horrorizadas a los tres hombres de uniforme que se acercaban, vi que la pirámide de naranjas cayó, cuando las mujeres intentaron resistirse, y vi que las sacaban por las puertas automáticas, a ellas y a sus niñas, cada una de las cuatro con una pulsera de metal en la muñeca.

No he preguntado por ellas después, claro está. Pero no tengo que hacerlo. Nunca he vuelto a ver a esas mujeres ni a sus niñas.

—Adiós —dice Sonia, y se sube de un salto al autobús.

Yo salgo por la puerta, sacudo el paraguas en el porche y lo pongo a secar. El buzón cerrado con su boca silenciosa como una rendija parece hacerme muecas. «¿Ves lo que has hecho, Jean?»

La furgoneta de nuestro cartero se detiene en la esquina y sale él, envuelto en uno de esos impermeables de plástico que llevan los de correos para el tiempo inclemente. Parece que lleve un condón gigante.

Mi amiga Ann Marie y yo solíamos reírnos de los carteros los días de lluvia, y burlarnos de sus pantalones cortos y los absurdos salacots en verano y los chanclos con los que chapoteaban en el fango en los meses de invierno. Sobre todo, nos reíamos de los impermeables de plástico porque nos recordaban los atuendos que llevaban las ancianitas. Y que todavía llevan. Algunas cosas no han cambiado. Pero, claro, ya no tenemos mujeres repartiendo el correo. Supongo que es un cambio enorme.

—Buenos días, señora McClellan —dice él chapoteando por el camino en torno a la casa—. Mucho correo hoy.

Casi nunca veo a nuestro cartero. Tiene la habilidad de venir cuando estoy fuera de casa, haciendo recados, o dentro, tomando una ducha. Ocasionalmente, si estoy en la cocina, oigo el sordo golpe metálico de la tapa del buzón, mientras me tomo mi segunda taza de café. Me pregunto si calcula el momento.

Le respondo con una sonrisa y levanto la mano, solo para ver qué hará.

—Lo siento, señora. Tengo que dejar el correo en el buzón. Las normas, ya sabe.

Tienen esa norma nueva, excepto si Patrick está por aquí el sábado por la mañana. Entonces nuestro cartero, siempre tan cumplidor de las normas, le pone las cartas en la mano. Le ahorra a mi marido la molestia de tener que ir a por la llave, supongo.

Contemplo el buzón que se traga una cantidad de sobres y cierra luego la boca.

—Que tenga un bonito día, señora McClellan. Si es posible, con este tiempo.

La respuesta automática se me queda atascada en la garganta, a solo unos segundos de pronunciarla.

Y entonces ocurre: veo que parpadea tres veces, cada una de ellas puntuada por una pausa absurdamente larga, como un batir de pestañas mecánico.

—Tengo esposa, ¿sabe? Y tres hijas. —Esto último lo dice en un susurro (¿cómo se llama? ¿El señor Powell, el señor Ramsey? ¿El señor Banachee? Me llena de vergüenza no conocer el nombre de este hombre que visita nuestra casa seis días a la semana).

Lo vuelve a hacer, ese movimiento con los ojos, no sin antes buscar por encima de mi hombro la cámara del porche y alinearse de tal manera que yo tape su lente. ¿Soy el sol, quizá, o tal vez la luna? Probablemente Plutón, ese planeta no-planeta.

Y le reconozco entonces. Mi cartero es el hijo de la mujer

que tendría que haber sido el primer ser humano en recibir la inyección del suero antiafasia, Delilah Ray. No me extraña que estuviera tan preocupado el año pasado por mis tarifas, que habrían ascendido exactamente a cero si hubiéramos alcanzado la fase de pruebas de mi suero Wernicke X-5; no creo que gane mucho como empleado postal.

Me gustaba aquel hombre. Se le veía sensible, cuando trajo a Delilah Ray a verme, y tenía también una sensación de maravilla infantil por la poción mágica que propuse inyectarle en el cerebro. Las familias de los otros pacientes se quedaban atemorizadas, pero aquel hombre fue la única persona que lloró cuando le conté mis proyecciones, le expliqué que si la prueba iba bien, la señora podría decir sus primeras palabras coherentes después de un año de confusión lingüística, tras el derrame. A ojos de aquel hombre yo no era simplemente otra científica o terapeuta del habla más, en una larga fila de diagnosticadores y hacedores de buenas obras. Era una diosa que podía devolver las voces perdidas.

Era.

Ahora me mira interrogante, expectante, de modo que hago la única cosa que puedo: levanto la mano izquierda hasta la cara, enseñándole el contador.

—Lo siento —dice él.

Antes de irse del porche y caminar pesadamente hacia su camioneta de reparto, cierro y abro los ojos tres veces, igual que él.

—Ya hablaremos en otra ocasión —dice él. Es solo un susurro. Y luego se va.

A mi derecha se cierra una puerta, y con un sonido metálico su hoja de aluminio da dos golpes en el marco. Olivia King, escondida bajo un paraguas con dibujos de cachemir, sale del refugio de su porche. El pañuelo que lleva en la cabeza es de seda o poliéster rosa, liso. Parece una abuela, aunque Olivia es al menos una década más joven que yo. Comprueba el cielo, saca una mano y cierra el paraguas.

No se quita el pañuelo, sale del porche y se introduce en el asiento delantero del coche. Las mañanas entre semana son las únicas veces que Olivia conduce; si la iglesia estuviera más cerca, iría andando.

En ese momento Olivia me parece pequeña, casi encogida, un ratón doméstico escabulléndose de un refugio a otro, temeroso de lo que podría esperarle a lo largo de su trayectoria. Es lo que Jackie habría llamado una crédula, contenta con su lugar en la jerarquía: Dios, el hombre, la mujer. Si le hubieran dado veneno diciendo que era por su bien, Olivia se lo habría bebido, hasta la última gota.

Mi propio repertorio de doctrina religiosa es una mierda, y así es como me gusta. Pero cuando Steven llegó a casa por primera vez con sus lecturas para el curso de clases avanzadas, un título que sonaba bastante inocente, *Fundamentos de filosofía del cristianismo moderno*, escrito en la tapa, con unas inocuas letras azules sobre fondo blanco, hojeé aquel libro después de comer.

—Qué horror, ¿verdad? —dijo Steven en su segundo viaje a los armarios de aperitivos de la cocina.

—¿Van a hacer obligatorio esto el año que viene? Eso fue lo que dijiste, ¿verdad? —pregunté.

Mis ojos no se apartaban de la página, de un capítulo titulado «En busca de un orden natural en la familia moderna». El capítulo, como todos los demás, estaba precedido por una cita bíblica; esta, de Corintios, informaba al lector de que «La cabeza de todo hombre es Cristo, la cabeza de la mujer es el hombre, y la cabeza de Cristo es Dios».

Fantástico.

Más adelante, el capítulo veintisiete empezaba con este bonito fragmento del libro de Tito: «Sed profesores de cosas buenas; enseñad a las mujeres jóvenes a ser sobrias, a amar a sus maridos, a amar a sus hijos, a ser discretas, castas, cuidadosas en el hogar, obedientes de sus maridos». En esencia, el texto era una especie de llamada a las armas, un intento de apelar a las generaciones de mujeres mayores.

Había capítulos sobre el feminismo y su insidiosa deconstrucción de los valores judeocristianos (así como de la virilidad), consejos para los hombres sobre su papel como maridos y padres, guía para los niños, para que respetasen a sus mayores. Cada página proclamaba a gritos un fundamentalismo ultraderechista.

Cerré el libro de golpe.

—Dime que esta no es la única lectura que se os pide.

—Ese libro, sí —dijo Steven después de haber vaciado un vaso enorme de leche y habérselo vuelto a llenar a medias.

—Pero ¿en qué consiste esta clase, entonces? ¿En poner de manifiesto los riesgos del cristianismo conservador?

Él me miró sin entender nada, como si le estuviera haciendo la pregunta en chino.

—No sé. La profe es maja. Y dice algunas cosas que no están mal. Ya sabes, como lo duro que es para los niños cuando trabajan los dos, el padre y la madre, y que hemos llegado a un punto en que la gente se ha olvidado de las cosas sencillas.

Volví a meter la leche en el frigorífico.

—¿Y si dejas una poca para el desayuno de tus hermanos? ¿Y qué cosas sencillas son esas? —En mi cabeza se proyectaba una serie de diapositivas: mujeres cuidando el jardín, mujeres preparando melocotones en conserva, mujeres bordando almohadas a la luz de una vela. Los *shakers*, creyentes en el dualismo de Dios como hombre y mujer y detractores del matrimonio, apartados por completo de la existencia.

—Bueno, pues cosas como cuidar las plantas, cocinar y cosas de esas. En lugar de ir por ahí haciendo trabajos absurdos.

—¿Piensas que debería cuidar más las plantas y cocinar más? ¿Crees que el trabajo que yo hago es menos importante que… no sé… las manualidades?

—No, tú no, mamá. Otras mujeres, esas que solo quieren salir de casa para tener una identidad. —Cogió el libro y me besó para desearme buenas noches—. Bueno, de todos modos solo es una estúpida clase.

—Ojalá pudieras dejarla —digo.

—Ni hablar, imposible. Necesito los créditos de las clases avanzadas para la universidad.

—¿Por qué? ¿Para poder especializarte en pensamiento cristiano moderno?

—No. Para poder entrar en la universidad.

Y así fue como lo hicieron. Introduciéndose subrepticia-
mente en un curso por aquí, un club por allá. Cualquier cosa
que atrajera a los niños con promesas de aumentar su compe-
titividad.

Una cosa muy sencilla, en realidad.

9

*L*a mujer del presidente está junto a él en pantalla, unos pocos pasos por detrás y a su derecha, con el pelo rubio cubierto por un delicado pañuelo color malva que hace juego con su vestido y sus ojos.

No sé por qué he puesto la televisión. Cuando me he recalentado el café, la lluvia ha empezado a caer con fuerza, un ritmo húmedo de nuevo, de modo que no me apetece mucho salir. Y además es más seguro estar dentro de casa, para mí. No hay tentaciones.

La primera dama es muy bella. Casi una reencarnación de Jackie O, pero con el pelo rubio y los ojos azules. La recuerdo antes de casarse, cuando decoraba las páginas de *Vogue* y *Elle*, casi siempre haciendo de modelo para trajes de baño o ropa interior muy escotados y ajustados, sonriendo desde las revistas como si dijera: «Adelante, tócame».

Ahora, viéndola de pie muy serena detrás de su marido, me sorprende enormemente el cambio. Una metamorfosis, en realidad. Parece más baja, pero quizá sea por el calzado que elige. El presidente no es muy alto, y se supone que hay un tema estético en todo el asunto, como si el fotógrafo hubiera decidido igualar sus cuerpos, suavizando los salientes y los entrantes de sus sujetos.

¿A quién quiero engañar?

Ella ya no sonríe nunca, nunca lleva nada que quede a menos de diez centímetros por debajo de las rodillas, ni un escote que baje más del final de la concavidad de su garganta, esa cuyo nombre no recuerdo nunca. ¿Hueco esternal? Lleva siempre manga larga, tres cuartos como mínimo, como hoy, y el contador de su muñeca izquierda hace juego exactamente con su vestido. Parece una pieza de joyería antigua, un regalo de alguna bisabuela.

La primera dama se supone que debe ser nuestro modelo, una mujer pura, siempre al lado de su marido en todas las cosas y en todo momento.

Por supuesto, ella está a su lado solo durante los actos públicos. Cuando las cámaras se apagan y los micrófonos se quedan mudos, un trío de agentes armados del Servicio Secreto escolta rápidamente hasta su hogar a Anna Myers, nacida Johansson. Esto no se filma nunca, pero Patrick ha asistido a más de una de las apariciones del presidente.

Los tres hombres están con ella día y noche.

En otros tiempos, esta supervisión constante de la primera dama habría sido aceptada como una rutina de seguridad para su protección. Sin embargo, la verdad está en los ojos azules de Anna Myers, que tienen el aspecto vacuo y sin brillo de una mujer que ahora ve el mundo solo en gris.

Había una chica en mi residencia de estudiantes, cinco puertas a la izquierda, que tenía los mismos ojos que Anna. Parecía que los músculos en torno a ellos nunca se movían, nunca se contraían y se estiraban para acompañar la sonrisa que esbozaba cuando le preguntabas si estaba bien, si se encontraba mejor aquella mañana, si quería hablar. Recuerdo cuando encontraron su cuerpo, con los ojos abiertos y apagados, como pozos en medio de la campiña o como charcos de café derramado. Si quieres saber lo que es la depresión, solo tienes que mirar a una persona deprimida a los ojos.

Es extraño que recuerde la muerte de esa chica, pero no su nombre.

Anna Myers vive en una prisión con jardines llenos de rosas y cuartos de baño de mármol y sábanas de dos mil hilos en la cama. Patrick me habló de ella, después de una de sus visitas como favor al presidente Myers. Me explicó que los hombres del Servicio Secreto comprobaban el baño de Anna dos veces al día, que buscaban en su cama objetos que hubieran podido pasarse de contrabando desde la cocina sin ser vistos, que eran ellos los que guardaban los medicamentos que le habían recetado y le iban dando las pastillas una a una. No había botellas de licor en casa de Anna, ni cerraduras en las puertas, excepto en los armarios de almacenamiento donde se encontraban los suministros domésticos. Nada en su casa estaba hecho de cristal.

Cambio de canal.

Todavía tenemos cable, más de cien canales para elegir de deportes, jardinería, cocina, restauración doméstica, dibujos animados para los niños, algunas películas. Todas las películas son aptas para menores: nada de terror, algunas comedias ligeras, esos episodios épicos de cuatro horas sobre Moisés y Jesús. Luego están los otros canales, pero están protegidos por una contraseña, y solo los pueden ver el cabeza de familia y los varones de más de dieciocho años. No hace falta mucha imaginación para comprender qué tipo de espectáculos ofrecen esos canales.

Hoy elijo el golf: puro aburrimiento con un palo de metal y una pelota.

Cuando el café se me ha quedado frío y el jugador principal llega al hoyo dieciocho, suena el timbre de la puerta. Es algo que no suele ocurrir durante el día. Quiero decir que, ¿para qué? Las únicas personas que no están trabajando ahora mismo son las mujeres, y ¿qué iban a hacer aquí? ¿Sentarse en silencio y mirar el golf?

La compañía no hace más que atraer la atención hacia lo que ya no tenemos.

Me doy cuenta de que voy en albornoz cuando abro la puerta y me encuentro con Olivia, con el pañuelo rosa atado muy tirante en torno a la cabeza, sin que asome ni un solo mechón de pelo.

Ella me echa un vistazo lento, desaprobatorio, desde el cuello a los pies, y me tiende un saquito casi vacío de azúcar y una taza medidora.

Asiento. Si no estuviera lloviendo todavía, la haría esperar en el porche mientras me llevaba la taza a la cocina y le echaba el azúcar. Por el contrario, le hago señas de que entre para que no se siga mojando.

Olivia me sigue hasta la cocina y la pila de platos sucios del desayuno recibe el mismo fruncimiento de ceño que mi albornoz en la puerta principal. Me gustaría darle una bofetada, o al menos decirle lo que pienso de su actitud mojigata. Cuando le quito la taza medidora de las manos, ella me coge la muñeca. Las manos de Olivia están frías, húmedas por la lluvia.

Espero algún sonido, algún pequeño «hum» con aires de superioridad moral, pero ella no dice nada, solo mira mi contador, parpadeando sin cesar con el número de tres dígitos.

Ahora sonríe, y la sonrisa me trae el recuerdo de otro día, una llamada inesperada al timbre, otra petición de un poco de azúcar o de algo de leche o un huevo.

—¿Puedo sentarme un momento? —dijo Olivia hace dos años, sin esperar el sí, y plantó su enorme culo en el sofá del salón. Yo había dejado la televisión puesta, sintonizada en algún programa de entrevistas, mientras repasaba los libros azules para el examen final. Jackie Juarez estaba cara a cara con tres mujeres, cada una de ellas vestida como un híbrido entre Donna Reed y una esposa de astronauta de la era del Apolo.

—Ah, qué te parece esa mujer —dijo. No era una pregunta.

—¿Quién? —pregunté levantando el recipiente de leche Rubbermaid.

—La del traje rojo. La que parece el demonio.

Jackie estaba un poco pasada de vueltas, incluso para ser Jackie. El rojo destacaba como una llaga supurante entre las otras tres mujeres, sosas y apagadas, con sus conjuntos color pastel. Cada una llevaba una sarta de perlas, muy corta y pegada al cuello, de modo que parecía un adorno del vestido; el colgante enorme que llevaba Jackie (un búho) colgaba entre sus pechos, levantados por el milagro de la ropa interior moderna con relleno.

—La conozco —dije—. Bueno, de hace tiempo. Fuimos juntas a la universidad.

—A la universidad —repitió Olivia—. ¿Qué estudió?

—Sociolingüística.

Olivia bufó, pero no me pidió que explicara nada, y se volvió hacia el cuarteto de mujeres y el moderador.

Como de costumbre, Jackie protestaba.

—¿De verdad piensan que las mujeres deben obedecer a sus maridos? ¿En el siglo veintiuno?

La mujer que estaba a su derecha, la del jersey color azul celeste, sonrió. Era la misma sonrisa que una profesora de párvulos aturullada podía dedicar a un niño a quien le da una rabieta, una sonrisa llena de compasión y de comprensión. «Ya lo superarás —venía a decir la sonrisa—. Déjame que te cuente unas cuantas cosas sobre el siglo veintiuno, querida.» La señora del jersey azul celeste dijo:

—Ya no sabemos quiénes son los hombres y quiénes son las mujeres. Nuestros hijos crecen confusos. La cultura de la familia se ha roto. Cada vez hay más tráfico, contaminación, tasas de autismo, uso de drogas, familias monoparentales, obesidad, deudas de consumo, población reclusa femenina, tiroteos en las escuelas, disfunción eréctil. Y solo por nombrar unas pocas cosas. —Hizo un ademán hacia una serie de expedientes marrones que tenía Jackie delante, mientras las otras dos muñecas Barbie de los setenta, las Mujeres Puras, como se llaman a sí mismas, asentían, ceñudas.

Jackie ignoró los expedientes.

—Supongo que lo que me dirá ahora es que el feminismo tiene la culpa de que haya violaciones, ¿no?

—Me alegro de que lo mencione, señorita Juarez —dijo la mujer del jersey azul celeste.

—Señora.

—Da igual. ¿Sabe usted cuántos incidentes de violación se denunciaron en 1960 en Estados Unidos?

—Es interesante que use la palabra «denunciaron» —empezó Jackie.

—Diecisiete mil. Más o menos. Este año hemos multiplicado ese número por cinco.

Jackie puso los ojos en blanco, y las otras dos Mujeres Puras fueron juntas a por ella. Tenían las cifras. Tenían gráficos y estudios. Una de ellas presentó una colección de gráficos sencillos de pastel, que debían de haber preparado de antemano, pensé, mientras Jackie buscaba cómo salir de aquello.

En el sofá, a mi lado, Olivia se mordió el labio inferior.

—No tenía ni idea —dijo.

—¿Ni idea de qué?

—Esas cifras. —Señaló uno de los gráficos, que ahora se televisaba con una voz preparada por encima de la voz de la señora de azul celeste. Ella ya había abandonado el tema de la violación y recitaba las estadísticas sobre el uso de antidepresivos—. Dios mío… ¿Una de cada seis? Es espantoso.

Nadie entre el público del estudio prestaba atención a las protestas de Jackie sobre las estadísticas sesgadas, sobre la falacia de la causa-efecto, o sobre el hecho de que, por supuesto, nadie tomase inhibidores selectivos de la recaptación de serotonina en 1960 porque sencillamente no existían.

Así fue como empezó todo. Tres mujeres con una serie de gráficos de pastel y gente como Olivia.

10

Me costó una barbaridad que Olivia se fuera de casa, ella y su maldita taza de azúcar. Probablemente ni siquiera la necesitaba, y solo había venido para meter las narices y ver qué estaba haciendo yo. Olivia se ha convertido en la más pura de las Mujeres Puras, siempre en su porche con su Biblia resumida y anotada, siempre tapándose el pelo, siempre sonriendo y haciendo reverencias (reverencias, de verdad) a Evan cuando saca el Buick a la entrada de su casa.

Las Biblias todavía están permitidas, si son las adecuadas.

La de Olivia es rosa; la de Evan es azul. Nunca los verás cambiar de tono, nunca verás el libro azul en manos de Olivia, cuando se sienta a la sombra con su vasito de té dulce o va a misa en su segundo coche. Es un utilitario, mucho más pequeño que el que se lleva Evan al trabajo.

Hacia las dos casi deseo que Olivia estuviera todavía aquí.

Saco dos paquetes de hamburguesas del congelador y las pongo en una extensión del mostrador para que se descongelen. No hay suficientes patatas para todos, y mucho menos para tres chicos que están creciendo y que parecen tener una solitaria cada uno, de modo que habrá que conformarse con un poco de arroz. O bien podría hacer galletas, si recordara las proporciones. Automáticamente me vuelvo hacia el estante que hay junto a lo que antes era mi escritorio, en la cocina, y busco el manchado ejemplar de *La alegría de cocinar*, como si todavía estuviera allí. En su lugar, y en lugar de todos los demás libros, están unas fotos de los niños, una de mis padres, otra de Patrick y yo durante nuestras últimas vacaciones. Sam o Leo sacaron una de esas y yo estoy cortada por la mitad, con la parte derecha de mi cara oscurecida por el marco de palitos de polo que hizo Sonia en el colegio. Al parecer, todavía hacen manualidades.

Si muevo las fotos, el estante no parece tan abandonado, de modo que voy cambiándolas, pongo el temporizador de la cocina y distribuyo bien los espacios vacíos, y me echo atrás para contemplar el logro del día. Con un poco de imaginación incluso me puedo convencer de que he tallado el puto monte Rushmore. Que he iniciado un desfile triunfal.

Mamá y papá están en un puesto mucho más destacado que antes de esta incursión en el mundo del diseño de interiores. No estoy segura de que quiera que lo estén. Llaman desde Italia, o bien hablan por Skype con Patrick por el portátil que tiene encerrado con llave en su despacho, aquel con cerradura de pulsaciones y cámara y otras mil alarmas y pitidos unidas a él. Normalmente eso pasa los domingos, cuando los niños están en casa y no han ido al colegio, y la diferencia horaria no importa, de modo que pueden saludar a toda la familia. Se supone que debe ser una ocasión feliz, pero mamá acaba cada llamada con lágrimas en los ojos o le tiende el teléfono a papá antes de derrumbarse.

Bueno. La cena.

A los niños les encantan las galletas, así que cojo unos vaqueros y una blusa de hilo antigua, y me arriesgo a hacer un viaje al supermercado, cuando el coche de Patrick ruge en la calle. Sé que es él: si una habilidad he desarrollado a lo largo del último año es la discriminación de sonidos. Mustang, Corvette, Prius, Mini Cooper. El coche que quieras, conozco su sonido.

Lo que me desconcierta, al mirar por entre las persianas, no es que Patrick haya llegado muy pronto a casa, sino que tres monovolúmenes negros van en fila detrás de él. Ya he visto antes esos vehículos.

Y su interior, también.

11

*M*ierda.

Tres coches significa al menos tres hombres. Algo me dice que no me van a traer bonitos regalos. Hoy no, no después de mi actuación en el jardín anoche.

Habrá un sermón. Quizá algo más.

«Señora McClellan, tiene derecho a permanecer en silencio...»

Vale, una broma de mal gusto.

Dejo que caigan las persianas en su lugar y me vuelvo a la cocina, dispuesta a poner cara de Donna Reed (tendrá que valer con un delantal) y representar el papel de la perfección doméstica. De paso, doy al mando de la televisión y cambio del canal del golf a la CNN. La CNN ya no es lo que era (nada lo es) pero el trabajo de Patrick podría tener más oportunidades de supervivencia si parece que estoy absorbiendo propaganda presidencial, en lugar de ver bolas volando por encima de un césped muy cuidado.

«Últimas noticias: el presidente anuncia...»

Es lo único que capto antes de que Patrick y sus escoltas (estaba equivocada: hay seis, nada menos) invadan mi espacio.

—¿Jean McClellan? —dice el primer hombre del traje, muy bronceado y muy anguloso.

Ya le había visto antes, por supuesto. Todo el mundo le ha visto, aunque antes llevaba un alzacuellos, blanco y negro, durante sus apariciones públicas en lugar de corbata. Los domingos por la mañana, cuando Jackie y yo nos tomábamos un café para intentar espantar la resaca del fin de semana, él salía por la tele, estrella de su propio espectáculo. Jackie la ponía como si fuera una de sus feligresas; aseguraba que aquello le subía el nivel de rabia.

—Escucha. Saint Carl está a punto de empezar con ese rollo otra vez —decía.

Y ahí estaba, con su uniforme de predicador, hablando sobre el declive de la familia americana una semana, sobre la alegría de entregarse a Dios la siguiente. Acogía anécdotas, experiencias de la vida real, y en los centímetros inferiores de la pantalla de televisión siempre relampagueaba el mismo número gratuito. Al cabo de unos años añadió un segundo número; en años más recientes, había también vínculos con Facebook, y luego una cuenta de Twitter. Dios le había enviado clientela, decía, y él se ocuparía de ella con todos los medios que le procurase el Señor.

En aquella época Jackie y yo nos imaginábamos que solo unos cuantos centenares de baptistas sureños de Misisipi podían seguir al reverendo Carl Corbin.

Qué asco equivocarse tanto.

—¿Doctora Jean McClellan?

Bueno, esto es distinto. No he sido «doctora nada» desde la primavera pasada. Patrick además está sonriendo. Asiento, porque no puedo decir nada.

En el salón, en televisión, uno de los presentadores dice dos palabras mágicas: «Trauma cerebral».

Esas palabras nada más, esas cinco sílabas bastarían para que escuchara con atención, pero las palabras que las rodean me golpean como si me arrollara un tren. «Presidente. Accidente de esquí. Hermano.»

—Doctora McClellan, tenemos un problema. —Es el reverendo Carl de nuevo, aunque parece menos pastoso y más fúngico en persona que cuando está frente a una cámara, hablando para el presidente.

«Pues arréglelo —le digo—. ¿Qué se cree que soy, el puto Houston?»

No, no digo eso. No digo nada.

—Jean —dice Patrick. No «cariño», ni «nena», ni ninguna de esas tonterías que comparten los esposos. Está en plan serio—. Jean, ha pasado algo.

En televisión, la CNN atruena. Entre unos vídeos en directo de montañas cubiertas de nieve, El que Gobierna el Mundo Libre aparece y desaparece, el vivo retrato de la solemnidad. Anna está a su lado, encantadora con su conjunto azul y beis. Parece incluso que está sonriendo, aunque solo con los ojos.

El reverendo Carl señala a uno de los otros, que se adelanta hacia mi cocina. No me gusta nada su intrusión; si no voy a ser una doméstica silenciosa, al menos que pueda mantener algún santuario doméstico para mí sola.

—Adelante, Thomas —dice el hombre que dirige.

Y entonces ocurre.

Thomas, el del traje oscuro y oscuro rostro, me coge la mano izquierda. Instintivamente la retiro, como un perro asustado que conoce el dolor de una trampa, pero Patrick viene hacia mí.

—Está bien, cariño. Déjales que lo hagan.

Con la mano libre Thomas saca una llave pequeña. Es como una llave de ascensor, uno de esos instrumentos redondos y sencillos que no parece pertenecer más que a un ascensor, un dispositivo que trae a la mente otros pequeños y estúpidos inventos: abrelatas, exprimelimones, utensilios para cortar el melón con forma de bolitas. Objetos que hacen una cosa solamente. Tenemos muchos de esos.

¿De dónde sacamos todas esas cosas? De regalos anteriores a la boda y de la boda, cosas metidas en los calcetines de Navidad, compras impulsivas en Ikea. Todos son condenadamente inútiles, están escondidos en la parte de atrás de los cajones, nadie los recuerda y nunca se sacan. Todo eso me pasa por la mente mientras Thomas me libera con el equivalente en tecnología punta de un abrelatas.

—Ahora ya puede hablar, doctora McClellan. —El reverendo Carl tiende una mano hacia mi salón, como si se hubiera convertido en un anfitrión magnánimo.

No es la única inversión de papeles de hoy. Todo lo que quieren lo están emitiendo por la CNN, a medida que se va explicando la historia del accidente de esquí del hermano del presidente. Cuando van anunciando más detalles (hemisferio posterior izquierdo, alerta pero sin comunicarse, balbuceo) sé qué más quieren el reverendo Carl y los suyos.

Me quieren a mí.

Si fuera Anna Myers la que se hubiera salido de la pista esquiando y se hubiera estampado contra un árbol, habría salido por la puerta sin pensármelo dos veces. Aunque dudo de que hubiera hombres con monovolúmenes aquí si fuera la mujer del presidente la que estuviera postrada en una unidad de cuidados intensivos.

—¿Qué quieren que diga? —Mis palabras salen lentas, titubeantes, mientras salgo de la cocina y paso junto al televisor, que apago, y luego me dirijo a uno de los sillones de orejas. No quiero tener que compartir espacio alguno con ninguna de esas personas.

—Hace calor aquí —dice el reverendo Carl mirando hacia el frigorífico con su agua y su dispensador de hielo integrados.

—Sí —digo.

Uno de los otros hombres, no Thomas, tose.

Yo capto la indirecta:

—Patrick, ¿por qué no les ofreces a nuestros huéspedes un vaso de agua, cariño? Ya que estás ahí…

Él lo hace, y a ninguno de nosotros le pasa inadvertido el ligero temblor de la cabeza del reverendo Carl. Yo soy la mujer. Tendría que ser la que sirve.

—¿Y bien? —pregunto—. Parece que Bobby Myers podría tener algún daño cerebral. ¿Locus?

El reverendo Carl se sienta en un asiento bajo, enfrente de mi sillón.

—Tú eres el médico, Patrick. Enséñale los informes que nos ha pasado el hospital por fax esta mañana.

Mi marido, que se tutea con el individuo que me puso una pulsera de metal personalmente, llega a la habitación con una bandeja con vasos de agua y un expediente. Se detiene ante mí, antes de pasar las bebidas.

—He pensado que te interesaría esto, Jean.

Y sí, me interesa. La primera página es todo texto, pero en la segunda línea mis ojos encuentran el motivo para la inesperada visita del reverendo Carl: lesión en la sección posterior del GTS. *Gyrus temporalis superior.* Hemisferio izquierdo. El paciente es diestro, por lo tanto, el que domina es el lado izquierdo.

—La zona de Wernicke —digo a nadie en particular. Mientras voy leyendo noto el brazo izquierdo ligero, y con una franja de piel más pálida en torno a la muñeca, como si me hubiera quitado un reloj antes de sumergirme en una piscina. Uno de los hombres del Servicio Secreto (supongo que eso son, dada la presencia de Carl Corbin) se frota su propia muñeca. Lleva un anillo sencillo de oro en el dedo anular de la mano izquierda. Así que sabe de qué va. De qué lado está, no queda claro; como Patrick, están entrenados para seguir adelante sin más, como cachorros.

El reverendo Carl asiente.

—El presidente está muy preocupado.

«Pues claro que lo está.» Pienso que el señor presidente depende un poco de su hermano mayor, y las va a pasar moradas para darle información a Bobby o sacársela. Fragmentos de conversaciones futuras se escenifican en mi imaginación:

«Hay un problema en Afganistán, Bobby», diría el presidente.

La respuesta de Bobby sería algo así como: «Bonitos brillitos para tus llamas de banana». Su habla será precisa y fluida, cada sílaba articulada perfectamente, sin dudas. Pero lo que sale de su boca será un galimatías absoluto, sin codificar. No balbuceos, sino las divagaciones de lo que antes llamábamos un idiota... en el sentido clínico del término.

Tengo que hacer un gran esfuerzo para no sonreír. Tengo que morderme el interior de la mejilla, fuerte, para mantener la cara adecuada, seria, preocupada y servicial.

Hojeo las otras páginas. Las imágenes de resonancia magnética muestran una lesión importante exactamente donde esperaba, en la zona 22 de Broadmann.

—¿Y esto ha sido por un accidente de esquí? —digo—. ¿No había indicaciones de anteriores daños?

Claro, ellos no lo saben. Los hombres de cincuenta y cuatro

años no tienen la costumbre de hacerse escáneres cerebrales, no a menos que haya alguna causa.

—¿Sufría de dolores de cabeza?

El reverendo Carl se encoge de hombros.

—¿Eso es un sí o un no, reverendo? —digo.

—No tengo la información.

Ahora me vuelvo a Patrick, pero él niega con la cabeza.

—Tienes que comprender, Jean, que no podemos revelar el historial médico de la familia del presidente.

—Pero queréis que os ayude.

—Usted es la experta más importante del país, doctora McClellan.

El reverendo Carl ha dado un paso más, o se ha inclinado por encima de la mesa de centro. Su rostro, todo hecho con líneas agudas, está a centímetros del mío. Hay algo de *anime* en él, pero, aun así, es guapo. Sigue llevando el traje completo, a pesar del calor, pero bajo la tela hay un cuerpo fuerte. Me pregunto si las mujeres como Olivia King no estarán enamoradas de él en secreto.

La posibilidad de corregir el tiempo verbal es demasiado buena para dejarla escapar.

—Era —digo—. No hace falta que le diga que no he trabajado desde hace un año.

El reverendo Carl no reacciona, solo se echa hacia atrás y junta las manos, formando con sus dedos un perfecto triángulo isósceles. Quizá lo practique delante de un espejo.

—Bueno, por eso estamos aquí hoy. —Hace una pausa, como las que solía hacer durante sus sermones televisivos, un poco de efecto publicitario más para crear suspense.

Pero yo ya sé lo que va a decir. Mis ojos van desde los suyos hasta los de Patrick y el resto de hombres que están en la habitación.

—Doctora McClellan, nos gustaría que estuviera en nuestro equipo.

12

«*E*n nuestro equipo.»

Cien respuestas burbujean en mi interior, noventa y nueve de las cuales significarían la dimisión forzada (o algo peor) para Patrick. Pero cualquier cosa que parezca acuerdo o entusiasmo nunca encontrará su camino desde mi cerebro hasta mi boca. En lugar de emoción siento un fuerte golpe de dolor, como si el reverendo Carl acabara de pegarme con una garra, en lugar de usar palabras, y esta me hubiese perforado. Quizá me necesiten, pero necesitar es distinto de querer. Y no confío en ninguno de estos hombres.

—¿Acaso tengo elección? —pregunto. Parece que puedo decirlo con seguridad.

El reverendo Carl separa sus manos, colocándolas en una postura de plegaria, como si fuera un santo. Le he visto hacer esto antes, en televisión, cuando pide ayuda, cuando pide que más Mujeres Puras y Hombres Puros y Familias Puras se unan a su rebaño, cuando pide dinero. Ahora mismo, esas manos parecen más bien las dos partes de un torno que están dispuestas a apretarme hasta que reviente.

—Por supuesto —dice con una voz exageradamente generosa y falsamente amable—. Ya sé lo que debe de sentir usted, dejar su hogar y a sus hijos y volver al trabajo diario debe de ser…

Busca una palabra mientras sus ojos examinan mi casa. Todo está desordenado y sucio: tres pares de zapatos donde me los quité, la semana pasada; polvo en los alféizares; una mancha antigua de café en la alfombra, junto a sus zapatos.

Nunca se me ha dado demasiado bien lo de ser ama de casa.

Continúa.

—Hemos hablado con otra científica, la doctora Kwan, por si necesita apoyo. Creo que ya la conoce.

—Sí.

Lin Kwan es la jefa de mi antiguo departamento. O lo era, antes de que la reemplazara el primer hombre que pudieron encontrar. No tengo que preguntar siquiera por qué no han ido a consultarle a él para este proyecto. Si Lin se hubiera salido con la suya, los fondos que recibía ese hombre habrían quedado suprimidos, después del primer desastre de experimento. Era un inepto.

—Bueno —dice el reverendo. Tiene las manos bajas ahora, y no me mira ya a mí, sino el brazalete de metal que Thomas tiene en la mano desde hace veinte minutos—. Usted elige. Puede montar un nuevo laboratorio, volver a empezar sus investigaciones y seguir adelante. O bien…

—¿O bien? —repito. Busco con los ojos a Patrick.

—O bien todo puede volver a la normalidad, estoy seguro de que a su familia le gustaría eso. —No me mira a mí cuando habla, sino a Patrick, como si estuviera examinando la reacción de mi marido.

Como si algo en nuestras vidas desde hace un año hubiera sido normal. Entonces lo entiendo por fin… Carl Corbin cree de verdad en lo que predica. Al principio pensaba que él se había inventado lo del Movimiento Puro, pero que sus motivos para resucitar el culto victoriano a la domesticidad y mantener a las mujeres apartadas de la esfera pública eran puramente misóginos. De alguna manera, deseaba que eso fuera cierto; era menos terrorífico que la alternativa.

Steven fue el primero en explicármelo, un domingo por la mañana, hace dos años.

—Es algo tradicional, mami. Como en los viejos tiempos.

—¿Los viejos tiempos? ¿Cuáles? ¿Grecia? ¿Sumeria? ¿Babilonia?

Él se puso un segundo cuenco de cereales, mezcló con ellos dos plátanos y lo coronó todo con crema. Cuando Sam y Leo llegaran a los quince años, tendría que comprar acciones de Cheerios.

—Bueno, sí. Ya era así con los griegos, la idea de las esferas públicas y las esferas privadas, pero va mucho más allá. Piensa en las comunidades de cazadores-recolectores. Biológicamente, estamos preparados para cosas diferentes.

—¿Estamos? —dije yo.

—Hombres y mujeres, mamá. —Dejó de masticar y dobló el brazo derecho—. ¿Ves esto? Tú podrías ir al gimnasio cada día durante un año y seguirías sin tener los músculos que yo tengo. —Debió de ver la expresión de incredulidad de mi cara, porque cambió de discurso—. No quiero decir que seas débil. Solo eres diferente.

Dios mío.

Me señalé la sien.

—¿Ves esto, niño? Diez años más de escolarización y a lo mejor puedes tener uno como este. O a lo mejor no. Y no tiene que ver una mierda con el género. —Estaba levantando la voz.

—Tranquilízate, mamá.

—No me digas que me tranquilice.

—Te estás poniendo un poco histérica. Solo digo que tiene sentido, biológicamente, que las mujeres hagan unas cosas y los hombres otras. Por ejemplo, tú eres una buena maestra, realmente buena, pero probablemente no durarías más de una hora si… no sé… trabajaras cavando zanjas.

Así estaban las cosas.

—Soy una científica, Steven, no una profesora de guardería. Y no estoy histérica.

Bueno, un poco sí que lo estaba.

Me serví una segunda taza de café con las manos temblorosas.

Steven no lo dejó ahí. Abrió su libro de texto de esa maldita clase de Chifladuras Religiosas 101 o como quiera que la llamase y empezó a leer: «La mujer no acude a las urnas, sino que tiene una esfera propia, de increíble responsabilidad e importancia. Es la guardiana del hogar, divinamente nombrada… Debería darse cuenta más plenamente de que su posición como esposa y madre, y como ángel del hogar, es la más sagrada, más responsable y más regia asignada a los mortales, y olvidar toda ambición de algo más elevado, porque no hay nada más elevado para los mortales». Es el reverendo John Milton Williams. ¿Lo ves? Eres regia.

—Fabuloso. —Necesitaba el café, pero no quería que Steven viese lo agobiada que estaba, así que lo dejé encima del mostrador—. Creo que deberías dejar ese curso.

—No puedo. Estoy metido ya. Quiero decir que hay mil mierdas en las que pensar. Incluso algunas chicas lo dicen.

—Eso me parece difícil de creer —dije sin preocuparme por eliminar la malicia de mi voz.

—Julia King, por ejemplo.

—Julia King no representa precisamente a toda la población femenina. —«Pobre chica», pensé, preguntándome qué habrían hecho mis vecinos de la puerta de al lado para lavarle el cerebro a su hija—. De verdad, Steven. Deja esa asignatura.

—No.

Quince años. La edad del desafío. Lo sabía muy bien, porque los había tenido también.

Patrick entró en la cocina, vació la cafetera en una taza y se echó lo que quedaba de la crema.

—¿Qué pasa? —dijo revolviendo un poco el pelo de Steven y luego dándome un besito en la mejilla—. Es muy temprano para una pelea doméstica.

—Mamá quiere que deje mi clase de Religión.

—¿Por qué? —preguntó Patrick.

—No lo sé. Pregúntaselo a ella. Creo que no le gusta el libro.

—El libro es una mierda —dije yo.

Patrick lo cogió y hojeó las páginas como si fuera un tebeo antiguo.

—A mí no me parece tan mal.

—Quizá si intentaras leerlo lo verías, cariño.

—Venga, cielo. Que haga lo que quiera. No puede hacer daño.

Supongo que debió de ser en aquel momento cuando empecé a odiar a mi marido.

Ahora estoy en mi salón, odiando a los siete hombres sentados o de pie a mi alrededor, esperando que me una a sus filas.

—Necesito algunos detalles —digo. Quizá así no noten que intento ganar tiempo.

Quizá piensen que estoy loca por no aprovechar al vuelo la oportunidad de volver al trabajo. Eso lo comprendo.

Nos vendría bien el dinero extra. Eso es. Y he echado de menos mi investigación, mis libros, la colaboración con Lin y mis ayudantes graduados. He echado mucho de menos hablar.

Sobre todo, he echado de menos la esperanza.

Estábamos tan cerca, maldita sea.

Fue idea de Lin abandonar nuestro trabajo en ciernes sobre la afasia de Broca y dirigirnos a la de Wernicke. Aún veo su razonamiento lógico: los pacientes de Broca tartamudeaban y balbuceaban con palpable frustración, pero al final conseguían emitir sus palabras. En su mayor parte, su lenguaje estaba intacto; solo la capacidad de transferirlo al habla había quedado dañada por un ataque, una caída por las escaleras, una herida en la cabeza sufrida mientras recorrían algún país desierto con el uniforme del mundo libre. Todavía podían comprender, todavía oían a sus mujeres, a sus hijas y a sus padres animándoles a seguir. Eran las otras víctimas, las que tenían un daño en una zona muy posterior de su cerebro, como Bobby Myers, las que sufrían la pérdida más siniestra. El lenguaje, para ellos, se había convertido en un laberinto ineludible de sinsentidos. Imagino que debía de ser como estar perdido en medio del mar.

De modo que sí, quiero volver. Quiero seguir trabajando en el suero y, cuando esté listo, inyectar esa poción en las viejas venas de la señora Ray. Quiero oírla hablar de la *Quercus virginiana* y la *Magnolia stellata* y la *Syringa vulgaris* como lo hacía la primera vez que vino a mi casa, identificando los robles, las gigantescas magnolias estrelladas y las lilas con un aroma que ningún perfumero ha podido igualar jamás. Ella los consideraba regalos de Dios, y yo lo toleraba. Quienquiera que estuviese por ahí, él o ella o ello, hizo un trabajo fuera de serie con los árboles y las flores.

Pero me importan una mierda el presidente y su hermano mayor, y en realidad cualquier hombre.

—¿Y bien, doctora McClellan? —dice el reverendo Carl.

Quiero decirle que no.

13

*J*oder, qué calor hace aquí. Debe de haber otra vez una filtración en el compresor de aire acondicionado. Qué mala suerte tenemos.

Me levanto, con los vaqueros pegados a la parte posterior de las piernas, y voy a la cocina a llenarme el vaso de agua otra vez.

—Patrick, ¿puedes echarme una mano un segundo? —le llamo. Él hace la ronda por el salón, recogiendo los vasos vacíos, y se une a mí.

Mientras meto un vaso tras otro en el dispensador de hielo, él me coge la muñeca izquierda.

—No quieres volver a llevar eso, ¿no?

Niego con la cabeza, por pura costumbre.

—Deberías verlo como un trato, cariño. Ellos sacan algo de ti y tú sacas algo también.

—Debería mirarlo como lo que es —digo—. Un puto chantaje.

Él suspira como si todo el universo estuviera en sus pulmones.

—Entonces hazlo por los niños.

Los niños.

A Steven todo le da igual. Está muy ocupado rellenando solicitudes para facultades y escribiendo cartas de presentación y estudiando para los exámenes, que están a la vuelta de la esquina. También le hace ojitos a Julia King, lleva así gran parte de este semestre. Los gemelos, que solo tienen once años, tienen el fútbol y la Liguilla. Pero está Sonia. Si voy a cambiar mi cerebro por palabras, lo haré por ella.

La rueda de hámster que tengo en la cabeza debe de hacer mucho ruido, porque Patrick deja los vasos de agua y se vuelve hacia mí.

—Hazlo por Sonia.

—Primero quiero más detalles.

De vuelta en el salón, me los dan.

El reverendo Carl se ha transformado de político en vendedor.

—No llevará puesto el contador de la muñeca mientras dure el proyecto, doctora McClellan. Si está de acuerdo, claro. Tendrá un laboratorio a la última, y todos los fondos y ayuda que necesite. Podemos —comprueba los documentos que lleva en otro expediente— podemos ofrecerle un sueldo bastante generoso, con un plus si da con una cura viable en los próximos noventa días.

—¿Y después? —pregunto en mi sillón, con los vaqueros pegados a la piel.

—Bueno… —Se vuelve hacia uno de los hombres del Servicio Secreto.

El hombre asiente.

—¿De vuelta a las cien palabras al día? —digo.

—En realidad, doctora McClellan… y le digo esto con la más estricta confidencialidad, ¿me comprende? En realidad iremos incrementando la cuota en algún momento del futuro. En cuanto todas las cosas vuelvan a la normalidad.

Bueno, esto es nuevo. Espero a ver qué más confidencias me puede hacer.

—Lo que esperamos —el reverendo Carl está ahora en pleno papel de predicador— es que la gente se asiente, se adapte al nuevo ritmo, y entonces ya no necesitaremos esos estúpidos brazaletes nunca más. —Hace un gesto desdeñoso con la mano, como si estuviera hablando de un accesorio trivial de moda y no de un dispositivo de tortura.

Por supuesto, solo sufriremos dolor si infringimos las normas.

Recuerdo el día que me enteré de cuáles serían esas normas. Solo me costó cinco minutos, allí, en la oficina del gobierno, de un blanco cegador. Los hombres me hablaban, pero no hablaban conmigo, nunca. Patrick recibiría las notificaciones y se le darían las instrucciones; unos operarios vendrían a nuestra casa (¿nos parecía bien esa misma tarde?) para instalar cámaras en las puertas delantera y trasera, clausurar mi ordenador y empaquetar todos nuestros libros, incluso *El bebé aprende el alfabeto* de Sonia. Los juegos de mesa se guardaron en cajas de cartón; las cajas de cartón fueron a parar a un armario del despacho de Patrick. Yo tenía que llevar a Sonia, que apenas había pasado cinco años fuera de mi cuerpo, al mismo lugar aquella tarde, para que le colocaran el dispositivo en su diminuta muñeca. Me enseñaron una selección, una gama de colores del arcoíris entre los cuales podía elegir.

—Lo más adecuado para una niña pequeña es el rosa —dijeron.

Elegí el plateado para mí y el rojo sangre para Sonia. Un acto de desafío trivial.

Uno de los hombres se fue y volvió con el brazalete que sustituiría mi reloj Apple, aquel que me había regalado por sorpresa Patrick en Navidad, el año anterior. El metal era ligero, suave, una especie de aleación que mi piel no encontraba familiar.

Adaptó el contador a mi voz, lo puso a cero y me mandó a casa.

Naturalmente, no creí ni una sola palabra de aquello. Ni los dibujos que me mostraron en su libro de imágenes, ni las advertencias que Patrick me leyó en voz alta, tomando el té en la mesa de nuestra cocina. Cuando Steven y sus hermanos volvieron del colegio, contando noticias de la práctica del fútbol y de los resultados de los exámenes, mientras Sonia ignoraba sus muñecas, hipnotizada por su nuevo brazalete de un rojo brillante, yo abrí las compuertas. Mis palabras fluyeron desenfrenadas, automáticas. La habitación se llenó de ellas, centenares de ellas, de todos los colores y formas. Sobre todo azules y afiladas.

El dolor me tiró al suelo.

Nuestros cuerpos tienen un mecanismo, una forma de olvidar los traumas físicos. Igual que con mi ausencia de recuerdos del dolor del parto, he bloqueado todo lo que está asociado con aquella tarde, todo excepto las lágrimas en los ojos de Patrick, el impacto (un término muy apropiado) en las caras de mis hijos, los chillidos de deleite de Sonia cuando jugaba con el dispositivo rojo. Otra cosa sí que recuerdo, y es la forma en que mi pequeña levantó aquel monstruo rojo cereza y se lo llevó a los labios.

Como si lo estuviera besando.

14

Por fin se van.

El reverendo Carl se mete en su Range Rover, los hombres del Servicio Secreto y Thomas van en otros coches. Patrick y yo nos quedamos en el salón con ocho vasos de agua vacíos dejando unos círculos húmedos en los posavasos que tienen debajo.

No se ha decidido nada todavía.

Él va recorriendo toda la habitación, y el sudor hace que su pelo, normalmente echado hacia atrás, sobresalga tieso en cortos mechones rubios en torno a su cara. Ahora mismo no parece mi marido, sino un felino enjaulado. O quizá un perro salvaje, eso lo define mejor; son animales de manada.

—No le quitarán el contador a Sonia —digo.

—Sí, lo harán. Al final. Piensa lo que parecería si apareciera de repente en el colegio sin esa...

—No te atrevas a llamarlo «pulsera».

—Está bien. Contador.

Lleno las bandejas de vasos, usando solo los dedos índice y pulgar para no tocarlos más de lo necesario. Estrechar la mano del reverendo Carl me ha hecho desear frotármela con lejía.

—¿No puedes hacer algo? Tú eres el que ha dicho que era un trato; pues bien, negociemos. Yo voy a trabajar para esos hijos de puta; ellos dejan hablar a mi hija.

—Ya veré lo que puedo hacer.

—Patrick, tú eres el puto consejero científico del presidente. Será mejor que hagas algo.

—Jean...

—No me vengas con «Jean, Jean». —Dejo con un golpe el vaso que estoy sujetando y este se hace añicos.

Patrick viene a auxiliarme enseguida, restañando la sangre que brota de mi mano.

—¡No me toques! —digo. Tengo una astilla de cristal clavada en la parte carnosa debajo del pulgar. Y hay sangre. Mucha sangre.

Cuando el agua limpia la herida, retrocedo treinta minutos en el tiempo, hasta el momento en que el reverendo Carl estaba celebrando su reunión en mi salón, hablándome de los planes que tienen para el futuro.

Había algo que no cuadraba. Quizá fueran sus ojos, que no sonreían igual que lo hacía su boca, o la forma que adoptaban sus frases. Estaban demasiado bien ensayadas, quizá, demasiado practicadas en su cadencia y entonación regulares. Aun así, la vacilación resultaba audible... demasiados «hum» y «ah» salpicaban su enumeración de los cambios, modificaciones y dispensas que pretendía hacer el presidente.

No sabría decir cuál fue el momento exacto en que me di cuenta de que no confiaba en él.

—¿Y si están planeando algún juego sucio, Patrick? —le dije con el agua todavía corriendo, mientras él limpiaba los trocitos de cristal roto y los echaba en el cubo de la basura. No me volví a mirar; aquellos trocitos de cristal se parecían demasiado a nuestro matrimonio.

No siempre fue así. No tuvimos cuatro hijos por accidente.

Él se une a mí en el fregadero, se lava las manos de la manera que suelen hacer los médicos, hasta los codos, y me mira primero, luego me coge la muñeca. Sigue teniendo muy buenas manos.

—¿Quieres la buena noticia o la mala primero?

—La buena.

—Vale. La buena noticia es que no vas a morir.

—¿Y la mala?

—Voy a traer mi equipo de sutura.

Puntos. Mierda.

—¿Cuántos?

—Dos o tres. No te preocupes… parece peor de lo que es. —Cuando vuelve con su maletín negro, me sirve un poco de bourbon en un vaso—. Toma. Bébete esto. Amortiguará un poco el dolor. —Entonces me hace sentar en la encimera de la cocina y saca su instrumental, dispuesto a jugar a médicos con el boquete de mi mano.

Doy un buen trago del licor, y la aguja se mete en mi piel desinfectada sin demasiado dolor. Pero, aun así, no quiero mirar, solo le tiendo a Patrick las pinzas cuando él me las pide.

—Qué mala suerte que no te metieras a enfermera, cariño —dice, y hay ternura de nuevo entre nosotros.

Durante un momento.

Él hace un nudo experto, corta el hilo que sobra y me da una palmadita en la mano.

—Ahí está, doctor Frankenstein. Como nueva.

—El doctor Frankenstein no era el que llevaba la cremallera en el cuello —digo yo—. De todos modos, ¿qué te parece? ¿Están jugando a algo, o bien lo que han dicho era en serio?

—No lo sé, Jean. —Jean de nuevo. Está mosqueado.

—Mira, si cojo ese trabajo, ¿cómo voy a saber que ellos no… no sé, usan mi investigación para promover la maldad en el mundo?

—¿Con un suero antiafasia? Venga…

La pérdida de sangre y el bourbon me marean.

—Es que no confío en esa gente.

—Bueno, pues vale. —Se sirve él también una copa, y luego deja la botella en la encimera con la fuerza suficiente para que me duelan los oídos—. No cojas el trabajo. Ya arreglaremos el aire acondicionado cuando me paguen el mes que viene, te pones de nuevo tu maldito brazalete y volvemos exactamente al mismo sitio donde estábamos esta mañana.

—Que te jodan.

Está enfadado, está herido, y también frustrado. Nada de eso justifica las siguientes palabras que salen de su boca, sin embargo, esas que nunca podrá retirar, esas que cortan mucho más hondamente que cualquier trozo de cristal y me hacen sangrar por entero.

—¿Sabes, cariño? Me pregunto si no es mejor todo cuando no hablas.

$\mathcal{A}$unque ya no llevo el dispositivo de metal en la muñeca, la cena es muy silenciosa hoy.

Steven, que normalmente habla mucho entre bocado y bocado de comida, no ha mencionado la escuela, ni a Julia King, ni el fútbol. Los gemelos parecen confusos y se mueven un poco en las sillas. Sonia alterna entre mirar su plato y mirar mi muñeca izquierda, pero ha permanecido en silencio desde que llegó a casa del colegio. Otra cosa: no ha habido ni una sola pelea entre ella y Steven.

En cuanto a Patrick, come, lleva su plato a la cocina y se escapa a su estudio con un bourbon y unas cuantas palabras explicando que tiene una fecha de entrega. Es imposible saber con quién está más furioso, si conmigo o con él mismo.

—Explícaselo, Jean —dice, y luego cierra la puerta de ese santuario suyo lleno de libros.

Bueno, es raro.

No he tenido una conversación real con mis hijos desde hace más de un año.

Lo que en tiempos podía haber sido un animado debate sobre si Pokémon Go es una pérdida de tiempo o la innovación más astuta en el juego desde la Xbox son ahora unas jóvenes caras mirándome con silenciosa expectación. Y yo soy el acontecimiento principal.

Será mejor que acabemos con esto cuanto antes.

—Bueno, Steven, ¿qué tal te va en la escuela estos días? —digo.

—Dos exámenes mañana. —Es como si fuera él el que tuviera una cuota de palabras diarias.

—¿Quieres que te ayude con los estudios?

—No. Me va bien. —Entonces, como si se le ocurriera en el último momento, añade—: Gracias de todos modos.

Sam y Leo están un poco más ansiosos y me acribillan con noticias de su nuevo entrenador de fútbol y que le han gastado una broma por la mañana, fingiendo que cada uno era el otro. Los dos son los que hablan casi todo el rato. Supongo que se han acostumbrado a que sea así.

Solo Sonia me mira con los ojos muy abiertos, esa mirada que me hace sentir como si fuera una persona nueva. O como si me hubiese crecido pelo en todo el cuerpo. O me hubiese convertido en dragón. No se ha comido la carne que tiene en el plato, y solo unas pocas de las patatas que he ido a comprar a la tienda después de la pelea con Patrick esta tarde.

—¿Tendré otro sueño malo? —me pregunta.

Automáticamente le respondo con la pregunta errónea:

—¿Por qué crees eso, cariño? —lo reformulo—. No. No dejaré que tengas ningún mal sueño. Y te contaré un cuento cuando te acompañe a dormir, ¿vale?

Ella asiente. El número de su muñeca brilla: 40.

—Asustada —dice.

—No tienes motivos para estarlo.

Sam y Leo intercambian una mirada nerviosa, y yo meneo la cabeza hacia ellos. Steven se lleva un dedo a los labios, su señal silenciosa a su hermanita, algo normal.

Entonces Sonia asiente de nuevo. Sus ojos (de ese color avellana tan irlandés de Patrick) están nublados por las lágrimas no caídas.

—¿Todavía tienes miedo?

Vuelve a asentir.

—¿De las pesadillas?

Ahora niega con la cabeza.

El caso es que Sonia no sabe lo que hacen los contadores, aparte de brillar mucho y enseñar unos números y latir contra su muñeca, una vez por cada palabra que dice. Hemos tenido mucho cuidado de mantener eso en secreto ante ella. Quizá sea una tontería, pero nunca he encontrado la forma de describir exactamente el dolor de una descarga eléctrica a una niña de seis años. Sería como hablarle a un niño de los horrores de la silla eléctrica para enseñarle lo que está bien y lo que está mal. Truculento e innecesario. ¿Qué padre enumeraría las consecuencias de «La Freidora» para hacer que su hijo no mienta o no robe?

Cuando los contadores aparecieron en nuestras muñecas (no hubo periodo de aclimatación, ni siquiera para las niñas) yo decidí enfocar el asunto desde la dirección opuesta. Un helado, una galleta extra antes de dormir, un cacao caliente con tantas nubes como cabían en la taza, cada vez que Sonia asentía con la cabeza, o me tiraba de la manga en lugar de hablar. Refuerzo positivo, en lugar de castigo. No quería que aprendiera de mala manera. No como me había pasado a mí.

Y además me había enterado de algo más de los contadores. El dolor aumenta con cada infracción.

No tuve tiempo, aquel primer día, para procesar el flujo continuo de carga eléctrica. Patrick me lo explicó después, aplicándome una crema a la cicatriz de la muñeca.

—La primera palabra después de las cien, recibirás una ligera descarga, Jean. Nada que incapacite, solo una pequeña descarga. Una advertencia. Lo percibirás, pero en realidad no dolerá.

«Fantástico», pensé yo.

—Por cada diez palabras más después, la carga aumenta en un décimo de microculombio. Si llegas a medio microculombio, notarás dolor. Si llegas a un microculombio… —hizo una pausa y apartó la vista— el dolor se vuelve insoportable. —Me cogió la mano izquierda con la suya y comprobó el número del contador—. Uf. Ciento noventa y seis. Gracias a Dios que no seguiste hablando. Otras pocas palabras más y habrías llegado al microculombio.

Patrick y yo teníamos ideas distintas de lo que significaba «dolor insoportable».

Siguió hablando mientras yo llevaba una bolsa de guisantes congelados al fogón circular y mantenía los ojos clavados en la puerta cerrada del dormitorio de Sonia. Los chicos estaban allí con ella, a instancias de Patrick, sin duda para asegurarse de que no hablara. Nadie quería que se repitiera el espectáculo de la Mujer Electrocutada, sobre todo cuando una niña de cinco años era la protagonista.

—Creo que lo que ha ocurrido ha sido esto, cariño. Creo que has ido tan rápido que el dispositivo no podía seguirte. —Había lágrimas en sus ojos ahora—. Iré a hablar con alguien mañana por la mañana. Te lo prometo. Dios mío, lo siento muchísimo.

Me costó unos segundos imaginar a mi niña saltando disparada de su silla, sin saber por qué le dolía tanto, y mis entrañas se convirtieron en fuego líquido. Así que seguí el ejemplo pavloviano, concentrándome en la recompensa, como si estuviera entrenando a un perrito, todo por su bien, pensaba todo el tiempo.

Ahora, en medio de esta extraña no conversación cenando, me di cuenta de que no tenía que haberme preocupado por nada.

Las lágrimas de Sonia habían empezado a caer ya en su plato de carne intacta y sus patatas como gruesas gotas de lluvia.

—¿Te ha pasado algo malo en la escuela hoy?

Una señal de asentimiento. Arriba y abajo, exagerando mucho. Tengo que sacarle el secreto que esconde.

—Está bien, cariño. Ea, ea. —Acaricio sus rizos, intentando calmarla un poco, cuando lo único que quiero hacer es gritar—. ¿Alguien te ha dicho algo?

Un diminuto gemido escapa de sus labios.

—¿Una de las otras chicas?

Su cabeza se mueve ahora de derecha a izquierda, bajo mi mano. De modo que no es una de las alumnas.

—¿El profesor? —Capto sus ojos, un leve parpadeo que va de mí a Steven. Y lo sé—. Steven, te toca recoger los platos, ¿no? —digo.

Él me dedica su mirada especial.

—Por favor —le digo.

No espero que funcione, pero los ojos de mi hijo se ablan-

CHRISTINA DALCHER

dan un poco y va recogiendo los platos, con cuidado de no apilarlos antes de pasarles un agua. Hace una pequeña inclinación de cabeza, una cosa insignificante, pero no puedo evitar ver al reverendo Carl Corbin y la forma en que me había tendido la mano esta tarde, ofreciéndome un sitio donde sentarme en mi mismísimo salón.

«Ofreciéndome», pienso, y las palabras van dando vueltas por mi cabeza como si fueran fichas del Scrabble. Ofrecer. Oficioso. Oficial. Ofensivo. Ofende. La duda ofende.

Los gemelos se unen a Steven y limpian sin objetar demasiado, y Sonia y yo nos quedamos en la mesa.

—¿Estás bien, cariño? —digo. Luego le pongo una mano en la frente. Un momento antes mi niña estaba sudando como un gin-tonic olvidado en un porche en julio; ahora se ha tranquilizado un poco. No suda, pero está lejos de la frialdad de un témpano.

Esto es lo peor de todo. Esto, ahora mismo, ver a Sonia seguir con la mirada a Steven, verla calmarse cada vez más con cada paso que él da hacia la cocina. Es lo peor, porque ahora sé de qué tiene miedo realmente Sonia.

No hablo, solo inclino la cabeza hacia el lugar donde Steven está limpiando los trocitos de buey picado y patata de los platos, tarareando alguna antigua melodía.

Y ella asiente.

Steven tenía once años cuando nació su hermana, casi lo bastante mayor para ser padre, él mismo, aunque solo fuera en el sentido biológico. Se llevaba muy bien con ella, la mantenía distraída y feliz, le cambiaba los pañales llenos de caca sin decir nada más que «¡Mamá, parece que se ha hecho caca!». Pocos adolescentes aprenden el lenguaje de los signos de los bebés, pero mi hijo mayor era uno de ellos. Cuando tenía apenas poco más de un año, Sonia dominaba ya los gestos para todo su mundo: comer, beber, dormir, la muñeca y (su favorito de todos los tiempos) ir a hacer caca. Steven imitaba este gesto en particular, a menudo acompañado por las palabras, una traducción de alguna lengua primitiva, un sistema tan arcano que ni siquiera la doctora Jean McClellan podía descifrarlo.

Se lanzó a cantar una melodía tan grotescamente deformada que yo no sabía qué pensar. A Patrick casi se le cae el café al oír cantar a Steven.

Eran Police y su «du-du-du da-da-da» o como sea; era aquella canción de Lou Reed sobre las «chicas de color» cantando «du-du-du», ahora superracista, pero era Lou Reed, y por aquel entonces estaba bien todo lo que hacía; estaban todas esas bandas de la Motown y esa gente blanca que quería sonar como si fuera una banda de la Motown, y todos los escritores de canciones del mundo moderno a los que se les atragantaba una letra y acababan rellenando el espacio con algo que rimaba con la palabra infantil para defecar. Y finalmente, estaba mi propio hijo, cantando todo el canon musical desde Brahms a Beyoncé y reemplazando cada palabra con «pu».

Los recuerdos hacen el presente doblemente difícil, pero finalmente lo digo.

—¿Ha ido Steven hoy a tu escuela?

Asentimiento.

—¿Quieres contármelo?

No. No quiere.

—¿Un cuento, entonces? —digo yo.

La dejo ir al dormitorio, con mi apagado recordatorio de que se lave los dientes siguiéndola desde la mesa del comedor, por el pasillo y en el baño que tiene para ella sola, ahora que los gemelos tienen esa edad en que se vuelve importante tener un sitio aparte donde hacer pis. La puerta de Patrick ni siquiera gime en sus goznes cuando Sonia pasa corriendo a su lado.

Se lo echo todo encima a Steven. Quizá no sea la mejor táctica de educación maternal, pero estoy furiosa.

—¿Qué ha pasado hoy en la escuela de Sonia, Steven? —digo después de enviar a Sam y a Leo al salón a ver la televisión. Están ansiosos por irse, sobre todo porque sin su hermano mayor estarán unos minutos solos con el mando a distancia.

Steven se encoge de hombros, pero no se vuelve desde el fregadero.

—Me gustaría que me contestaras, hijo —digo, y le cojo con fuerza del hombro, obligándole a volverse.

Solo entonces veo la insignia que lleva, de la anchura del dedo meñique. Dentro de un círculo plateado, en un campo blanco, se ve la letra P solitaria, de un azul intenso. Ya la he visto antes.

La primera vez fue en televisión, durante aquel programa ridículo en el cual dos mujeres que empuñaban la Biblia como arma, con jerséis y chaqueta a juego, hicieron pedazos a Jackie Juarez. Menos de una semana más tarde, la vi decorando uno de los vestidos que llevaba Olivia King para ir a la iglesia, cuando llamó a mi puerta preguntándome si tenía un huevo.

Supongo que debe de ser un símbolo de solidaridad, esa silenciosa P azul que llevan ahora tanto hombres como mujeres. La hija de Olivia, Julia, tiene una, y a veces la he visto llevarla cuando he ido a la tienda de comestibles o a la tintorería a recoger las camisas de Patrick. Me encontré con la doctora Claudia, mi antigua ginecóloga, en la oficina de correos, e incluso ella llevaba una, aunque sospeché que su marido tenía más que ver con la elección de accesorios de Claudia que ella misma. Sé que la P significa «Puro»... Hombre Puro, Mujer Pura, Niño Puro.

Lo que no sé es por qué lleva mi hijo esa insignia.

—¿Cuándo has empezado a llevar esto? —digo tocándole el cuello.

Steven aparta mi mano como si fuera una mosca molesta, y se vuelve a aclarar los platos y poner el lavavajillas.

—La conseguí el otro día. No es nada importante.

—¿La conseguiste? ¿Qué quiere decir eso? ¿Cayó del cielo? ¿Te la encontraste en una alcantarilla?

No hay respuesta.

—Uno no consigue eso sin más, Steven.

Pasa a mi lado, se pone un vaso de leche del frigorífico y se lo bebe.

—Claro que no la consigues sin más, mamá. Tienes que ganártela.

—Ya veo. ¿Y cómo ocurre eso?

Otro vaso de leche desaparece en el interior de Steven.

—Deja un poco para los cereales de mañana —digo—. Tú no eres el único ser humano que vive en esta casa.

—Quizá deberías salir y comprar otro cartón, entonces. Es tu trabajo, ¿no?

Mi mano vuela con voluntad propia, hace contacto, y el dibujo vivo de una palma aparece en la parte derecha de la cara de Steven.

Él ni siquiera parpadea, no levanta la mano, no reacciona en absoluto, solo dice:

—Muy bonito, mamá. Precioso. Algún día esto será delito.

—Eres un mierda.

Ahora está pagado de sí mismo, lo que no hace sino empeorar las cosas.

—Te diré cómo me he ganado el pin. Me han reclutado. Reclutado, mamá. Necesitan voluntarios de la escuela de chicos para hacer las rondas en las escuelas de chicas y explicarles unas cuantas cosas. Y acepté. Y durante los tres últimos días he ido sobre el terreno y he demostrado cómo funcionan los brazaletes. Mira. —Se levanta una manga y enseña la marca de una quemadura en torno a su muñeca—. Vamos en parejas y lo hacemos por turnos. Todo para que las niñas como Sonia sepan lo que pasa. —Como para desafiarme una vez más, se bebe el vaso de leche y se pasa la lengua por los labios—. Por cierto, yo no la animaría a seguir aprendiendo el lenguaje de señas.

—¿Por qué demonios no iba a hacerlo? —Estoy intentando asimilar el hecho de que mi hijo ha sufrido descargas voluntariamente «para que las niñas como Sonia sepan lo que pasa».

—Mamá. De verdad. Precisamente tú deberías entenderlo. —Su voz ha adoptado el tono de alguien mucho mayor, alguien cansado de explicar cómo son las cosas—. El lenguaje de signos estropea el objetivo de lo que estamos tratando de hacer aquí.

«Por supuesto que lo hace.»

—Mira, no puedo darte los detalles, pero hay gente investigando los nuevos... ya sabes, los nuevos dispositivos. Serán más bien como guantes. Y es todo lo que puedo decir. —Se tensa, sonriendo—. Excepto que me he presentado voluntario para probarlos.

—¿Qué?

—Se llama liderazgo, mamá. Y eso es lo que hacen los Hombres Puros.

No sé qué decir, así que digo lo primero que me viene a la mente.

—Eres un cabrón.

Steven se encoge de hombros.

—Lo que tú digas. —Y sale de la cocina y deja el vaso en la encimera junto a una nota que dice: «Compra leche».

Sam y Leo están en la puerta de la cocina mirándome, de modo que no me atrevo a llorar.

16

*D*espués de leerle a Sonia el cuento para la hora de dormir y echarme a su lado, esperando que su respiración regular me diga que ya está dormida, me voy a mi dormitorio. Nuestro dormitorio. Esta noche lo tengo todo para mí porque Patrick todavía está en su estudio, aunque es casi medianoche. Raramente se queda levantado hasta tan tarde.

Esta noche pienso en los hombres.

Cuando he llevado a los gemelos a la cama, Steven estaba en el salón ante la televisión, comiendo helado y viendo un programa de una serie de charlas del reverendo Carl, que supongo que ahora será el héroe de mi hijo. Los dos hacen muy buena pareja, ambos tan rotundos en sus ideas de la vuelta a un tiempo anterior, una época en la que los hombres eran hombres y las mujeres eran mujeres, y gloria gloria aleluya, joder, «las cosas eran mucho más fáciles entonces, cuando todos sabíamos cuál era nuestro lugar». No puedo odiar a Steven porque crea en algo tan equivocado, aunque odie lo que cree.

Otros hombres, sin embargo, son distintos.

No mucho después del quinto cumpleaños de Sonia, después de que nos pusieran los contadores, llamé a su casa a mi doctora, teniendo preparadas una serie de preguntas formuladas con precisión, en una especie de lengua simplificada. Podé las frases, eliminando los elementos copulativos y modificadores, yendo al grano lo más rápido que pude. El contestador grabaría cada palabra, incluso los susurros.

No sé qué esperaba de ella, qué podía decirme mi doctora desde hacía más de diez años. Quizá quisiera una compañera silenciosa. Quizá lo único que quería saber era lo cabreada que estaba.

La doctora Claudia respondió y escuchó; un bajo gemido se escapó de sus labios antes de que su marido cogiera el teléfono.

—¿De quién cree usted que es culpa? —dijo.

Yo me quedé en mi cocina queriendo explicarme, con mucho cuidado de no hacerlo, mientras él me decía que nos habíamos manifestado demasiadas veces, que habíamos escrito demasiadas cartas, que habíamos gritado demasiadas palabras.

—Ustedes, las mujeres. Había que darles una lección —dijo, y colgó.

No la volví a llamar para preguntarle cómo la habían silenciado, si habían irrumpido en su consulta o si habían invadido su cocina, si la habían metido en una furgoneta, junto con sus hijas, y le habían explicado con detalle el futuro dentro de una habitación tétrica y gris, antes de colocarles sus brillantes brazaletes a cada una de ellas y mandarlas a casa a cocinar y a limpiar y a apoyar a las Mujeres Puras. A aprender la lección.

La doctora Claudia nunca se habría puesto esa insignia, no sin luchar, pero yo sé que todavía la lleva. Probablemente sus hijas también, como Julia King, en la puerta de al lado. Yo conocí a Julia cuando llevaba vaqueros cortados y tops sin tirantes, cuando corría con su bicicleta por la calle con el reproductor de MP3 a todo volumen, cantando con las Dixie Chicks, cuando me encontraba en el jardín y me contaba otra anécdota sobre lo rara que era su madre, poniendo los ojos en blanco ante la ridiculez de toda esa mierda de los Puros. Cuando su padre la encontró hablando conmigo (supongo que fue hace un año y medio, más o menos) cogió a Julia por el brazo y la metió a través de la puerta mosquitera de atrás.

Todavía recuerdo que su llanto se parecía a cuando Evan le pegaba.

La puerta del estudio de Patrick se abre y sus pasos avanzan por el vestíbulo, se alejan de nuestro dormitorio y van hacia la cocina. Podría ir yo también, servirnos una copa y contarle lo que ha ocurrido con Steven después de la cena. Debería ir, ya lo sé.

Pero no voy.

Patrick es del tercer tipo de hombres. No es un creyente, tampoco es un gilipollas que odia a las mujeres; solo es débil. Y prefiero pensar en hombres que no lo son.

De modo que esta noche, cuando Patrick al fin viene a la cama, aunque se disculpa, decido soñar con Lorenzo de nuevo.

No sé nunca qué es lo que provoca esto, qué me hace imaginar que este es su brazo, y no el de mi marido, en torno a mi cintura durante la noche. No he hablado con Lorenzo desde el último día en la universidad. Bueno, y aquella otra vez después, pero no hubo mucha vocalización entonces.

Me suelto del pesado apéndice que me rodea. Se parece demasiado a la propiedad, ese gesto; es demasiado posesivo. Y la suavidad de la piel de Patrick, su mano blanda de doctor, su pelo fino, todo ello se interpone en el camino de los recuerdos, emborronándolos.

Lorenzo ya habrá vuelto a Italia, a estas alturas. No estoy segura. Han pasado dos meses desde que seguí a mi corazón y mi libido y fui a verle. Dos meses desde que lo arriesgué todo por un revolcón de una tarde.

«No, un revolcón no, Jane… amor», me recuerdo a mí misma.

Su plan, desde el primer momento, era volver a lo que él llamaba la Bota, en cuanto su periodo como profesor visitante hubiese acabado. Echaba de menos la cocina, el mar, las naranjas y los melocotones criados en un rico suelo volcánico, hasta hacerse tan grandes como el sol. Y su lengua. Nuestra lengua.

Patrick se mueve a mi lado, y yo me levanto de la cama y saco la vieja *macchinetta* de un armario, lleno el depósito con agua y pongo café molido en su diminuta copa perforada, y luego la pongo a fuego bajo. Son casi las cinco de la mañana, así que no voy a dormir más.

¿Fue el café lo que puso en marcha las cosas? ¿O fue el italiano? De repente, siento calor y frío al mismo tiempo.

Él tenía un infiernillo en su despacho, uno de esos con resistencias eléctricas que se encuentran en los apartamentos amueblados y los hoteles baratos. Metida entre sus textos de semántica se encontraba una lata de café, café auténtico, no ese polvo molido con el que alimentaban la cocina de la facultad. Nos habíamos reunido para revisar el progreso del recuerdo léxico en mis pacientes con anomia. No sé por qué motivo, los anómicos me tenían perpleja; su incapacidad de formular los nombres de los objetos más comunes, aun sabiendo exactamente cómo describirlos, había devuelto mi investigación al nivel cero. Si no podía producir un informe positivo para finales del mes, diría adiós a mi financiación y *sayonara* a mi puesto titular.

Lorenzo puso el café al fuego y fuimos repasando los últimos escáneres cerebrales. Allí, entre IRM y EEG y café italiano, empezó todo.

Lo primero que observé fue su mano al servir un café *espresso* muy negro en una taza pequeña. Tenía la piel oscura, no rosa y restregada como la mano de Patrick. Tenía una de las uñas rota, y callos en la punta de los dedos, que eran largos y delgados.

—¿Tocas la guitarra? —pregunté.

—La mandolina —dijo—. Y un poco la guitarra.

—Mi padre tocaba la mandolina. Mi madre lo acompañaba cantando; todos cantábamos. Nada demasiado complicado, solo las canciones folklóricas habituales. «Torna a Surriento», «Core 'ngrato», cosas así.

Él se echó a reír.

—¿Qué te hace tanta gracia?

—Una familia americana cantando «Core 'ngrato».

Entonces me tocó reír a mí.

—¿Qué te hace pensar que soy americana? —dije en italiano.

Nos conocimos así, en su despacho, donde estaban el infiernillo y la pequeña cafetera. Después de dejar dormir el proyecto de la anomia, asegurándome mi futuro inestable para otro semestre más al menos, seguimos reuniéndonos.

—Te he traído un poquito de Italia —dijo un día, no mucho después de ir a visitar a su familia tras las vacaciones de primavera. Nuestras conversaciones habían pasado de medio inglés, medio italiano a napolitano a toda máquina, y el despacho de Lorenzo parecía un oasis continental: *caffè*, música, galletas *taralli* crujientes que traía los lunes, después de pelearse todo el fin de semana con la receta de su abuela.

Me tendió un objeto envuelto en periódico por encima del escritorio.

—¿Qué es? —pregunté.

—Música para ti, Gianna. Ábrelo.

Lo hice. Dentro del envoltorio había una caja de madera, tallada y pulida, con un motivo de una rosa de cinco pétalos en torno al borde. No parecía muy musical, hasta que Lorenzo se acercó y levantó la tapa con un dedo.

Todavía recuerdo aquello, cómo levantó la tapa con sus bisagras, con tanto cuidado como un novio que levanta suavemente por encima de la rodilla la falda de su flamante esposa, preparándose para meter el dedo bajo su liga. Un acto lascivo que la amabilidad volvía tierno.

Aquella fue la primera vez que imaginé la mano de Lorenzo en mi piel desnuda, un lunes normal y corriente en su despacho atestado de cosas, con la caja de música entonando «Torna a Surriento» y la cafetera burbujeando con el café espeso y dulce.

Lorenzo no es un creyente, ni un misógino, ni un cobarde. Él tiene su propia categoría, encajada en un rincón oscuro y agradable de mi mente.

17

Steven es el primero en despertarse y salir de casa antes de que Patrick y yo empecemos nuestras rutinas matutinas. Los gemelos, en un raro brote de autosuficiencia (aunque sin coordinación de colores) se han vestido solos, y ahora se están acabando la leche que quedaba en unos cuencos con cereales multicolores llenos de azúcar, de los que estropean los dientes. Leo lleva el jersey puesto al revés, y Sam lo arregla. Ninguno de los dos dice gran cosa mientras se comen los cereales.

—Lo que ocurrió anoche fue solo una discusión —digo.

—Es raro cuando hablas, mamá —dice Leo.

Supongo que lo será, después de un año.

Cuando llega Patrick, con aspecto de haber dormido menos de lo que ha dormido, los gemelos ya están de camino hacia la parada del autobús, y yo estoy vistiendo a Sonia, metiéndole los delgados brazos en las mangas de la cazadora, uno cada vez. Mi mano descansa un momento en su brazalete rojo, y ella aparta la muñeca de un tirón, y su manita se desliza de la mía.

—Siento que tuvieras que ver aquello ayer. Con Steven —le digo.

Ella asiente, como si sintiera tener que haberlo visto también.

Vamos andando juntas hasta el autobús, tan calladas como cualquier otro día del año escolar. Ahora yo tengo palabras, pero no sé cómo usarlas, no tengo ninguna pista de cómo hacer mejor la vida de mi hija, aunque solo sea por un rato.

—No más sueños de miedo, ¿vale?

Sonia asiente de nuevo. Por supuesto, seguro que no tuvo

ninguna pesadilla anoche, debido a la pequeña dosis de Sominex que le puse en el cacao. Patrick todavía no lo sabe, y no estoy segura de si contárselo o no.

—Sé buena en el colegio —digo, y la ayudo a subir al autobús.

«Sé buena en el colegio.» Vaya puta mierda.

Me imagino a mi hija sentada en un pupitre de esos que tiene un hueco bajo el asiento donde se podrían guardar libros, y estuches de colorines de Hello Kitty, y notas secretas en las que pusiera «¿Te gusta Tommy? ¡Creo que a Tommy le gustas!». Superficies para escribir con formica laminada donde se podrían rascar corazones e iniciales, o reseguir las huellas de lo que puso algún otro chico o chica otro año, preguntándose si BL se casaría alguna vez con KT, o si el señor Pondergrass, profesor de álgebra, sería realmente un monstruo porcino con mocos. Cuadernos de redacción blancos y negros, luego más delgados y azules, cuando los deberes de escritura pasaban de «Lo que he hecho durante las vacaciones de verano» a «Compara y contrasta *Hamlet* y *Macbeth* de Shakespeare». Todas esas cosas sencillas y corrientes que supusimos que nunca perderíamos.

¿Qué estudian ahora nuestras niñas? Un poco de sumas y restas, decir la hora, dar el cambio. Contar, claro. Lo primero de todo será contar. Hasta cien.

Cuando Sonia ingresó en el primer curso, el pasado otoño, la escuela celebró un día de puertas abiertas. Patrick y yo fuimos, junto con el resto de los padres. No vi el anuncio que enviaron a los padres, o a los abuelos, en el caso de que una de las niñas tuviera dos mamás. Por supuesto, ya no hay familias con dos mamás o dos papás; a los niños de parejas del mismo sexo se los han llevado todos a vivir con su pariente varón más cercano, un tío, un abuelo, un hermano mayor, hasta que el padre o la madre biológicos se casen como Dios manda. Es curioso que con todo lo que se habló antes de terapias de conversión y de curar la homosexualidad nadie pensara en una forma infalible de meter en vereda a los gais: quitarles a sus hijos.

Sospecho que la asistencia a la jornada de puertas abiertas

aquella noche era obligatoria, aunque Patrick no me lo dijo, solo me instó a que examinara las instalaciones, que se suponía que eran de vanguardia.

—¿Cómo vanguardia? —dije comprobando mi contador antes de hablar.

Una hora más tarde lo averiguamos.

Seguía habiendo aulas con sus pupitres y sus pantallas de proyección. Los tableros de anuncios estaban empapelados con dibujos: una familia haciendo el pícnic aquí, un hombre con traje con un maletín en la mano allá, una mujer con un sombrero de paja y plantando un bancal de flores rojas en otra esquina. Niños en un autobús escolar, niñas jugando con muñecas, chicos dispuestos en un campo de béisbol. No vi libros, pero, claro, era de esperar.

No pasamos mucho tiempo en las aulas, y enseguida los profesores, cada uno con una pequeña insignia azul de P en la solapa, nos hicieron marchar hacia los pasillos para la visita.

—Esta es la sala de costura —dijo el líder de nuestro grupo abriendo unas puertas dobles y haciéndonos señas para que entrásemos—. Cada niña, si es lo bastante mayor para trabajar con las máquinas sin jugar a la Bella Durmiente —se rio de su propia broma—, tendrá su propia Singer digital. Un equipamiento realmente increíble. —Acarició una de las máquinas de coser como si fuera un animal de compañía—. Y ahora, si me siguen, echaremos un vistazo a las cocinas, antes de salir fuera, a la zona de jardinería.

Era economía doméstica a tope y poca cosa más.

Despido a Sonia mientras el autobús se aparta de la acera. Hoy estará en un aula con otras veinticinco niñas de primer curso. Escuchará historias, practicará los números, ayudará a las demás alumnas en la cocina mientras preparan galletas, amasan y hacen rebordes a los pasteles. Esto es ahora la escuela, y lo será durante un tiempo. Quizá para siempre.

La memoria es una facultad condenable.

Envidio a mi propia hija; ella no recuerda la vida antes de las cuotas, ni los días escolares antes de que el Movimiento Puro se apoderase de todo. Lucho para recordar la última vez que vi un número mayor de cuarenta en su frágil muñeca, excepto, claro está, dos noches antes, cuando vi que ese número subía vertiginosamente hasta el cien. Para las demás, para mis antiguas colegas y estudiantes, para Lin, para las señoras del club de lectura y la mujer que antes era mi ginecóloga y la señora Ray, que nunca volverá a cuidar otro jardín, lo único que nos queda son los recuerdos.

No puedo ganar de ninguna manera, pero sí que hay una forma de que pueda sentirme ganadora.

En el minuto que cuesta volver andando por la calle y subir los escalones de mi porche, me decido.

Patrick tiene el televisor encendido y el reverendo Carl está dando una conferencia de prensa. La sala de la Casa Blanca parece más o menos la misma de siempre, excepto que no hay mujeres, solo un mar de trajes oscuros y corbatas. Todos los reporteros asienten mientras escuchan al reverendo Carl dar las noticias del estado de Bobby Myers.

—Tenemos a alguien que nos puede ayudar —dice Carl.

Un coro de «¿Quién?» y «¿Dónde lo han encontrado?» y «¡Maravillosa noticia!» se extiende por la sala de prensa. Patrick interrumpe su contemplación y se vuelve hacia mí.

—Eres tú, cariño. De vuelta al trabajo.

Pero yo no quiero volver al trabajo, no por Bobby Myers, ni por el presidente, ni por ninguno de los hombres que están en esa habitación.

El reverendo Carl hace su gesto habitual con las dos manos en el aire ante él, como si estuviera deshinchando una colchoneta. O bien apretando algún objeto blando.

—Ahora tienen que escucharme. Lo que estamos haciendo es un poco anticonvencional, un poco radical incluso, pero estoy seguro de que la doctora Jean McClellan es la persona adecuada para este trabajo. Como muchos sabrán, su trabajo sobre la inversión de… —y comprueba sus notas para decir bien el término técnico— la afasia fluida, también conocida como afasia de Wernicke, fue pionero. Por supuesto, ese trabajo se ha detenido temporalmente, hasta que pongamos las cosas en orden, pero quiero decirles…

Apago el televisor. Me importa una mierda lo que quiera decir el reverendo Carl. Y nunca me importará.

—No lo haré —digo a Patrick—. Así que llama al reverendo Carl antes de irte al trabajo.

—Pero ¿qué le digo?

Me miro la muñeca, sin quemadura eléctrica, sin brazalete plateado.

—Dile que he dicho que no.

—Jean. Por favor. Ya sabes lo que pasará si no accedes.

Quizá sea la forma que tiene de decirlo. Quizá la expresión de sus ojos, esa mirada cansada, apaleada, como de un cachorro desobediente. Quizá el olor agrio a leche y a café que tiene su aliento cuando habla. Podría ser una combinación de las tres cosas, pero en ese momento, en la casa donde concebimos a nuestros cuatro hijos, me doy cuenta de que ya no le quiero.

Incluso me pregunto si le quise alguna vez.

18

*E*sta vez el reverendo Carl viene a casa solo. Su traje es de la misma lana gris cara de ayer, pero con botonadura doble, en lugar de sencilla. Cuento los botones que lleva: tres a la derecha, tres a la izquierda, cuatro en cada manga. Los botones de la manga son de esos que se superponen unos milímetros, «botones que se besan», como los llamaba mi padre, cuando todavía tenía su sastrería, señal de un traje hecho a medida. También son botones de verdad, que funcionan, y el reverendo Carl deja los dos últimos sin abrochar. Quiere que el mundo sepa el gusto tan exquisito que tiene, supongo.

Lorenzo nunca presumió así.

Tomando café, una tarde (creo que fue hace dos inviernos, mientras íbamos abriéndonos camino a través de otra barrera del proyecto Wernicke) accidentalmente le rocé la manga de la chaqueta con el bolígrafo, dejándole una marca en la tela gris, pequeña, pero fea.

—Déjalo —dijo él.

—Vuelvo enseguida.

Tenía un bote de laca para el pelo en el despacho, por aquel entonces. «Aquel entonces» significa los días después de que Lorenzo y yo empezamos a trabajar juntos. No me había preocupado nunca antes, normalmente me contentaba con dejar que los rizos oscuros heredados de mi madre se desparramaran a su gusto. Pero aquella tarde tenía un bote de laca Paul Mitchell Freeze and Shine esperándome en un cajón junto con una lima de uñas, un palillo y un pequeño neceser con maquillaje de emergencia. Solo por si Lin convocaba una reunión sorpresa del proyecto.

Qué cosas hacemos las chicas.

Después de rociar laca y dar unos toquecitos en la marca de tinta, pasé una uña por la hilera de cuatro botones. Todos sonaron al tocarlos.

—Botones que se besan —dije yo—. No los veía desde hacía tiempo. —Mi padre me había contado que solo en Italia se ponen los botones de las mangas de ese modo.

Y eso fue lo que ocurrió. Un comentario estúpido y repentino sobre un recuerdo de niñez y el pie de Lorenzo cerró la puerta de una patada, y su boca buscó la mía.

Era bonito estar en aquel lugar, pero ahora estoy de vuelta en mi salón, con Patrick y el reverendo Carl y los botones de la manga de Carl, el último de cada fila desabrochado.

—Esperábamos, doctora McClellan, que usted… —empieza el reverendo Carl. Mira con añoranza mi taza de café.

No le ofrezco ninguna bebida, y no le dejo terminar.

—Pues no.

—Podemos subirle el sueldo.

Los ojos de Patrick relampaguean, primero hacia el reverendo Carl, luego hacia mí.

—Nos las arreglaremos —digo, y doy otro sorbo de café. Me he acostumbrado a los pequeños desafíos, como cuando cogí ese maldito contador rojo para Sonia.

No hay desesperación en su voz, ni ruego, solo una ligera contrariedad en las comisuras de los labios cuando dice:

—¿Y si le digo que tendría otros incentivos?

Ahora me imagino a mí misma en una habitación, en algún sitio, un sitio oscuro y vacío, con unas paredes donde el sonido está atenuado, sin ventanas, con hombres chorreando sudor y con los ojos entornados que siguen órdenes como «una muesca más» y «dale un momento más para pensarlo» y «empecemos otra vez». Lo único que puedo hacer, para no dar un respingo, es mantener la mirada bien fija.

—¿Como por ejemplo?

Su sonrisa se amplía.

—Podemos, por ejemplo, aumentar la cuota de su hija. ¿Digamos hasta ciento cincuenta? No. Doscientas…

—Puede aumentarla hasta diez mil, reverendo. De todos modos ella no habla.

—Lo siento —dice, pero nada en su tono indica que esté compungido. Eso es lo que él quiere: mujeres y niñas dóciles. A las generaciones más viejas hay que controlarlas, pero al final, cuando Sonia tenga hijas propias, el sueño del reverendo Carl Corbin de Mujeres Puras y Hombres Puros se habrá apoderado del mundo. Le odio por eso.

—¿Algo más? —digo.

Patrick me mira, pero no habla.

El reverendo Carl solo saca una cajita delgada de metal de su bolsillo.

—Entonces tendré que ponerle esto otra vez. —El «esto» al que se refiere es el brazalete estrecho y negro que lleva en la caja.

—Ese no es el mío —digo—. El mío es plateado.

Otra sonrisa, pero ahora los ojos del reverendo Carl también sonríen.

—Un modelo nuevo —dice—. Verá que funciona exactamente igual que su antiguo brazalete, pero este tiene dos características adicionales.

—¿El qué? ¿Un látigo en miniatura incorporado?

—¡Jean! —dice Patrick. Le ignoro.

—Nada de eso, doctora McClellan. La primera característica es un rastreador de cortesía.

—¿El qué?

—Nos gusta pensar que se trata de un toquecito amable, nada más. Solo para que las cosas vayan bien y todo funcione con normalidad. Nada de palabras malsonantes, ni blasfemias. Si se le escapa alguna no pasa nada, pero su cuota se reducirá en diez palabras por cada infracción. Ya se acostumbrará.

Me siento como Cartman en aquella película de *South Park*, aquella en la que le implantan un chip en la cabeza que le manda una descarga cada vez que dice «joder», cosa que, al tratarse de *South Park*, efectivamente, ocurre todo el rato.

—Lo segundo requiere un poco más de acción por su parte. —Y toca el botón rojo que hay a un lado de la banda—. Una vez al día, en el momento que usted elija, apretará este botón y hablará al brazalete. Hay un micrófono aquí. —Señala el otro lado, opuesto al botón rojo—. Esperamos que esta práctica ayude a que la gente…

—Las mujeres —le interrumpo.

—Sí. Las mujeres. Esperamos que esto ayude a ponerlas a tono, a comprender lo fundamental.

—¿Cómo?

Del bolsillo de su pecho saca una hoja de papel doblada y la alisa. Es una lista mecanografiada.

—Leerá esto, una vez al día, al micrófono. Apriete el botón rojo dos veces antes de empezar, y dos veces cuando haya acabado. No se descontará de su cuota.

—¿Qué es lo que no se descontará? —Se me ha quedado la boca seca. Doy otro trago de café, ahora frío.

Me tiende la hoja.

—¿Por qué no lo lee ahora, mientras adapto el dispositivo a su voz? Así matamos dos pájaros de un tiro.

Las primeras palabras que leo están en mayúsculas azules en la parte superior de la página.

CREO que el hombre fue creado a la imagen y gloria de Dios, y que la mujer es la gloria del hombre, porque el hombre no fue hecho de la mujer, sino que la mujer fue hecha del hombre.

—No puedo leer esto —digo.

El reverendo Carl comprueba su reloj.

—Doctora McClellan, tengo una reunión en el centro dentro de una hora. Si no acabamos con esto, llamaré a alguien que pueda hacerlo.

Me imagino a Thomas, el del traje oscuro y cara oscura y ojos más oscuros todavía, el que me quitó el contador ayer por la mañana. El hombre a quien vi hace un año, cuando vinieron contra nosotras por primera vez.

El día que anuncié el progreso de nuestro equipo en una sala de seminarios atestada de gente, dos docenas de hombres uniformados, con el sello presidencial en una banda en el brazo izquierdo y armas de color negro noche en la mano derecha, se abrieron paso entre la multitud. Mi proyector se apagó en el tiempo que me costó coger aliento. Detrás de mí, solo los fantasmas de mis fórmulas seguían proyectándose en la pantalla blanca.

Había empezado aquella cosa terrible, impensable, sobre la que Patrick me había advertido solo unos días antes.

Separaron a nuestra multitud e hicieron salir a los hombres, a las mujeres nos pusieron en fila y condujeron a cincuenta estudiantes y profesoras, algunas titulares, otras nuevas, a través de unas salas vacías. Lin fue la primera en hablar y resistirse.

Thomas se echó encima de ella como un puma que va detrás de una presa, con su bastón de tortura negro noche señalando amenazadoramente hacia el pequeño cuerpo de Lin Kwan.

La vi doblarse en dos y caer sobre sí misma, sin palabras, solo el hilo de un gemido de dolor, agudo y tenso, que salió de sus labios. Cinco de nosotras corrimos hacia la masa apretujada de mujeres que estaban en el suelo de baldosas, pero nos apartaron a palos. Las que se quedaron también fueron golpeadas o aturdidas. Como animales que se portan mal. Vacas. Perros.

Nada de todo esto pasó sin que hubiera lucha, es lo que digo.

—¿Doctora McClellan? —El reverendo Carl tiene su teléfono, con un largo dedo levantado encima del botón verde de «enviar», dispuesto a apretarlo y a traer a hombres con poco encanto y muchas técnicas persuasivas.

—Vale. Lo leeré —digo pensando que puedo pronunciar esas horribles palabras sin dejar que me invadan.

De modo que empiezo.

Cuando llego a la mitad de la página, la piel de Patrick tiene un color blanquecino y pastoso. El reverendo Carl asiente cada vez que digo una de las creencias o afirmaciones o declaraciones de intenciones del brazalete negro.

Como mujeres, nos corresponde guardar silencio y obedecer. Si debemos aprender algo, preguntemos a nuestros maridos en la intimidad del hogar, porque es vergonzoso que una mujer se cuestione el liderazgo de los hombres, ordenado por Dios.

Asiente.

Cuando obedecemos al liderazgo masculino con humildad y sumisión, reconocemos que la cabeza de todo hombre es Cristo, y que la cabeza de cada mujer es el hombre.

Asiente.

El plan de Dios para la mujer, ya esté casada o soltera, es adornarse con vergüenza y sobriedad, y exhibir modestia y feminidad sin extravagancia ni orgullo.

Asiente.

Buscaré adornarme solo interiormente, y ser pura, modesta y sumisa. De ese modo glorificaré al hombre, y por tanto glorificaré a Dios.

Asiente.

Honraré la santidad del matrimonio, tanto mío como el de otros, porque Dios juzgará a los adúlteros con venganza.

Asiente.

Espero que Patrick interprete el temblor de mi voz como una señal de incomodidad.

El reverendo Carl asiente una vez más, cuando acabo la página, y toca dos veces el botoncito rojo.

—Bien hecho, señora McClellan. —Pone énfasis en el «señora»—. Patrick, ¿quiere hacer el honor?

Patrick se remueve y deja su taza de café, llena, en la mesita, derramándolo un poco. Luego coge la cosa negra de la mano del reverendo Carl, me rodea con ella la muñeca izquierda y la cierra.

Y así es como pierdo mi voz por segunda vez. Con un chasquido que suena como una bomba.

19

*C*reo que he desarrollado una audición sobrehumana.

Esta tarde, esperando que el autobús de Sonia venga serpenteando por la calle hacia nuestra casita, oigo todos los sonidos. No los sonidos que oía antes, no a los reporteros de la CNN hablando de política en el minitelevisor de la cocina; no a John, a Paul, a George y a Ringo diciéndome por los altavoces en estéreo que quieren cogerme de la mano; tampoco mi propia voz que canta con ellos (aunque mal, lo reconozco). Oigo el chasquido húmedo de la masa que estoy trabajando hasta someterla, el ensordecedor zumbido del refrigerador, el silbido de alta potencia del ordenador de Patrick, a través de la pared cerrada de su estudio. Oigo los latidos de mi propio corazón, constantes, incesantes.

Un motor ahora, el efecto Doppler amplificando la frecuencia, a medida que se acerca el autobús. Ya tengo planeadas las tres palabras que diré cuando llegue Sonia: «Mamá te quiere». Podría decir algo más, después, pero por el momento con eso basta.

Coloco la masa en un cuenco de cristal grande para que vuelva a subir, y limpio bien la harina que se me ha pegado entre los dedos. Tendría que haberme quitado el anillo, pero se me ha olvidado. Entonces me esfuerzo por sonreír: no demasiado, no como un payaso. No quiero que parezca que me he maquillado exageradamente. Y me dirijo hacia la puerta.

Sonia salta del autobús, se despide con un gesto del señor Benjamin, que se va hacia su siguiente parada, y cubre los treinta metros que hay entre el lugar donde se ha apeado y el porche como un felino cargado de adrenalina. Normalmente es tranquila y reflexiva, pero está muy inquieta esta tarde, llena de ansiedad y agitación. Mi niña está ardiendo de emoción cuando salta en mis brazos, el papel que lleva me roza el oído izquierdo, y su mejilla aterciopelada está llena de sudor, con manchas de chocolate.

—Mamá te quiere —digo. Clic, clic, clic. Apenas he registrado mis propias palabras cuando ella rompe el abrazo.

—¡Gané premio! —chilla Sonia, arrojando el papel en mis manos, y señalándose la boca, chupándose los labios con su lengua rosa. Cuando la miro con los ojos entrecerrados, hace tres movimientos firmes con el dedo índice hacia el manchurrón de helado seco que todavía tiene en la comisura del labio. Cojo su mano y se la aparto de la boca, meneando la cabeza. A veces se olvida de las cámaras.

Y de Steven.

Sonia señala de nuevo hacia su boca, desesperada por que vea la mancha de chocolate, y una vez más, le aprieto fuerte la mano, sujetándole los dedos entre los míos. Unos pocos segundos de hacer gestos o señalar en casa quizá no importen, a menos que se convierta en una costumbre. Una dolorosa imagen de Sonia haciendo esto en público brilla delante de mí... o peor, delante de Steven, el maldito Niño Espía. Le aprieto los dedos un poco más fuerte, mientras mi otra mano le da la vuelta al sobre que ha traído a casa.

En la parte delantera hay una etiqueta, dirigida al señor Patrick McClellan. Y por supuesto, el sobre está cerrado.

Así están las cosas. Mis tres palabras del día, a menos que contemos la lista de ingredientes en el paquete de harina, y el mensaje verde en leds «Su bebida está lista», brillando en el microondas cuando me he recalentado el café.

—¿Por qué? —digo llevando a Sonia dentro e intentando ignorar los dos clics en mi muñeca—. Cuidado con las palabras.

Es más conversación de la que solemos tener, pero estoy desesperada por saber qué noticias me trae mi niña a casa. También estoy desesperada por evitar que hable más de lo que debería: todavía no he comprobado el total de su contador.

En la cocina, mientras preparo una taza de chocolate para las dos, nuestro silencioso ritual de la tarde, Sonia se sube a un taburete, saca la mano izquierda y dice una sola palabra, atronadora:

—¡Bajo!

«¿Qué demonios?»

Entonces veo el contador en su brazalete rojo. Los llaman brazaletes en la escuela, en la consulta del doctor, en los anuncios que ponen antes de las películas. Pienso en ello mientras limpio con una toallita de papel la mancha de chocolate (que sospecho que es el premio de Sonia) de su boca, y veo que se le forma un nuevo bigote color moca al coger a cucharadas su cacao de la taza. Anuncios para silenciadores que provocan descargas eléctricas: elige tu color, añade brillos o rayas. Tienen uno tipo anillo que hace juego con tu ropa, si te obsesiona la coordinación, con una variedad de tonos de aviso, con dibujos de personajes de cómic para las más jóvenes.

No puedo hacer otra cosa para evitar maldecir a los hombres que los fabrican, o a los vendedores con sus siniestros esfuerzos para convencernos de que tenemos alguna elección. Supongo que si las cosas vuelven a la normalidad, usarán esa vieja excusa de siempre: «Yo solo seguía órdenes».

¿Dónde habré oído eso antes?

No puedo estar en esta cocina ahora, no puedo mirar a mi niña beberse su cacao y mirar el sobre blanco del mostrador como si contuviera una puta Medalla de Honor del Congreso. De modo que me voy a otro sitio. Intento imaginarla en el recreo, saltando a la cuerda y jugando a juegos del alfabeto o cantando rimas escolares de esas que esconden palabrotas apenas veladas y riéndose de ellas. La veo ponerse en la fila, susurrando por ese nuevo chico que hay en clase, escribiendo notas de amor y predicciones en un papel que doblará para formar un comecocos. La oigo emitir miles de palabras inútiles, pero preciosas, antes de que suene el timbre.

Otro motor ronronea, luego gruñe, a través de la puerta mosquitera del porche trasero, y salgo de mi ensoñación. Al menos Patrick está en casa antes de que lleguen los niños del colegio. No tengo nada que decirle, pero necesito que esté solo; necesito ver qué secreto alberga la misteriosa carta de Sonia.

Pero no lo hago, en realidad. Al otro lado de la isla de la cocina, el contador de mi hija emite un resplandor informando al segundo.

«¡Gané premio! —ha dicho—. ¡Bajo!»

Sé que es lo que se propone su colegio. Lo sé porque el contador de su delgada muñeca lleva el número 3.

Mi hija ha permanecido en silencio todo el día.

20

Yo tenía razón, es un concurso.

La carta que Patrick abre y me lee anuncia con gran placer el lanzamiento de una competición mensual para todas las alumnas de EFP 523 (EFP significa Escuela Femenina Pura). Obviamente, los niños van a la EMP, Steven al instituto y Sam y Leo a otra, para los grados que van desde quinto a octavo. No dividen a las niñas de esa manera entre pequeñas y mayores, posiblemente como método para cumplir otra promesa del Manifiesto, que las mujeres de más edad enseñen y entrenen a las mujeres jóvenes, o quizá porque no quieren doblar el número de máquinas de coser digitales y equipamiento de jardinería.

—Hacen concursos diarios —dice Patrick sentándose en el taburete de la barra que tengo enfrente, después de coger una cerveza del frigorífico. Es temprano para él, pero no digo nada—. Helado para la niña con el número más bajo de cada curso —da un largo sorbo de la botella—, con el número más bajo en su contador.

Así que era exactamente lo que me imaginaba.

Continúa.

—A final de mes, hacen el recuento de todo y...

—Palabras —le interrumpo. El brazalete negro que llevo en la muñeca izquierda hace clic una vez.

—Eso es. Palabras. Hay un premio para cada curso, un regalo que dicen que es «apropiado para la edad». Una muñeca para las más pequeñas, juegos para las de los cursos intermedios, maquillaje para las chicas de más de dieciséis.

Estupendo. Su voz a cambio de mierdas.

Lo peor es que Patrick está sonriendo.

—Ya basta de esto —dice él—. No importa.

—Una mierda no importa. —El artefacto que me rodea la muñeca emite cuatro pitidos y veo que el número sube de 46 a 50. Luego emite un sonido como una rana enferma y el 50 sube a 60. Vale. «Mierda» está ahora fuera de mi vocabulario. Una de las palabras feas de la lista de George Carlin. Ojalá supiera por qué me sonríe Patrick.

Como si él me leyera la mente, sale de la cocina, trae su maletín del salón y lo pone en el mostrador que nos separa.

—Un regalo del presidente, cariño —dice, y saca un sobre del maletín de piel. En la esquina superior a mano derecha, el sello presidencial. A la izquierda, donde normalmente se pondría el sello, una P mayúscula grabada, el modelo para la nueva insignia de Steven.

Y hablando del rey de Roma: los chicos están en casa.

Leo y Sam saltan primero a la cocina, me besan y me dicen hola, y se dirigen los dos hacia el armario donde están las cosas de picar. Steven, más sereno de lo que está habitualmente, va al frigorífico después de un escueto:

—Hola, papá. Hola, mamá.

Buscará leche, que, por supuesto, me he olvidado de comprar.

—Estupendo —dice Steven agitando el último sorbo de leche que queda en el tetrabrik. Parece sorprendido porque no le respondo, y entonces ve la última adquisición de mi guardarropa.

—¡Tienes el nuevo modelo! Fabuloso. Julia también lo tiene, pero el suyo es morado con estrellas plateadas. Se lo han dado hoy mismo. Me lo ha enseñado cuando volvía andando a casa desde el autobús.

«No odio a mi hijo. No odio a mi hijo. No odio a mi hijo.»

Pero ahora mismo sí que lo odio, un poquito.

—Lee la carta, Jean —me dice Patrick.

El presidente Myers ha salido por televisión otra vez hoy. Siempre está en la televisión, parece ser, siempre anunciando a bombo y platillo un nuevo plan para darle la vuelta al país, diciéndonos constantemente que estamos muchísimo mejor. La economía ha mejorado (aunque no en nuestra casa, como me recuerda el aire acondicionado estropeado), el desempleo ha bajado (si no cuentas a los setenta millones de mujeres que han perdido sus trabajos). Todo es fantástico y todo va bien.

Pero no todo iba tan bien hoy, cuando contestaba las preguntas de la prensa.

—Ya encontraremos a alguien —ha dicho—. Cueste lo que cueste, encontraremos a alguien que cure a mi hermano.

«Una mierda lo encontraréis», pienso. La misma sonrisa ligera en los labios de Anna Myers me ha dicho que ella pensaba lo mismo. Bien por ti, hermana.

Aunque accediera, no había ninguna garantía de éxito. La afasia de Wernicke es un demonio muy escurridizo. Quizá tenga alguna posibilidad si me aseguro de que Lin Kwan está de verdad en el equipo, y no solo como respaldo, como mencionó el reverendo Carl. Mejor aún: Lin y Lorenzo.

Pero no quiero pensar en Lorenzo ahora. No me gusta pensar en él cuando Patrick está a mi alrededor.

—¿No vas a abrirlo? —dice Patrick.

Paso una uña por debajo de la solapa del sobre. Dentro hay una sola hoja de papel doblado en tres partes, con membrete de un blanco roto. Va dirigido a mí, doctora Jean McClellan. De manera que he vuelto a ser «doctora» ahora mismo.

El cuerpo de la carta es una sola frase.

—¿Bien? —me pregunta Patrick, pero sus ojos me dicen que ya sabe lo que dice el presidente.

—Espera.

Coge otra cerveza del frigorífico, pero no se la bebe con el mismo humor celebratorio que el primer botellín. Esta es medicinal, anestesia líquida para ayudarle a pasar la espera mientras yo salgo de la cocina con mi decisión todavía no anunciada. Quizá esperaba que yo hiciera volteretas en las baldosas. No sé.

De todos modos, hace demasiado calor para pensar. En el jardín de atrás, bajo el magnolio de la señora Ray, se estará mucho mejor.

«Por favor, llámeme y dígame cuál es su precio», dice el presidente. Es agradable ver que el hijo de puta cede.

Mi precio. Mi precio es volver atrás el reloj, pero eso no es factible. Mi precio es erradicar el Movimiento Puro desde la raíz, como se quitan las malas hierbas en lo que antes fue un jardín lleno de vida. Mi precio es ver ahorcados al puto reverendo Carl Corbin y a su rebaño, o desgarrados a jirones por perros salvajes, o quemados hasta convertirlos en cenizas y mandarlos al infierno.

La puerta de atrás se abre y se vuelve a cerrar de golpe, y espero ver a Patrick venir hacia mí, pero no es él. Es Sonia. Lleva una cartulina rosa, del mismo color que sus labios. Cuando llega a mi lado, me la tiende.

Para tener seis años muestra bastante talento, y su dibujo es de los mejores que ha hecho, de alguna manera. Las seis figuras realmente se nos parecen: Patrick, Steven, los gemelos, yo y Sonia. Todos estamos de pie en el jardín, cogidos de las manos bajo un árbol que está florecido con estrellas blancas. Ha dibujado ropa igual para los gemelos, y en la mano libre de Patrick ha puesto algo que parece una maleta, más que un maletín. Steven lleva su nueva insignia; yo llevo el pelo recogido en una cola de caballo. En torno a mi muñeca y la de Sonia hay brazaletes: rojo para ella, negro para mí. Sonreímos bajo un sol decorado con corazones de color naranja.

—Bonito —digo cogiendo el dibujo. Pero no creo que sea bonito. Creo que es lo más feo y espantoso que he visto en mi vida.

En lugar de estar junto a Patrick o incluso en otro extremo de la fila familiar, encuadrando ambos a nuestros hijos, yo soy la quinta. Después de mi marido, Steven y los gemelos de once años. Y Sonia me ha dibujado más pequeña que los demás, excepto ella. Consigo sonreír un poco y la subo en mi regazo, aprieto su cabeza contra mi cuerpo, para que no pueda ver que las lágrimas se me agolpan, que no podré contenerlas.

Pienso en Jackie y en aquellas últimas palabras que dijo en nuestro cochambroso apartamento de Georgetown, las acusaciones, las admoniciones. Jackie tenía razón: yo vivía en una burbuja. La hinché yo misma, a soplos, uno a uno.

Y aquí estamos. Mi hija y yo y los contadores de muñeca

que nos mantienen a raya. Me pregunto qué diría Jackie de todo esto. Probablemente algo así como: «Buen trabajo, Jean. Llenaste el depósito del coche a tope y lo llevaste derecho hasta el infierno. Disfruta de la hoguera».

Sí. Eso es lo que diría. Y tendría razón.

Me limpio las lágrimas con la manga y procuro dejar mi cara en un estado menos lamentable antes de volver la pequeña cabeza de Sonia hacia mí y plantarle un beso en la mejilla. Luego miro mi propio contador.

Llevo sesenta y tres palabras hoy. Me quedan suficientes para lo que tengo que decirle al presidente Myers.

21

«*P*uedo hacerlo», pienso.

Puedo hacerlo en menos de las treinta y siete palabras que me quedan. Mentalmente ensayo mi mitad de la conversación telefónica.

«Quiero tres cosas, señor presidente: eliminar el contador de mi hija. Que la dispensen del colegio: le enseñaré en casa de viernes a domingo. Y a Lin en el proyecto a tiempo completo, no solo apoyo.»

No hace falta que mencione otros nombres. De todos modos, Lorenzo habrá vuelto ya a Italia.

Sonia y los chicos están en la salita de juegos mirando dibujos animados cuyos efectos de sonido retumban en la cocina. Hace más fresco allí, gracias al aparato de aire acondicionado de la ventana, y eso nos deja a Patrick y a mí solos.

—Vamos, cariño —dice después de chillar a Steven que baje el volumen—. Haz la llamada.

Nunca había llamado antes a la Casa Blanca. El trabajo de Patrick allí empezó después de que nos pusieran los contadores en la muñeca, y tengo pocos motivos para llamarle al trabajo, a menos que lo que quiera es respirar fuerte al teléfono. Pero no. No con Patrick.

Mis dedos encuentran los números y aprieto cada uno de ellos, dudando encima del último. Casi me equivoco y marco un cinco en lugar de un cuatro, tanto me tiemblan las manos. Responde una voz, no una secretaria o cualquier otro guardián, sino la suya propia, y pronuncio mis treinta y seis palabras.

«Lo siento, doctora McClellan, pero no puedo darle eso.»

Pero no, no son esas las palabras que dice con su voz ronca, una voz que a veces creo que es de una dureza antinatural, porque sospecho que el presidente es, en el fondo, un hombre débil e inseguro. Sospecho que todos los son.

Lo que dice, después de una breve pausa, es:

—Muy bien, doctora McClellan.

Y corta la llamada.

—Uau —dice Patrick. Ha estado a mi lado, respirando aire con olor a cerveza junto a mi nariz, escuchando. Parece conmocionado.

Un momento más tarde suena el teléfono. Responde Patrick con un alegre «¡hola!» y habla con monosílabos.

—Sí. Bien. De acuerdo. —No sé a qué está accediendo.

—Thomas estará aquí dentro de media hora —dice—. Para quitaros los... eeeh...

«No te atrevas a llamarlos brazaletes.»

—Los contadores —dice.

Yo asiento y saco dos cajas de pasta para cenar. Mañana, ya lo he decidido, compraré bistecs. Una montaña. No hemos comido muchos, últimamente.

Mientras echo unos tomates pelados en un recipiente para hacer la salsa, pienso en Sonia, en que dentro de menos de treinta minutos se habrá liberado de ese grillete metafórico, libre de cantar, parlotear y contestar preguntas que impliquen más de un gesto o una sacudida de cabeza. Lo que no sé es cómo se tomará esa libertad.

En la universidad, antes de cambiar de tema y sumergirme de lleno en el agujero negro de la neurociencia y el procesamiento lingüístico, estudié psicología. Conductual, infantil, anormal, todas. Ahora, mirando esa cazuela con pasta de tomate y ajo, pienso que he hecho un trabajo fabuloso en la parte conductual, condicionando a Sonia con sobornos a base de galletas y nubes para que no dijera una sola palabra. Alguien debería quitarme la licencia de madre.

Sigo recordándome a mí misma que no es culpa mía. Yo no voté a Myers.

En realidad yo no voté a nadie.

Y oigo de nuevo la voz de Jackie, diciéndome que soy una conformista de mierda.

—Tienes que votar, Jean —dijo dejando una pila de folletos de campaña que había estado repartiendo por todo el campus, mientras yo me preparaba para lo que sabía que sería un examen oral monstruoso—. Tienes que hacerlo.

—Lo único que tengo que hacer es pagar impuestos y morir —digo sin ocultar el desdén en mi voz. Ese semestre fue el principio del fin para la relación entre Jackie y yo. Empecé a salir con Patrick, y prefería nuestras discusiones nocturnas sobre procesos cognitivos a las quejas de Jackie por cualquier cosa por la que se le hubiese ocurrido protestar. Patrick era seguro, tranquilo, y me dejaba sumergirme en mi trabajo mientras él empollaba para un examen tras otro de la facultad de medicina.

Naturalmente, Jackie le odiaba.

—Es un flojucho, Jean. Un flojucho con aires de intelectual.

—Es majo —le dije.

—Supongo que citará *Anatomía de Grey* cuando te saque a cenar por ahí…

Dejé mis notas a un lado.

—¿El libro o la serie de televisión?

En esa ocasión fue Jackie la desdeñosa.

—No habla de política, Jacko. —Era el sobrenombre que le ponía siempre a ella—. Es lo único de lo que oigo hablar en esta maldita ciudad.

—Un día, cariño, cambiarás de opinión. —Arrojó un libro de bolsillo comprado en una tienda benéfica de segunda mano en nuestro sofá—. Lee esto. Todo el mundo habla de esto. Todo el mundo.

Cogí el libro.

—Es una novela. Ya sabes que no leo novelas. —Era verdad; con quinientas páginas de artículos de revistas a la semana, no tenía tiempo para la ficción.

—Lee solo la contraportada.

Lo hice.

—Esto no ocurrirá nunca. Las mujeres no lo consentiremos.

—Es fácil decirlo ahora mismo —dijo Jackie. Llevaba su ropa habitual: unos vaqueros de cintura baja, una camiseta cortada que no le cubría el vientre, que Jackie no se molestaba en ocultar, aunque tenía un poco de barriga; unas sandalias feas, pero cómodas, y tres pendientes de aro en la oreja derecha. Aquel día llevaba el pelo corto y puntiagudo, con algunos mechones verdes. Al día siguiente a lo mejor eran azules. O negros. O color cola con cereza. Realmente con Jackie nunca se sabía.

No es que no fuera atractiva, pero tenía la mandíbula cuadrada, la nariz afilada y los ojos pequeños y negros, y no había chicos llamando a nuestra puerta para buscar su compañía. A Jackie no parecía que le importase, y yo averigüé por qué una noche de septiembre, cuando me arrastró a una fiesta. No era una fiesta en realidad, sino más bien una sesión de propaganda de Planificación Familiar con algo para picar y alcohol, y ambas cosas Jackie las consumía como si el Armageddon fuera a suceder a la mañana siguiente. No solíamos tener dinero para licor y comida basura, aunque Jackie siempre se las arreglaba para conseguir algunos dólares y comprarse cigarrillos.

Dios mío, cómo se emborrachó. Yo acabé teniendo que llevármela medio a cuestas por las calles empedradas hasta nuestro apartamento, algo nada fácil cuando la persona a la que arrastras se empeña en fumar un cigarrillo tras otro.

—Te quiero, Jeanie —dijo cuando finalmente llegamos ante la puerta.

—Yo también te quiero, Jacko —dije automáticamente—. ¿Quieres una taza de té o algo? —No teníamos té, así que abrí una lata de Coca-Cola e intenté dársela con una aspirina.

—Quiero que me des un beso —contestó después de caer en la cama, arrastrándome con ella. Olía a pachulí y a vino tinto—. Ven aquí, Jeanie. Bésame.

Lo que Jackie quería no era un beso, era un intercambio de saliva a todo trapo.

Al día siguiente, tomando un café, se rio de aquello.

—Lo siento si me puse un poco loca anoche, cariño.

Nunca se lo conté a Patrick.

—¿Qué estás pensando, cariño? —me dice Patrick, me sobresalta y se me escapa uno de los tomates tipo Roma que estoy pelando, que resbala y choca contra la pared.

¿En qué estoy pensando? Quizá me pregunto dónde acabó Jackie Juarez, si decidió convertirse o si acabó en uno de los campamentos junto con el resto de la gente LGBTQIA. Apuesto por el campamento.

Al reverendo Carl se le ocurrió la idea, que tuvo un éxito inmediato entre la Mayoría Pura hasta que pensaron que meter a hombres gais y a mujeres lesbianas en celdas, en parejas, no era buena idea. Sería contraproducente, afirmaban; pensemos en las cosas que hacen. De modo que el reverendo Carl modificó su plan y decidió emparejar a un hombre con una mujer en cada celda.

—Así aprenderán enseguida —dijo.

Por supuesto, los campamentos eran solo algo temporal, «hasta que nos pongamos en funcionamiento», según las palabras del reverendo Carl.

Los campamentos no eran campamentos, sino prisiones. O eran prisiones antes de que se firmaran las nuevas órdenes ejecutivas para el delito. Ya no hacen falta prisiones, lo que no significa que no haya delitos. Sí que los hay, pero no hace falta meter en ningún sitio a los criminales, no por mucho tiempo.

Respondo a Patrick después de limpiar el desastre rojo que ha organizado el tomate en las baldosas.

—Nada. —Un clic. Estás fuera, pequeña. Las manecillas del reloj han decidido moverse a paso de tortuga desde que sonó nuestro teléfono.

Él me da un beso en la mejilla.

—Unos cuantos minutos más y todo volverá a ser normal aquí.

Asiento. Claro que sí. Hasta que encuentre una cura.

22

*L*a cena, a pesar de mis esfuerzos y la salsa de mi madre, es un desastre. Sonia no está aquí, sino en su cuarto. Me he quedado con ella una hora, después de que Thomas, con el traje oscuro y actitud sombría, llegara y nos quitara los contadores. Pasó más tiempo con Sonia porque ella no dejaba de retorcerse. Incluso le mordió la mano al segundo intento. No hubo sangre, pero Thomas chilló como un cachorro asustado, y maldijo en voz baja todo el camino hacia su coche.

—Vale, de acuerdo, cariño. Ahora ya puedes hablar —le he dicho tranquilizándola cuando estábamos solas en su habitación.

Ella ha dicho una sola palabra:

—No.

—Ya no tienes que ir nunca más al colegio —le he dicho—. Haremos las clases nosotras, aquí en casa. Leeremos cuentos. Y cuando yo esté en el trabajo, podrás ver dibujos animados en casa de la señora King.

Odiaba la idea de que Sonia pasara un solo minuto en compañía de Evan y de Olivia King, pero la odiaba menos que volver a enviarla a la escuela de niñas.

Últimamente, todo parece ser una elección entre grados de odio. Al mencionar el colegio, empieza a chillar de nuevo.

—Pero en realidad no te gustaba, ¿no? —le he dicho.

Asiente sin decir nada.

—Puedes usar palabras, Sonia.

Ella se ha incorporado, con los labios apretados. Al principio he pensado que estaba haciéndose la dura, tan dura como puede ser una niña de seis años envuelta en unas sábanas color rosa y rodeada de conejitos y unicornios de peluche. Pero solo se estaba preparando.

—¡Iba a ganar mañana! —me ha dicho, y luego ha vuelto a cerrar la boca. Casi he podido oír el chasquido de una llave de acero girando en la cerradura, mientras ella miraba añorante su muñeca desnuda.

Al final Leo ha metido la cabeza por la puerta.

—La salsa está burbujeando, mamá. Mucho.

—¿Y si apagas el gas? —le he dicho preguntándome cómo iba a conseguir trabajar, enseñar a Sonia y vérmelas con una casa llena de varones incompetentes a lo largo de los siguientes meses. Luego, volviéndome hacia la niña, le he dicho—: Ya hablaremos de otro premio distinto mañana, ¿vale? Ahora vamos a cenar.

Ella se ha limitado a negar con la cabeza y agarrar fuerte a Floppy el Conejito.

En la mesa es Steven el que pone en palabras mis preocupaciones.

—¿Cómo vas a enseñar a Sonia y trabajar y llevar la casa, mamá? —dice mientras se come un bocado de pasta—. Seguimos sin tener leche.

En mi interior lo cojo por el cuello de la camisa y lo sacudo hasta que se marea. Pero en la realidad digo:

—Puedes ir con la bicicleta a Rodman's y comprarla tú mismo. O bien ir al 7-Eleven andando.

—No es mi trabajo, mamá.

Sam y Leo entierran la nariz en los cuencos de pasta.

Patrick se pone rojo.

—Steven, otra contestación como esa y te vas de la mesa.

—Tienes que seguir el programa, papá —dice Steven. Coge otro bocado, enorme en realidad, y se inclina hacia delante, apoyándose en los codos. Señala en el aire con un dedo—. Por esto necesitamos las nuevas normas. Para que todo funcione como es debido.

No parece notar que yo lo miro como si viniera del espacio exterior.

—Por ejemplo, yo y Julia...

—Julia y yo —le digo.

—Lo que sea. Yo y Julia ya lo tenemos todo planeado. Cuando nos casemos y tengamos hijos, ella cuidará de la casa mientras yo esté en el trabajo. A ella le encanta. Yo tomaré todas las decisiones y Julia me hará caso. Facilísimo.

Dejo el tenedor y este choca contra el borde del plato.

—Eres demasiado joven para casarte. Patrick, díselo.

—Lo que ha dicho tu madre —dice Patrick—. Demasiado joven.

—Ya lo tenemos todo hablado.

—Lo has hablado todo —digo yo sin comer todavía—. ¿Cómo has conseguido hablar de todo esto con Julia, que solamente tiene cien palabras al día? Siento curiosidad.

Steven se echa hacia atrás al acabar su segundo cuenco.

—No he hablado de esto con Julia —dice arrastrando las palabras—. Lo he hablado con Evan.

Me empieza a hervir la sangre.

—¿Y Julia no tiene nada que decir?

No hay respuesta por parte de mi hijo, solo una mirada extrañada, como si de repente yo hubiera empezado a hablar en otras lenguas. Nos miramos uno al otro desde cada lado de la mesa, como extraños, hasta que Patrick nos interrumpe.

—Déjalo, Jean. No tiene sentido pelearse por eso. De todos modos, es muy joven. —Y mira a Steven—. Demasiado joven.

—Equivocado otra vez, papá. Un tipo del Departamento de Salud y Bienestar ha venido hoy a nuestro colegio. Asamblea general. Nos ha contado que el año que viene van a poner en marcha un programa nuevo. A ver qué te parece: diez mil dólares, matrícula completa para la universidad y un trabajo del gobierno garantizado para cualquiera que se case a los dieciocho. Para los chicos, claro. Y otros diez mil por cada hijo que tengas. Bueno, ¿eh?

«Bueno como el veneno de la serpiente», pienso yo.

—No te vas a casar a los dieciocho, niño.

Una sonrisa se abre camino en la cara de Steven, solo un asomo de sonrisa que no llega a sus ojos. En realidad no es una sonrisa, en absoluto.

—Tú no tienes nada que decir, mamá. Es decisión de papá.

Quizá fue así como ocurrió en Alemania con los nazis, en Bosnia con los serbios, en Ruanda con los hutus. A menudo me he preguntado eso, cómo es posible que los niños se convirtieran en monstruos, cómo aprendieron que matar estaba bien y que la opresión era justa, cómo en una sola generación el mundo pudo cambiar el giro sobre su eje hasta convertirse en un lugar irreconocible.

«Fácilmente», pienso, y aparto mi silla.

—Me voy a llamar a mis padres —digo.

Lo intenté ayer y no respondieron. Esta mañana, sin respuesta tampoco. Antes de comer, no ha habido respuesta. Será tarde ahora por allí, cerca de medianoche, pero quiero hablar con mi madre.

Ha pasado mucho tiempo, demasiado.

23

*E*l jueves por la mañana me pongo un traje de chaqueta por primera vez desde hace más de un año. He tenido que subir al desván para encontrarlo, rebuscar entre las cajas en las que metí mis mejores ropas, días después de que a Sonia y a mí nos pusieran nuestros contadores. Apenas recuerdo qué era lo que hacía entonces, solo que tenía que mantener las manos ocupadas en tareas triviales. De otro modo, seguro que habría acabado golpeando las paredes o las ventanas.

El traje que elijo es de lino beis, por el calor. Apenas he tenido tiempo de plancharlo para quitarle las arrugas de un año y arreglarme cuando llaman a la puerta. Patrick deja entrar al hombre y lo reconozco al instante.

Es Morgan LeBron, de mi antiguo departamento, el imbécil demasiado joven y completamente inútil que ocupó el puesto de Lin. No me sorprende que el presidente accediera con tanta rapidez a mis peticiones: Morgan es un idiota que no sabe que es un idiota. Lo peor.

Entra y me tiende una mano con una manicura perfecta.

—Doctora McClellan, estoy muy contento de tenerla en mi equipo. Muy contento.

«Claro que lo estás.»

Y es su equipo. No el equipo, no nuestro equipo.

Le doy la mano. Siempre he apretado con fuerza para ser mujer, y estrechar la mano de Morgan es un poco como estrechar la de un gatito recién nacido.

—Yo también estoy muy contenta.

«Flojucho.»

—Bien —dice él—. ¿Entramos en materia? Tiene que firmar algunos documentos, y haremos una transferencia directa a la cuenta de su marido. Uf. Hace calor aquí.

—El aire acondicionado está estropeado —digo—. Podemos ir a la habitación de atrás. Hay un aparato de ventana allí.

No tiene sentido que pregunte por qué mis cheques se ingresarán en la cuenta de Patrick; todo mi dinero está ahí desde el año pasado. Palabras, pasaportes, dinero... hasta los delincuentes tienen dos de esas tres cosas. O al menos las tenían.

Le acompaño por la casa, deteniéndome en la cocina para rellenar mi taza de café y la de Patrick y servirle una a Morgan. Este se pone tres cucharadas de azúcar y una buena cantidad de leche, que recordé que caducaba anoche, después del desastre de cena con Steven y el colapso de Sonia. Pareció alegrarse un poco cuando Olivia King vino a recogerla, posiblemente porque le dije que la señora King tenía un canal de cable con dibujos animados y harían galletas hoy. Es probable que la sonrisa en la cara de mi hija tuviera más que ver con el contador color lavanda en la muñeca de nuestra vecina. Algo normal.

El primer fajo de papeles que saca Morgan de su maletín es un contrato de trabajo, un acuerdo de no competencia (como si yo tuviera otras perspectivas laborales), una cláusula de confidencialidad y un reconocimiento de falta de propiedad legal del trabajo. Esto último es un recordatorio de cinco páginas en jerga legal diciendo que todo lo que yo cree no me pertenece a mí, sino al gobierno. Cojo el bolígrafo que me ofrece Morgan y lo firmo todo sin leerlo, preguntándome por qué necesitan mi firma, ya que harán lo que les dé la gana en cualquier caso. Patrick firma el formulario de depósito y se lo tiende.

Me fijo, sin embargo, en los términos compensatorios: cinco mil dólares por semana y una prima de cien mil si completo la cura antes del 31 de agosto. La prima se reducirá un diez por ciento cada mes después de esa fecha. De modo que hay un incentivo para trabajar rápido, de alguna manera, pero cuanto antes acabe, antes volverá el contador de metal a mi muñeca y a la de Sonia. Sé que lo harán al final; solo es cuestión de tiempo.

—Perfecto —dice Morgan sacando una máquina de su maletín. El objeto delgado y negro es como un iPhone, pero más grande. Lo pone en la mesa de centro entre nosotros—. Control de seguridad. —Aprieta un botón e introduce mi nombre—. El pulgar es el uno; el índice, el dos; y así sucesivamente. Simplemente siga las instrucciones y mantenga el dedo en la pantalla hasta que oiga un pitido.

Naturalmente, quieren un control de huellas digitales. Hago lo que me dicen, y después de que la máquina escanee mi meñique izquierdo, Morgan la recoge y espera.

—Solo tardará unos segundos. Si le dan el visto bueno, podremos desbloquear sus archivos e ir a mi laboratorio.

Otra vez el «mi». Me pregunto cuánto de mi trabajo, y el de Lin, claro está, habrá acabado con la firma de Morgan.

—Bien —dice Morgan cuando la máquina hace pip—. Aceptada. —Se vuelve hacia Patrick, que sostenía unas llaves en la mano mientras yo firmaba y me tomaban las huellas—. ¿Señor?

Patrick se va y las puertas empiezan a abrirse. Primero su estudio. Luego el archivador de metal junto a la ventana. Luego el armario donde se supone que han vivido mi ordenador portátil y mis archivos durante el último año. Mientras él está todavía ausente, Morgan busca entre otro fajo de papeles.

—Aquí está el equipo —dice tendiéndome una copia. Al menos no ha dicho «mi» otra vez. Si lo hubiera hecho, a lo mejor le habría dado una bofetada.

El líder del equipo, por supuesto, es Morgan LeBron en persona. Hay una breve biografía después de su nombre, incluyendo una referencia a su último puesto: Jefe del Departamento de Lingüística, Universidad de Georgetown. Debajo, los demás estamos en orden alfabético. Primero Lin Kwan, y sus credenciales, que incluyen la palabra «antigua»;

luego yo, también «antigua». Cada vez que aparece esa palabra es como un puñetazo en un ojo.

Pero no me esperaba el siguiente puñetazo.

El tercer apellido de la lista es Rossi. De nombre, Lorenzo.

24

*H*a pasado tanto tiempo desde que usé mi ordenador portátil que me preocupa que no se encienda, que un año sin uso lo haya enviado al mismo silencio aletargado en el que yo caí. Pero es obediente, como un antiguo amigo que espera una llamada telefónica, o un animal doméstico sentado pacientemente a la puerta hasta que su amo llega a casa. Trazo con un dedo la superficie de sus suaves teclas, limpio un pegote de la pantalla e intento serenarme.

Un año es mucho tiempo. Demonios, cuando nos quedábamos sin Internet en casa durante dos horas parecía el fin del mundo.

Ocho mil setecientas sesenta horas es mucho más que dos, una vida entera, de manera que necesito un momento antes de salir de esta casa, poner en marcha el Honda y seguir a Morgan al laboratorio donde pasaré tres días a la semana, desde ahora hasta que acabe de arreglar al hermano del presidente.

También necesito un momento para consultar mis archivos, los que copié y guardé en casa para no tener que llevar a cuestas la misma mierda arriba y abajo a mi despacho del campus. Hay informes que no quiero que vea Morgan, no hasta que pueda hablar con Lin.

La última carpeta es precisamente la que quiero, la carpeta con la X roja en la solapa delantera. Patrick ya se ha ido a trabajar y Morgan está fuera, en su Mercedes, haciendo llamadas, y probablemente regodeándose con el reverendo Carl sobre lo fantástico que es el equipo que ha montado, por lo que me deja aquí, en la sala forrada de madera, con el aire acondicionado ronroneando en la ventana y... no sé, unos cinco millones de kilos de libros. No pesan tanto, claro, pero las pilas tambaleantes de textos y periódicos son como mesetas académicas que invaden la sala de recreo.

No hemos usado el sofá-cama desde hace un año y medio, desde que llegaron de visita los últimos huéspedes. Ya nadie hace visitas, en realidad. No tiene sentido. Lo intentamos una vez, celebrar una cena para algunos viejos amigos a los que conocía desde que Steven iba en pañales, pero al cabo de una hora con los hombres hablando y las mujeres mirando sus platos de salmón, todos decidieron irse a casa.

Yo busco detrás del cojín forrado de pana y saco de allí mi carpeta con la X roja, entre unas cuantas migas de galleta, una palomita solitaria y algunas monedas.

Es una sosa carpetilla de color marrón que mis propias manos han dejado brillante, y contiene el trabajo que, cuando yo esté dispuesta, invertirá la afasia de Wernicke. He pensado en buscar un lugar más permanente como escondite para el expediente, pero dado que entre los cojines del sofá aparecen porquerías de años, no veo la necesidad.

Nadie, ni siquiera Patrick, sabe que pasamos de «casi» a «acabado», aunque creo que Lin y Lorenzo lo sospechaban.

El día antes de que Thomas y sus hombres armados con tásers vinieran por primera vez, yo había estado pronunciando una conferencia sobre procesamiento lingüístico en el hemisferio posterior izquierdo, la zona del cerebro donde se reúnen las zonas temporal y parietal. La zona de Wernicke, y la pérdida de lenguaje que acompaña el daño en ese complejo grumo de materia gris, fue el motivo de que la mayoría de mis alumnos se apuntaran a ese seminario, y ese día la sala estaba llena de colegas de colegas, el decano y unos cuantos investigadores venidos de fuera de la ciudad e intrigados por el último gran avance de nuestro grupo. Lin y Lorenzo estaban sentados en la fila de atrás, mientras yo hablaba.

Debieron de ver el brillo en mis ojos cuando fui pasando las diapositivas sobre imágenes cerebrales en el proyector, haciendo zoom para acercar la zona concreta. El suero que usaríamos no era el mío. Las reparaciones ocurrirían de forma natural con la ayuda de un antagonista del receptor de interleucina-1, una droga que ya se usaba ampliamente para contrarrestar los efectos de la artritis reumatoide, y células madre infantiles, que aumentarían la plasticidad del cerebro del sujeto, estimulando la rápida reparación y reconstrucción. Una de mis contribuciones (de «nuestras» contribuciones) implicaba situar el lugar exacto de la aplicación sin afectar las zonas circundantes de tejido cortical y causar más daños.

Teníamos otro as en la manga. Un miércoles por la mañana, la primavera anterior, cuando los cerezos floridos estallaron en fotogénico azúcar y Washington empezó a inundarse con su habitual flujo de turistas, Lorenzo me llevó a su oficina.

Por supuesto, me besó. Todavía noto el amargo café *espresso* en sus labios. Es extraño cómo un beso puede convertir lo amargo en dulce.

Él me besó con profundidad y con fuerza, como hacen los amantes cuando los besos son robados o tienen un precio, pero luego me soltó y sonrió.

—No he terminado aún —dije.

Sus ojos subieron y bajaron, desde el pico que forma el pelo en mi frente hasta los zapatos negros de tacón que llevaba, aquellos que había empezado a ponerme para ir a trabajar, en lugar de mis cómodos mocasines.

—Yo tampoco —dijo él—. Pero primero tengo una sorpresa para ti.

Me gustaban mucho las sorpresas de Lorenzo. Me gustan todavía.

Mientras seguía flotando por el subidón del beso, apartó a un lado expedientes y artículos de periódico del escritorio hasta que dio con lo que andaba buscando.

—Aquí. Mira estos números.

Las estadísticas parecían buenas. Los valores p resultaban significativos; los sólidos chi cuadrados y el diseño experimental me dijeron que conocía bien la estadística. Bebí los datos como si fueran agua y maná enviado a un olvidado Robinson Crusoe.

—¿Estás seguro? —dije comprobando de nuevo los datos.

—Segurísimo. —Estaba detrás de mí y sus brazos rodearon mi cintura, y fueron subiendo poco a poco como arañas de cinco patas hasta mis pechos—. De unas pocas cosas.

No lo habíamos hecho en el campus, no el gran «eso», no el santo grial de la intimidad física; solo nos habíamos besado y habíamos pasado las manos cada uno por el cuerpo del otro, detrás de la puerta cerrada del despacho de Lorenzo. O del mío. Una vez, él me siguió hasta el lavabo de la facultad y, me avergüenzo al decirlo, me hizo tener un orgasmo solo con un dedo. Después de diecisiete años de matrimonio y cuatro hijos, no costó demasiado.

Él debió de notar que el calor crecía en mi interior, porque me soltó y me dejó leer los informes.

—Madre mía —dije—. ¿Has aislado la proteína?

Habíamos estado buscando esa última pieza, la sustancia bioquímica que sabíamos que estaba presente en algunas personas y ausente en otras. Lorenzo había hecho los cálculos sobre más de dos mil sujetos, buscando un indicador que pudiera predecir la eficiencia léxica. Lo llamábamos el Proyecto Kissinger, y su formación tanto en bioquímica como en semántica lo convertía a él en la persona adecuada para encontrar el vínculo entre la metaelocuencia y la química cerebral.

—Tú tienes el mapa y yo tengo la llave, amor —dijo él mientras su mano se introducía bajo la cinturilla de mi falda.

—¿Y si practicamos un poco lo de abrir con llave? —dije yo. Lorenzo hacía aflorar mi coquetería interna—. ¿Más tarde?

—Más tarde. En el sitio de siempre.

Teníamos una pequeña casita, la Choza del Cangrejo la llamábamos, en el condado Anne Arundel, junto a la bahía de Chesapeake, lo bastante lejos de la casita a las afueras de Maryland que yo compartía con Patrick y los niños para garantizar la discreción. El alquiler todavía estaba a nombre de Lorenzo, dos meses antes.

Mejor no ir allí, ahora mismo. Además, él ya habrá dejado ese sitio.

Recojo mi ordenador y mis expedientes, todos menos uno, y los meto en el maletín que llevo desde mis días de la facultad con Jackie, dirigiéndome hacia la puerta con una sonrisa en el rostro que espero que oculte mi truco a Morgan. Quiero comprar todo el tiempo que pueda, estirar el trabajo todo lo posible, para encarrilar a Sonia.

En mi coche, conduciendo desde la Maryland rural hasta la congestión de Washington D.C., pienso en cómo encontré el locus físico y cómo el trabajo de Lorenzo sobre la fluidez verbal y semántica identificó la proteína. Yo lo sabía, Lin y Lorenzo lo sabían. Pero Morgan no tiene por qué saberlo. Todavía no.

$\mathcal{M}$i despacho está a medio camino entre una cueva y la celda de un monje, pero menos lujosa, dado el par de escritorios y sillas embutidas dentro. Tampoco tiene ventana, a menos que cuentes como ventana el panel de cristal de la puerta que da al espacio de trabajo, con la privacidad de una pecera. Un pañuelo y un bolso, ambos muy baqueteados y estropeados, están encima de uno de los escritorios. Reconozco los dos como pertenecientes a Lin.

Morgan me hace entrar y me deja para que me instale. Dice que volverá al cabo de unos minutos para enseñarme el laboratorio, y ordena que me den una tarjeta de identificación y me enseñen dónde están las zonas de la copiadora y de la impresora. Ahora sé que nada de lo que haga aquí dejará de ser visto por otros ojos.

Pero, extrañamente, no me importa. La idea de ver a Lin de nuevo, de hablar con ella y trabajar con ella me tiene de tan buen humor como una colegiala que va a asistir a su primer baile.

—Ay, Dios mío —dice una vocecilla desde la puerta.

Lin Kwan es una mujer menuda. A menudo le decía a Patrick que podía caber entera en la pernera de un pantalón mío… y solo mido metro sesenta y cinco, y pesaré cincuenta y cinco kilos como máximo, gracias a la dieta de estrés que he llevado los últimos meses. Todo en ella es pequeño: su voz, sus ojos almendrados, la melena corta que apenas le llega por debajo de las orejas. Los pechos y el culo de Lin hacen que yo parezca una modelo de Rubens. Pero su cerebro… su cerebro es un Leviatán de materia gris. Tiene que ser así; el MIT no entrega licenciaturas dobles a la ligera.

Como yo, Lin es neurolingüista. A diferencia de mí, es doctora en medicina también, cirujana, para ser más específicos. Dejó el arreglo de cerebros hace quince años, cuando estaba ya a finales de la cuarentena, y se trasladó a Boston. Cinco años después salió de allí con un doctorado en cada mano, uno en ciencia cognitiva y otro en lingüística. Si alguien podía hacerme sentir como la más burra de la clase, esa era Lin.

La quiero por eso. Pone el listón a la altura del Everest.

Lin entra y mira mi muñeca izquierda.

—Tú también, ¿eh?

Entonces me estrecha con un abrazo de oso, cosa interesante, ya que es mucho más bajita y estrecha que yo. Es un poco como si una muñeca Barbie te abrazara como un oso.

—Yo también —digo riendo y llorando al mismo tiempo.

Después de lo que parece una hora, me suelta de sus garras y se echa atrás.

—Eres exactamente la misma. Incluso pareces más joven.

—Bueno, es increíble lo que puede hacer un año sin trabajar para ti —digo.

El humor no funciona. Ella menea la cabeza y levanta una mano, con el pulgar y el índice separados unos milímetros.

—Estuve así de cerca de ir a Malasia a ver a mi familia. Así de cerca. —Sus dedos se separan por completo y expulsa el aire—. Desaparecido todo. Todo, en un puto día.

—Qué bien hablas, como la reina —digo—. Excepto por lo de puto.

—No te engañes. Hasta la reina de Inglaterra sabe soltar un buen taco. Por cierto, ¿alguien te ha hablado del último modelo monstruoso para la muñeca?

Cuando lo dice parece que diga «monstuoso», sin r y más elegante.

—No solo me han hablado. —Expliqué mi experiencia de ocho horas con el modelo mejorado—. Antes que tener que leer esa mierda una vez más, me habría cortado yo misma la lengua.

Se apoya en el escritorio, con una pierna desnuda oscilando en el aire, y baja la voz, después de mirar hacia la puerta.

—Sabes que nos lo volverán a poner, Jean, ¿verdad? En cuanto terminemos.

—No tenemos que terminar enseguida —digo de espaldas a la puerta—. Aunque podamos, no tenemos por qué hacerlo.

—Recojo el pañuelo de seda—. Dime que no has empezado a llevar esto en la cabeza…

—¿Tú qué crees?

Creo que es tan probable como ver a un cerdo con alas, y se lo digo, y ella se echa a reír.

Luego se vuelve a poner seria.

—Tenemos que hacer algo, Jean. Algo, además de trabajar en el proyecto Wernicke.

—Ya lo sé. ¿Y si invertimos el suero y lo echamos en el suministro de agua de la Casa Blanca? —digo esto sabiendo que es tan probable como que Lin vaya por ahí con un pañuelo en la cabeza y una insignia de Pura en la solapa.

—Bueno, es una idea… —dice. No sé si su voz lleva implícita una nota de sarcasmo o de aprobación.

Salta y me coge el brazo.

—Vamos a tomar un *espresso* antes de que vuelva Morgan el Memo.

—¿Ah, tienen máquina de *espresso* aquí? —digo, dejando que me lleve fuera del despacho, y recorremos el pasillo gris. Todos los puestos de trabajo y oficinas por los que pasamos están vacíos.

—No. Pero Lorenzo tiene una cafetera pequeñita.

«Ay, Dios.»

26

*L*a oficina de Lorenzo es una copia exacta de la que compartimos Lin y yo, pero mucho más grande y con un escritorio de madera, en lugar de metal, la silla parece que ha salido de un plató de *Star Trek* y hay una ventana que da a un parque con cerezos. Yo gruño por dentro.

Lin me empuja por la puerta y se va por el pasillo antes de que pueda protestar.

—*Ciao* —dice Lorenzo. Su voz es la misma y es distinta. Todavía suena grave y musical, con las mismas consonantes suaves que me devuelven al sur de Italia, a una vida más lenta. Pero hay un cansancio en esa única sílaba que hace juego con las arrugas de su cara, más profundas ahora, después de dos meses nada más. No puedo evitar mirarle a los ojos oscuros, y cuando lo hago, veo todas las palabras que están atrapadas en su interior.

De repente, noto un nudo en la garganta del tamaño de una pelota de playa. Intento decir «*ciao*» también, y lo que sale tiene la fuerza de un pedo de ratón. Se me doblan las rodillas y la habitación da vueltas a mi alrededor, con múltiples Lorenzos, cafeteras y estantes con libros, todos girando en un remolino de colores y texturas.

Me coge cuando ya estoy cayendo y me coloca en la amplia silla de cuero que hay detrás de su escritorio, ocupando él la silla del visitante, más pequeña.

—Es bonito saber que todavía hago que te tiemblen las rodillas, Gianna.

En una realidad, me recupero completamente de lo que las mujeres antes llamaban «*la petite mort*», estiro mi cuello para encontrarme con la cara de Lorenzo y le paso los dos brazos en torno al cuello. Nos besamos, despacio al principio, luego furiosamente. Luego se desencadena un verdadero infierno y le poseo encima del escritorio, o él me posee en el escritorio, o nos poseemos el uno al otro debajo del escritorio. Es fantástico, enérgico y húmedo, sudoroso y perfecto.

Luego está la otra realidad, la que está ocurriendo de verdad, aquella en la cual tengo el tiempo justo de recoger la papelera forrada de plástico de la esquina, ponérmela debajo y soltar en ella todo mi desayuno con un ruido muy poco sexi.

Lo único que dice Lorenzo es «guau».

—Me tengo que ir —digo, me levanto y uso el escritorio para apoyarme—. Al baño.

Creo que la verdadera prueba del valor de un hombre es cómo actúa cuando una mujer vomita delante de él, en su despacho, en su papelera. Lo que hizo Lorenzo, justo antes de acompañarme a la puerta del lavabo de señoras, en el otro extremo del vestíbulo de mi despacho, fue sonreír. Un «guau» y una sonrisa, nada más.

Por eso le quiero.

—No es grave. Solo necesito un minuto —digo empujando la puerta y dirigiéndome al cubículo más cercano. El resto del bagel y el café que he tomado salen entonces, y tiro de la cadena antes de sentarme en el excusado con la cabeza entre las piernas y el sabor amargo de la bilis y ácido del estómago en la garganta.

Nunca me mareo, no tengo unos intestinos nada sensibles y no recuerdo la última vez que vomité.

O sí, sí que me acuerdo.

La caja de acero inoxidable con su tapa con bisagras y forro de plástico está a mi derecha, al otro lado del dispensador de papel industrial que podría limpiar el culo de un pequeño país entero antes de acabarse. No tengo nada que poner en él, ningún tampón cuidadosamente envuelto, ninguna compresa enrollada y sujeta con el adhesivo, ni siquiera una pequeña.

«Ay, Dios mío.»

Tengo cuarenta y tres años. He tenido cuatro hijos, gracias

a Patrick y a su virilidad irlandesa. Tuve gemelos hace once años. Y sé lo suficiente de biología reproductiva para darme cuenta de que la probabilidad de que tenga un embarazo múltiple es mucho mayor ahora que entonces.

También sé que hay una oportunidad entre dos de que sea una niña. ¿Le pondrán un contador en la muñeca en cuanto salga? ¿O esperarán unos pocos días? En cualquier caso, ocurrirá rápido, y entonces ya no tendré nada con lo que negociar.

De modo que hago lo que haría cualquier mujer en mi situación: seguir vomitando.

27

*L*in me espera a la puerta del baño, con la cara marcada por la preocupación.

—¿Estás bien, cariño? —me pregunta.

—Bien, si no fuera porque le he dejado la mitad del desayuno en su despacho.

Ella me pasa un brazo por la cintura y me acompaña de nuevo hasta nuestra madriguera de hobbits, me limpia un borrón de rímel con una toallita húmeda que llevaba en el pozo sin fondo de su bolso y va derecha al grano.

—Cuadras con una definición muy literal de locamente enamorada, Jean. Y no finjas que no tienes ni idea de lo que te estoy hablando. ¿Todavía sigues colada por nuestro colega italiano?

Me hundo en la silla que tengo detrás del escritorio.

—¿Tan obvio es? —Me pregunto si todo el departamento, incluido Morgan, estaba al tanto de mis encuentros regulares con Lorenzo en su despacho—. ¿Quién más lo sabe?

Lin se inclina hacia mí, con los codos apoyados en el escritorio entre las dos.

—Si es Morgan quien te preocupa, no hay motivos. Es un idiota, está absorto en sí mismo, y es un tío. No reconocería el brillo poscoital aunque alguien le echase una botella entera por la cabeza. Dudo que notase tus cambios de vestuario tampoco. —Su sonrisa se desvanece hasta convertirse en una línea recta, y la línea en un ceño fruncido—. Pero ten mucho cuidado. No querrás que la camioneta del adulterio de Carl Corbin venga a por ti.

—No —digo, y noto náuseas otra vez.

En nuestro nuevo y anormal mundo, un sorprendente número de cosas son exactamente igual que antes. Comemos, compramos, dormimos, enviamos a los niños al colegio y follamos. Solo que ahora hay normas para follar.

—¿Cuánto tiempo hace que pasa? —pregunta Lin.

—Unos dos años, más o menos. —No tiene sentido decirle que conozco la fecha exacta en la que me fijé por primera vez en la mano de Lorenzo en la madera satinada de la caja de música y noté una agradable corriente eléctrica que me subía por la columna vertebral ante la idea de que aquella mano tocase mi piel.

—¿Solo antes? ¿O también después?

Me alejo flotando de ella ahora, de la funcionalidad estéril de nuestro despacho hasta la atestada choza en Maryland, con las paredes cubiertas desde el suelo hasta el techo de objetos decorativos *kitsch* de tema marinero. Una red de pescar por aquí, un barquito dentro de una botella en el alféizar, un ancla oxidada apoyada contra una pared en la esquina. Y una cama. Es la cama lo que más recuerdo, porque estaba llena de bultos y hacía ruido y era demasiado pequeña para que los dos estuviésemos echados cómodamente sin superponer miembros. Me encantaba aquella cama.

La compartimos solo una vez después de que el Movimiento Puro se volviera nacional, y a eso se refería Lin al preguntarme: «¿Solo antes? ¿O también después?». Yo había cogido el metro para ir al Eastern Market, a principios de marzo, hasta la tienda de quesos que antes llevaba una pareja anciana y ahora estaba a cargo solamente del marido. No recuerdo qué era lo que buscaba, quizá *scamorza* ahumada, quizá *ricotta* fresca. O quizá no buscase ningún queso en absoluto.

Él estaba allí de pie, ante el puesto de pan, con los brazos llenos de productos y unas flores, y con una mirada distante. Llevábamos diez meses sin vernos, ni una sola vez, y no nos habríamos visto tampoco si yo no hubiera salido de la tienda de quesos y hubiera atravesado el mercado.

Me arriesgué a decir dos palabras:

—¿Todavía aquí?

—Todavía aquí. Tengo un billete para volver a casa en agosto —dijo—. Cuando acabe el trimestre de verano. No puedo quedarme más en tu país. —Mientras hablaba evitaba mis ojos y los tenía clavados en el brazalete plateado—. No me habría quedado ni siquiera hasta el verano, pero me hicieron una oferta muy generosa.

Quedaban cinco meses todavía para agosto. Cuando él se fuese, nunca volvería a Estados Unidos. ¿Quién habría vuelto?

Lorenzo pagó su pan.

—No te vayas. Vuelvo enseguida.

Desapareció entre la multitud del mercado, por el extremo más alejado, donde estaban el café y la tienda de vinos. Era un martes por la mañana inusualmente cálido para el mes de marzo, que tenía la costumbre de golpear a Washington con una ráfaga de invierno, como para recordarnos que la temporada invernal todavía no había terminado, al menos no sin asestarnos un último coletazo. La cabeza me decía que saliera corriendo por la puerta lateral, dejando el queso, y que me subiera en el siguiente tren que me llevara a casa. O a cualquier parte. Mis pies me desobedecieron y permanecieron pegados al suelo. Y entonces él volvió, añadiendo otra bolsa más a la colección de comestibles que había comprado ya.

—Reúnete conmigo en el callejón que cruza la calle Ocho, dentro de diez minutos —fue lo único que me dijo.

Oficialmente, el sexo premarital y extramarital eran ilegales. Siempre habían sido ilegales en la mayoría de los estados, un vestigio de los tiempos de las leyes medievales antisodomía que prohibían incluso a una pareja casada llevar a cabo algo que no fuera la penetración vaginal. «Inmoral» y «antinatural» eran las referencias. Sin embargo, raramente se acusaba y criminalizaba a alguien por hacer una felación o por el sexo anal, y los asuntos que tenían lugar fuera del lecho conyugal eran contemplados como actos normales, aunque no dignos de alabanza.

¿Y el control de la natalidad? Esa sí que era buena. El estante de la farmacia donde antes se encontraban las cajas de preservativos ahora estaba lleno de alimentos infantiles envasados y pañales. Una sustitución lógica.

El reverendo Carl tenía pocas cosas que decir sobre moral sexual cuando llegó a su actual situación de poder. No se hicieron elecciones, ni hubo sesiones de confirmación: el presidente quería votos y los consiguió. Lo único que tuvo que hacer Sam Myers fue escuchar a un hombre de derechas sin cargo oficial alguno, un hombre que escuchaba atentamente a esos millones que pensaban que retroceder cien años hacia el pasado era algo deseable.

Bendita sea la laguna jurídica.

Yo no sé si existe realmente la furgoneta del adulterio, pero sí que sé lo que le pasó a Annie Wilson, de nuestra misma calle, cuando su marido denunció la infracción. Fue en televisión, unos cuantos días después de que cambiara todo mi mundo.

Annie Wilson era una zorra vestida con ropa de ama de casa… o al menos se ponía ropa más sencilla cuando su marido estaba en casa. Supongo que iba a su vestidor el miércoles por la mañana después de que su marido se fuera al trabajo, y deshacía el proceso de emperifollamiento a primera hora de la tarde, después de que el hombre con la antigua furgoneta azul pusiera en marcha su vehículo y se fuera, hasta la semana siguiente. Tenían un arreglo.

No debería llamarla zorra. Yo no soy mejor que ella, y el marido de Annie no era ningún Príncipe Encantador que digamos. Ella llevaba dos años queriendo dejarle, pero cuando él le canceló las tarjetas de crédito y dejó de pagarle el coche, Annie podría haber estado viviendo en una prisión de máxima seguridad. Un miércoles recuerdo que la estuve animando, instándola, en silencio, a salir de su casa y meterse en la furgoneta azul y no mirar atrás nunca más.

Si no hubiera tenido los dos niños menores de diez años ambos, quizá lo hubiera hecho. Y si ella se hubiese ido aquel miércoles por la tarde, quizá yo no habría tenido que verla en televisión aquella noche, cuando el reverendo Carl Corbin se la entregó a dos mujeres vestidas con trajes anodinos, con las caras grises que hacían juego con sus largos hábitos. Quizá no habría tenido que oírle hablar del convento en Dakota del Norte donde Annie Wilson pasaría la vida con un contador de muñeca con un máximo diario de cero palabras.

Lo que hizo que me decidiera y saliera del Eastern Market y me dirigiera hacia el coche de Lorenzo en el callejón que cruzaba la calle no era solo la lujuria, y no era solo la pelea unilateral que había tenido aquella mañana con Patrick. La rabia ardía en mi interior como un fuego, primero lento, luego infernal. Conocía perfectamente la doble moral, los clubes privados que habían florecido en ciudades y pueblos donde los hombres solteros con ciertos medios podían ir a descargar su tensión y su esperma con unas señoritas profesionales de las que entretienen. Patrick me había hablado de aquellos clubes tras oír una conversación en el trabajo. Eran los últimos lugares donde se podían conseguir algunos condones.

La prostitución, decían, era la profesión más antigua. Y no se puede destruir algo tan antiguo. También se habían ocupado de los gais en sus propios campos de prisioneros, y las adúlteras como Annie Wilson estaban en granjas de trabajo en Dakota del Norte, o en el cinturón de los cereales del Midwest. Los Puros tenían que hacer algo también con las mujeres solteras que no tenían familiares que se ocuparan de ellas, porque no podían vivir solas sin palabras y sin ingresos. Se les daban dos opciones: o casarse o trasladarse a una casa de putas.

Cuando pensaba en Sonia, en lo que podía ocurrirle si Patrick y yo ya no estábamos, que la acabarían forzando a un matrimonio sin amor, o la enviarían a una comunidad de putas donde no pudiera hacer otra cosa con la boca que gemir y chupar, me hervía la sangre. Hasta las putas tenían que callar y obedecer.

De modo que salí del Eastern Market, crucé la calle, evitando los charcos y zonas medio congeladas, y me metí en el coche de Lorenzo. Era la única forma que tenía de decir «jódete» al sistema.

Gracias a las hormonas furibundas y a mi propia idiotez, el sistema me dijo «jódete tú» bien pronto. Lorenzo y yo lo hicimos tres veces. Una con condón. ¿Las otras? Sin él, hasta el final.

Dios, qué gusto daba.

Lin me coge la mano, trayéndome de aquella tarde a este momento.

—Ten cuidado, cariño. Tienes mucho más que perder que tu voz.

—Ya lo sé —digo, y me recompongo justo cuando Morgan llama a nuestra puerta.

28

*M*organ nos acompaña por el vestíbulo, recoge a Lorenzo de su despacho y hace una mueca, con la nariz arrugada.

—¿A qué huele? —pregunta.

—Yo no noto nada —dice Lorenzo impasible, pero sus ojos me sonríen.

Lin sigue el juego.

—Yo tampoco.

—Mmm… Bueno, vamos, gente. Tenemos muchísimo que hacer, si queremos cumplir con nuestra fecha límite.

Es la primera vez que oigo nombrar una fecha límite, y cualquier respeto que hubiera podido sentir por Morgan cae varios puntos más. No es posible que sepa que yo ya había encontrado la cura para el Wernicke, y me pregunto qué le habrá prometido al presidente. No es como si estuviéramos cocinando un maldito pastel.

—¿Qué fecha límite? —digo.

Morgan duda, como si se estuviera inventando una historia para contárnosla. Cuando habla al fin, parecen unas frases muy ensayadas.

—El presidente tiene que viajar a Francia a finales de junio, para la cumbre del G20. Y necesita a su hermano.

—Pero estamos en mayo —le digo—. Yo pensaba que tendríamos más tiempo. El contrato no decía nada…

Pero él me corta.

—No ha leído realmente su contrato, doctora McClellan. Si lo hubiera hecho, habría visto claramente que hay una fecha límite establecida el veinticuatro de junio, una semana antes de que el presidente vuele a Europa. ¿Alguna pregunta más?

—Somos científicos —digo—. No trabajamos con fechas límite.

Lorenzo, que ha permanecido callado hasta aquel momento, cierra la puerta de su despacho.

—Se lo explicaré todo más tarde a ellas, Morgan. Veamos toda esa mierda administrativa, para que podamos empezar a trabajar en el problema.

Yo le lanzo una mirada de incredulidad, igual que Lin, pero Lorenzo menea la cabeza.

—Más tarde —murmura.

Nuestra primera parada es la oficina de seguridad, una serie de habitaciones y cubículos en los que se agolpan veinte hombres. No está en nuestra parte del edificio, despoblada excepto por Lorenzo, por Lin y por mí misma, sino un piso más abajo. No hay ventanas allí, ni siquiera en la sala principal, que Morgan abre insertando una tarjeta que cuelga del cordón que lleva en el cuello, metiéndola en el aparato lector.

—Cuidamos la seguridad —dice conduciéndonos a través de un mar de ordenadores y de equipos de vigilancia hacia uno de los cubículos más pequeños.

Lin y yo intercambiamos una mirada.

—¿Seguridad para qué? —pregunto.

Morgan no responde, pero sé que me ha oído.

Repito la pregunta.

—Solo seguridad en general, doctora McClellan. No tiene que preocuparse por nada de esto. —Se vuelve hacia los hombres del cubículo—. Necesitaremos tarjetas llave para mi equipo, Jack. —De nuevo, «mi».

Jack gruñe, pero no sonríe. Le echo unos cincuenta años, quizá más cerca de los sesenta. La chaqueta del traje está colgada en la silla tras él, toda arrugada y desgastada. La camisa blanca se tensa mucho sobre una amplia barriga cervecera, y bajo los brazos florecen manchas amarillentas. En el cuello de la camisa lleva una insignia plateada, con una P azul dentro de un círculo. Me pregunto si estará casado, si alguna pobre mujer tiene que yacer debajo de ese cuerpo, mientras él gruñe y suda. O si es soltero, si está en una posición lo bastante alta en la jerarquía para merecer el derecho a acceder a uno de los clubes privados para hombres de la ciudad. Por segunda vez hoy me imagino a Sonia, con veinte años, haciendo de cortesana y satisfaciendo el apetito de algún monstruo.

—Siéntese aquí —dice Jack haciéndome señas e indicando la silla junto a su escritorio—. Ponga la mano derecha aquí, con la palma hacia abajo. —Señala hacia una pantalla plana que está en el escritorio, pulida de modo que brilla mucho.

Coloco mi mano en la superficie. Está fría, pero no tan fría como Jack. La máquina emite un ruido y una banda de luz escanea las huellas de mi mano.

—Mire hacia delante. No sonría —me ordena.

La cámara que tengo delante me saca una foto.

—Ya está. Ahora usted. —Jack hace una seña a Lin, y ella pasa por el mismo proceso. Cuando Jack gruñe otra orden, ella se pone de pie.

—Estás en la oscuridad, igual que yo, ¿verdad, Jean? —dice Lin.

—Cállese —dice Jack. Se vuelve hacia Lorenzo—. Doctor Rossi, por favor, tome asiento. La mano derecha en la pantalla.

«Imbécil», pienso.

No hay fotos en el escritorio de Jack, ni retratos familiares, ni fotos escolares de algún niño ante un paisaje boscoso por detrás, ni adornos. Su almuerzo, o lo que creo que puede ser su almuerzo, está en una bolsa de papel arrugada que parece que no podrá soportar que la vacíen y la rellenen una vez más. Pienso que Jack no está casado, y encuentro atractiva la idea. Mejor sufrir unos minutos de magreos y empujones y jadeos una vez a la semana que vivir con él todos los días.

Lorenzo ha terminado ya, y la impresora que tiene detrás Jack escupe tres tarjetas identificativas de plástico. Jack tiende una mano hacia Morgan, y se la estrechan. Cuando tiende la misma mano a Lorenzo, no ocurre nada.

—No, creo que no —dice Lorenzo—. Se me podría contagiar algo.

Por eso amo a Lorenzo, una razón más entre otras cien. Patrick habría estrechado la mano de aquel asqueroso gordo.

Patrick le habría sonreído y le habría dicho «gracias», cuando Jack le hubiese tendido la tarjeta de plástico. Patrick estaría bullendo por dentro, pero les habría seguido el juego.

Salimos del cubículo de Jack y Morgan nos acompaña hasta una pequeña sala de conferencias en el complejo de seguridad. No está decorada al estilo conferencias, sino con la mesa echada hacia un lado y dos sillas detrás, y tres sillas alineadas como pupitres escolares ante la mesa. Morgan toma asiento en la cabecera de la clase y levanta una mano, señalándonos a nosotros tres que nos sentemos en las sillas que están frente a él.

Intercambio una mirada con Lorenzo, pero él menea la cabeza, casi imperceptiblemente.

Y esperamos.

Después de diez minutos escuchando el tictac del reloj, un hombre enfurruñado con una cicatriz en la mejilla derecha y con todo el encanto de un veterano de las Fuerzas Especiales entra por la puerta abierta a la sala de conferencias.

—Buenos días, Morgan —saluda—. Buenos días, equipo —nos dice a los demás. No se sienta, sino que se queda de pie detrás de la mesa, mirando a su audiencia.

Un hombre de su tamaño debería haber hecho algo de ruido por el pasillo, pero ha venido muy silencioso. Me cuesta exactamente cinco segundos darme cuenta de que no me gusta. Por la mirada agria que le dedica Lin, ha pasado incluso menos tiempo contemplando la posibilidad de que sea agradable.

—Seré breve e iré al grano, porque todos tienen trabajo que hacer —dice—. Soy el señor Poe y estoy a cargo de la seguridad del proyecto. —Sus labios apenas se abren cuando habla; su pecho ancho no parece que se mueva. No creo que haya parpadeado una sola vez desde que ha entrado en la habitación—. Tienen un trabajo que hacer aquí. Las palabras operativas son «uno» y «aquí». Eso significa que trabajan, se van y vuelven al día siguiente. No quiero ninguna discusión en el trabajo con el resto del laboratorio, ni que socialicen fuera de las horas de trabajo. ¿Está claro?

—Como el agua —dice Lorenzo mirándose una de las uñas.

Poe le mira con intensidad.

—No hablarán con nadie del proyecto fuera de estas paredes. No se llevarán trabajo a casa. Si tienen que trabajar más de ocho horas al día, lo harán aquí. El almuerzo se servirá en la cafetería, en la tercera planta. —Comprueba un horario impreso—. Los tres tienen el único turno de tarde para ustedes.

Lin se remueve en la silla, descruza las piernas, las vuelve a cruzar. Su pie roza el mío, y yo le doy también un golpecito. «Sí, suena muy raro.»

Yo hablo primero.

—Perdóneme, señor Poe, pero ¿y los ayudantes de laboratorio? Tenemos que hacer unos experimentos y…

Él me corta.

—Cualquier instrucción al personal de laboratorio se hará a través de Morgan. Y tampoco se podrán llevar sus ordenadores portátiles a casa. Uno de mis hombres les dará hora esta tarde para asegurar sus dispositivos electrónicos y establecer la intranet para su parte del equipo.

—Pensaba que nosotros éramos todo el equipo —dice Lorenzo con una cierta sequedad.

—Eso es lo que quiere decir el señor Poe —dice Morgan. Sus ojos se dirigen al hombre alto que está de pie junto a él—. ¿Verdad, señor Poe?

—Exacto. ¿Alguna pregunta más? —No espera—. Cada uno de ustedes pasará por un control de seguridad cuando entre en el edificio y cuando salga. El edificio contará con personal las veinticuatro horas.

Poe hace una señal a Morgan antes de volverse hacia nosotros e irse por el mismo camino por el que ha venido. Silencioso.

—Bien. —Morgan da una palmada, una sola, como si estuviera pidiendo orden en una clase de niños revoltosos—. Vamos a trabajar. Si me siguen, les enseñaré el laboratorio.

Salimos de la sala de conferencias, pasamos junto al gordo Jack, que se está bebiendo una Coca-Cola, y volvemos a través de la puerta principal sin ventanas. Morgan la abre con su tarjeta, que, a diferencia de la mía, la de Lorenzo y la de Lin, es azul. Las nuestras son blancas.

145

Lin me echa un poco hacia atrás mientras caminamos por el vestíbulo hacia los ascensores.

—Ese Poe. Un tipo silencioso, pero mortal —dice.

—Mucho —respondo yo—. ¿Y qué es eso de la segregación y el tiempo límite?

—No lo sé. Pero si estamos solos a la hora del almuerzo, tenemos alguna oportunidad de hablar. Lorenzo parece que sabe algo.

—Vamos, señoras —llama Morgan desde el ascensor, que mantiene abierto.

Nosotras apretamos el paso y llegamos a las puertas abiertas. Morgan entra primero, Lorenzo el último. Cuando estamos dentro, me busca la mano y me la aprieta.

—Un día muy emocionante —dice Morgan.

«Sí. Lo es.»

29

*L*o primero que oigo, cuando recorremos los tres metros que hay desde el ascensor hasta el complejo de laboratorios, es el chillido de los ratones. Los animales son una necesidad, pero todavía me resisto a inyectar a esos diminutos animalitos un suero sin testar. Están indefensos, son como bebés. No puedo soportar cogerlos y ver sus ojos, como dos gotas de aceite, y meterles mi última poción en sus inocentes venas. Lin no tiene problema con eso; quizá su educación médica la haya hecho inmune. Siempre dejo que sea ella quien les administre la inyección.

—Son ratones, Jean —decía en nuestro laboratorio de Georgetown—. Si invadieran tu despensa, les pondrías trampas, ¿no?

Bueno, sí, en eso tenía razón. Pero las trampas eran unos dispositivos pasivos. Podía aceptarlas mucho mejor que las agujas llenas de productos químicos. Siempre he sido una chica muy de libros, en lo que respecta al cerebro. Que los doctores en medicina se encarguen del rollo práctico.

Morgan está con la tarjeta en la mano, ante la puerta, pero se lo piensa mejor.

—Quizá sería mejor que uno de ustedes la probase, para ver si funciona. ¿Doctora McClellan? ¿Nos hace los honores?

Lorenzo suelta una risita.

—Vamos, Gianna. No sabrás lo que hay dentro hasta que lo abras.

Paso mi tarjeta blanca por el lector, preguntándome si Lorenzo se da cuenta de que me siento como Pandora, cuando las puertas se abren y nos quedamos momentáneamente cegados por las luces fluorescentes que se encienden dentro del laboratorio. No puede haber mal alguno aquí, pienso, solo la esperanza que también se escondía en la caja de Pandora antigua.

Pero, aun así, algo en el lapsus que ha cometido Poe sobre nuestra parte del equipo (si es que ha sido un lapsus) me intranquiliza. En realidad todo en Poe me intranquiliza. Tiene el tamaño de un armario y es tan silencioso como una tumba. Y tiene el aire de un hombre que ha matado por su Dios o por su patria. O por dinero.

Morgan sonríe como si el laboratorio fuese su hijo primogénito y nos hace señas de que le sigamos al interior. Una vez más, Lorenzo espera a que Lin y yo pasemos, antes de entrar a través de las puertas dobles.

Los chillidos de unos cuantos centenares de ratones salen de las jaulas que se alinean junto a la pared izquierda. A la derecha hay conejos que olisquean silenciosamente, con las naricillas rosa retorciéndose ante la intrusión en su espacio. Nunca habíamos tenido conejos, y sé que Lin tendrá que ocuparse de las inyecciones cuando lleguemos a los animales de mayor tamaño. Yo no podría por nada del mundo inyectar a un conejito de Pascua nada de lo que no estuviera completamente segura.

Pero estoy segura, y eso es lo peor de todo. Si quiero retrasar el proyecto lo más posible, tendré que matar unos cuantos ratones y conejitos.

Las mesas del laboratorio, diez en total, cada una con su propio lugar de trabajo, llenan la zona vacía entre las hileras de jaulas. Como las oficinas y cubículos de nuestro departamento de tres, están desocupadas.

Al final de la sala hay otra puerta, también con un lector de tarjetas. Esta vez le toca a Lin, y una vez más Morgan pasa por delante de nosotras hacia el vientre del laboratorio.

—Mierda —dice Lin.

Morgan hace una mueca al oírlo. Bien

Lorenzo pronuncia una sola palabra italiana, tan ubicua y productiva como nuestro «joder»: «*Cazzo*».

Ambos tienen razón. Este espacio no se parece a nada que haya visto jamás.

A mi derecha hay tres puertas, marcadas con el letrero:

SALA DE PREPARACIÓN DE PACIENTES: POR FAVOR, LLAME ANTES DE ENTRAR. Más allá se encuentra una zona abierta, con un grupo de ordenadores y armarios para guardar equipo pequeño. En unas pulcras etiquetas impresas debajo de cada armario pone ULTRASONIDO PORTÁTIL, EMT y ETCD.

—Estupendo —dice Lorenzo—. Estimulación magnética transcraneal y estimulación transcraneal con corriente directa. ¿Cuántas unidades?

—Cinco de cada clase —dice Morgan abriendo los armarios uno a uno—. Y tres equipos portátiles de ultrasonido, con diversos transductores. —Lee las etiquetas—: Lineal, sectorial, convexo, neonatal, transvaginal.

Hace una pausa después del último artículo, como si estuviera escandalizado por la mención de la anatomía femenina, aunque Morgan debería saber que necesitamos las sondas transvaginales para nuestros sujetos más pequeños. Como he dicho antes, es una mierda de científico.

Lorenzo me guiña un ojo.

—Hay más por allí —dice Morgan, y dirige a nuestro diminuto grupo más allá de la zona abierta, hacia el fondo del laboratorio. Allí, dos puertas conducen a las salas de IRM.

—¿Hay dos equipos de resonancia magnética? —pregunto haciendo una seña a Lin, que ya está babeando. En Georgetown tuvimos que suplicar para usar uno de los IRM del hospital, a veinte minutos de distancia andando. Y eso cuando nos concedían algo de tiempo, que no era a menudo.

Morgan sonríe.

—Dos IRM de Tesla. Y aquí están las instalaciones TEP. —Abre otra puerta y nos deja echar un vistazo dentro.

Tuvimos que esperar meses para acceder a la tomografía por emisión de positrones del hospital, o equipo TEP.

—¿Y los EEG? —pregunta Lorenzo—. ¿Y el laboratorio de bioquímica?

—Todo aquí. Lo del electrocefalograma está allá, en la zona de equipamiento pequeño.

—Electroencefalograma —le corrijo—. Por eso se llama EEG, y no ECG.

Morgan guiña los ojos.

—Bueno, eso. El caso es que me he olvidado de mencionarlo, pero encontrarán los electrodos y la impresora en el armario que está más a la derecha. El laboratorio de bioquímica está detrás de esas puertas. —Señala la tarjeta de Lorenzo—. Adelante. Probablemente será el más interesado en el módulo de expresión proteica. Está justo ahí, a la derecha.

Morgan señala, pero Lorenzo todavía está examinando la habitación, que podría contener cinco laboratorios de instituto enteros.

Solo somos tres. Cuatro, si contamos con Morgan, pero no creo que ninguno de nosotros cuente con él. Y solo un bioquímico.

—Vale, gente. —Morgan mira su reloj—. Tengo una reunión con los jefazos, así que les dejo con esto.

—Sí, váyase —dice Lorenzo, y mete su tarjeta en la puerta del laboratorio de bioquímica—. Nos arreglaremos.

—¿Internet? —digo señalando una serie de ordenadores con monitores del tamaño de televisores de pantalla plana, en el laboratorio principal.

—No es posible, Jean. —Morgan pone en marcha uno de los ordenadores—. Excel, Word, SPSS por si tienen que hacer estadísticas. MatLab. Lo que necesiten.

«Lo que necesite si quiero trabajar en el vacío», pienso.

—¿No tenemos acceso al mundo de las publicaciones, Morgan? No llevo los cinco últimos años del *Journal of Cognitive Neuroscience* en el bolso.

—Ah, eso. Claro. —Se dirige hacia unas estanterías llenas de tabletas—. Todas están conectadas con las bases de datos académicas. Si no encuentra lo que quiere, tendrá que llamar por el intercomunicador. Yo haré que lo conecten. —Morgan sonríe, enseñando dos perfectas hileras de dientes pequeños. Me recuerda a un hámster. O a una rata de laboratorio—. Bueno, a trabajar, gente —dice, y desaparece a través de la sala con los roedores, hacia la puerta principal.

—Por fin estamos solos.

—Quince millones por los dos IRM de Tesla y la máquina

TEP —dice Lin cuando oímos el chasquido de la puerta principal del laboratorio—. Quince millones. Y todo lo demás…

Todos somos conscientes de las cifras. La Fundación Nacional para las Ciencias casi nos pone un emoticono riéndose en la última petición de fondos, cuando pedimos un solo equipo de IRM. Hago algunos cálculos de memoria y tengo una cifra.

Lorenzo asiente.

—Veinticinco millones, eso parece. Pero no es eso lo que me preocupa.

—A mí tampoco —digo.

Nos miramos a los ojos los tres, alternativamente, y sé que están pensando lo mismo que yo. Todas las partes del equipo son nuevas, brillantes, recién instaladas. Y son las que necesitamos exactamente para trabajar en la cura del Wernicke. No se monta un laboratorio de veinticinco millones de dólares en aparatos en tres días. También está ese olor animal de la primera sala. Los ratones y los conejos llevan un tiempo ya allí.

Más tiempo del que lleva el hermano del presidente en cuidados intensivos.

—Es casi como si ya lo supieran —dice Lin—. Como si lo hubieran planeado.

Miro a mi alrededor, voy desde el laboratorio de bioquímica, pasando por las salas de IRM y TEP, hacia la zona abierta que alberga el equipo más pequeño. En nuestro mundo, pequeño no significa barato.

—Tenemos que hablar —digo dirigiéndome a ambos, pero sé que miro solo a Lorenzo.

30

*L*in nos deja en la zona de equipamiento pequeño, con la excusa de que quiere comprobar los tubos de IRM Tesla. Para ser una mujer tan menuda como ella, tiene unos ojos que me perforan como el puñetazo de un boxeador de peso pesado. «Ten cuidado», me dicen esos ojos.

—Ven conmigo. —Lorenzo me hace señas con un dedo y no dice nada hasta que hemos vuelto a entrar en el laboratorio de bioquímica, y se pone junto a un fregadero. Abre el grifo del agua a toda potencia y luego se inclina sobre el mostrador negro de resina epoxídica. «Cámaras», vocaliza sin hablar.

Lo capto. Si hay cámaras, también habrá micrófonos. Me inclino hacia él y finjo leer el informe que se ha sacado del bolsillo del pecho. Es una factura de mobiliario, pero yo me concentro en esa página como si fuera el último teorema de Fermat.

—Les has dicho que lo tendríamos todo en un mes. ¿Por qué? —pregunto.

—Porque Morgan no iba a llamarte a ti, ni tampoco a Lin. No quería mujeres en el proyecto. Le he garantizado que tendríamos un resultado satisfactorio antes de que el presidente se fuera a Francia, pero solo si vosotras dos estabais en el equipo. —Al cabo de un momento, añade—: Y aquí estamos.

No sé si besarle o darle una bofetada.

—Sabes lo que me pasará cuando acabe esto, ¿verdad? A mí y a Lin.

Lorenzo mira mi muñeca, con la señal algo pálida de una quemadura rodeándola.

—Lo sé.

Su voz suena triste, pero tiene un trasfondo de furia. Una

vez más constato las diferencias entre Patrick y Lorenzo. Ambos me compadecen, pero solo Lorenzo se siente combativo.

—También necesito el dinero del premio —dice.

—¿Para qué?

—Un asunto personal.

—¿Qué tipo de asunto personal cuesta cien mil dólares?

Sus ojos se encuentran con los míos por encima del grifo.

—Un asunto muy, muy personal —dice, y cierra el agua—. Bien, ¿te encuentras mejor?

—Claro —digo sin entender si está hablando de mi vomitona de antes o de nuestra conversación—. De perlas.

—Bien. Porque tenemos mucho trabajo que hacer.

—Espera. —Vuelvo a abrir el grifo del agua fría—. ¿Cuándo te llamaron para el proyecto?

—Justo después de que Bobby Myers se rompiera la cabeza. Asiento.

—Nadie encarga, recibe e instala dos tubos IRM Tesla en tres días, Enzo. Ni siquiera el gobierno.

Él sonríe al oír su antiguo apodo.

—Sí, ya lo sé. Vamos. Saquemos a Lin de su tecnoorgasmo y vamos a almorzar un poco. —El grifo se cierra por segunda vez y nos dirigimos hacia la neurosección del laboratorio, cuando el reloj da la una.

—¿En quién has pensado para el primer sujeto? —pregunta Lorenzo.

—Definitivamente, Delilah Ray. Vi a su hijo el otro día. Es nuestro cartero.

También es el hombre que parpadeó tres veces y me dijo que tenía mujer y tres hijas. Tomé nota mentalmente de estar en la puerta la próxima vez que haga la ronda. Ahora mismo, lo único que tengo en la cabeza, aparte de eso, es la comida.

31

*E*sta tarde, mientras voy siguiendo la serpiente de coches que pasa por Rock Creek Parkway, agachada detrás del volante para evitar las miradas de los conductores que llenan la hora punta, todos hombres, pienso de nuevo en Jackie Juarez.

Ella decía que Patrick era un flojucho con aires de intelectual: nunca jamás se le habría ocurrido aplicar esa denominación a Lorenzo.

—Los hombres pueden ser de dos tipos —dijo una vez—: hombres de verdad y ovejas. Ese chico con el que sales…

—… es una oveja —acabé—. Supongo que tú lo creerías.

—No es que lo crea, Jeanie. Lo sé. —Jackie encendió un cigarrillo. Estaba en su fase de Virginia Slims (un estilo *kitsch* a lo *You've come a long way, baby* decoraba nuestro piso aquel año), y expulsó una nube de humo mentolado—. Quiero decir que si yo me cambiara a tu lado de la acera, querría un hombre que… no sé… que diera la cara por mí.

—Fíjate, qué romántica —dije.

Ella hizo un gesto desdeñoso.

—Quizá. Simplemente me gustaría alguien que resultara duro cuando fuese necesario.

—Patrick es amable —dije yo—. ¿No vale nada eso?

—Para mí no.

Una vez yo defendí mi tesis y Patrick empezó su residencia, nos casamos. Invité a Jackie, esperando que viniera.

Pero no vino.

Quizá yo tampoco habría ido.

Salgo del aparcamiento y me detengo ante el semáforo junto a un hombre de mediana edad con un Corvette negro mate.

«Menopausia de coche deportivo», pienso. La ventanilla negra está llena de pegatinas: MYERS, PRESIDENTE; YO SOY PURO, ¿Y TÚ? y ¡QUE AMÉRICA VUELVA A LA MORALIDAD! Me toca la bocina, espera a que vuelva la cabeza y baja la ventanilla. Yo hago lo mismo, pensando que quiere preguntarme una dirección en las laberínticas calles de Washington, con sus endiabladas avenidas en diagonal.

Escupe en mi coche cuando el semáforo se pone verde, y luego arranca.

Me doy cuenta de que todavía tengo la pegatina del otro candidato en el parachoques trasero.

¿Qué haría Jackie? ¿Correr tras él? Probablemente. ¿Escupirle también? Casi seguro. Sin embargo, lo que tengo yo en mente es lo que haría Patrick: absolutamente nada.

Él suspiraría y sacudiría la cabeza ante la barbarie, y luego limpiaría la suciedad, y se olvidaría del señor Crisis de Mediana Edad. ¿Y Lorenzo? Lorenzo le pegaría una paliza de muerte a ese hijo de la gran puta.

No sé por qué motivo esto último me atrae. Antes no me pasaba. Me choca darme cuenta de que me he vuelto como Jackie, más de lo que esperaba, y de repente quiero verla otra vez, lo deseo más que nada.

Dudo de que ella quiera verme, y además, aunque fuera así, Jackie está en un mundo en el que la palabra «visitante» no existe.

Jackie está en un campamento (dilo, Jean: en una prisión) en medio del campo, donde trabaja en una granja o rancho o piscifactoría desde la mañana a la noche. Su pelo, que no sé de qué color era ya al final, tendrá las raíces grises y las puntas abiertas, y sus brazos estarán rojos y quemados por el sol, como los de los granjeros. Un bronceado de paleto, lo llamábamos, de esos que te dejan los hombros blancos. Llevará un amplio brazalete de metal que no mostrará número alguno porque, en el nuevo mundo de Jackie, no hay palabras que contar. Como las mujeres del supermercado, las que tenían niños pequeños, que no hacían otra cosa que intentar cotillear un poco con la lengua de signos, mandarse un mensaje de consuelo, algo trivial como «echo de menos también hablar contigo».

Jackie Juarez, feminista convertida en prisionera, ahora duerme de noche en una celda con un hombre al que no conoce.

Vi un documental sobre esos campos de conversión en televisión, el otoño pasado. Steven lo había puesto.

—Monstruos —dijo—. Se lo han buscado.

Mis últimas palabras salieron volando como dagas apuntadas a mi hijo mayor, que había empezado a parecerse cada vez menos a mi hijo y más al reverendo Carl Corbin.

—No crees eso de verdad, niño.

Él enmudeció el televisor mientras una inacabable fila de hombres y mujeres marchaban desde un agujero en el muro de cemento hasta la granja de trabajo. Jeeps con soldados armados flanqueaban el desfile de presos.

—Es una elección vital, mamá —dijo Steven—. Si puedes elegir una sexualidad, también puedes elegir fácilmente otra. Eso es lo que están intentando hacer.

Me senté sin habla contemplando los rostros de aquella gente vestida de gris, antes madres, padres, contables, abogados, dirigirse desde el muro hasta los campos. Jackie podía haber estado entre ellos, cansada, llena de ampollas por trabajar todo el día al sol.

Steven subió el volumen y apuntó a una pantalla llena de estadísticas.

—¿Lo ves? Está funcionando. Diez por ciento después del primer mes, más del treinta y dos por ciento a finales de septiembre. ¿Lo ves? —Se refería a la tasa de éxito en las conversiones.

Yo no lo veía, en absoluto. Lo que veía, y todavía sigo viendo, era a Jackie Juarez con botas de trabajo y un uniforme caqui, deshierbando y cosechando hasta que las manos se le despellejaran y le sangraran.

O bien...

Jackie está casada. Quizá con un gordo asqueroso como Jack, el de seguridad, quizá con uno de los gais a los que conocía de antes. Lleva un contador de muñeca y pasa los días cocinando y esperando quedarse embarazada, para que las autoridades sepan que su matrimonio es real, más que un arreglo conveniente para esquivar la vida en uno de los campos.

No. Jackie nunca se sometería, nunca trabajaría para el sistema, nunca se prostituiría con uno de los hombres del presidente a cambio de dinero, o de una voz, o de un mes de libertad. Patrick sí que lo haría, por supuesto. Lorenzo no. Esa era la diferencia entre mi marido y mi amante.

Pero Lorenzo lo hizo, en el preciso momento en que firmó el contrato y accedió a trabajar en el proyecto de la afasia.

Cuando aparco el coche en la entrada de casa, comprendo cuál es la razón.

Lorenzo tiene otros planes, y creo que llevan mi nombre.

32

*P*ongo cara de Madre y Esposa cuando entro por la puerta de atrás. Sonia y los gemelos están jugando a las cartas en la alfombra de la sala de juegos, Patrick está cortando verduras en la cocina, con una botella de cerveza abierta junto a la tabla de cortar. Me pregunto si será la primera de esta tarde.

—Hola —digo, y dejo el bolso, totalmente escudriñado en el control de seguridad, antes de abandonar la oficina, en un mostrador lateral.

—Hola, cariño. —Patrick deja el cuchillo y me da un apretón—. ¿Todo bien?

—Bastante bien.

—¿Qué tal es?

—Nos han amenazado con torturas para que no contemos nada fuera de la oficina —digo. Probablemente es más cierto de lo que creo—. ¿Dónde está Steven? Se va a perder la merienda de las seis.

Patrick señala con la barbilla hacia un lado de la casa.

—En la casa de al lado.

—Julia y él deben de estar hablando otra vez —digo—. Realmente tendrías que hablar con él por ese asunto del matrimonio. Es demasiado joven.

—Sí, lo haré. Ah, y tus padres han mandado un mensaje por FaceTime. Les he dicho que hablarías con ellos mañana, pero tu madre quiere hablar contigo esta misma noche.

—¿Puedo usar tu portátil?

—¿Y dónde está el tuyo?

El mío está en cuarentena, examinado por uno de los informáticos de Poe.

—Bien encerrado en un edificio sin nombre, en algún lugar de Washington —digo—. ¿No quieres que te ayude?

Él me tira un trapo para secar los platos.

—Noooo. Jodeer, tío, no necesito pinches chorras en mi puta cocina. —Los dos reímos ante su intento de utilizar el *slang* del típico cocinero malhablado sureño.

Bueno. Esto es distinto.

Después de una ronda veloz como el rayo a las cartas con los niños (Sonia consigue articular unas pocas palabras con muchas precauciones) voy al estudio de Patrick, que él ha dejado sin cerrar, y llamo a mis padres. El italiano sale muy despacio al principio, luego coge una cadencia regular, todo vocales y sílabas que riman. Papá no tiene nada positivo que decir sobre el presidente, o el hermano del presidente, ni nada de este país, en realidad; mamá es más contenida, está más callada de lo habitual.

—*Tutto bene, mammi?* —le pregunto.

Ella me asegura que todo va bien, solo ha tenido algunos dolores de cabeza últimamente.

—Tienes que dejar de fumar —le digo.

—Esto es Italia, Gianna. Todo el mundo fuma.

Eso es bastante cierto. Después de los partidos de fútbol, fumar es el deporte nacional, especialmente en el sur, de donde soy. Lo dejo por el momento y me concentro en cosas más felices. Durante un rato les oigo contarme cosas de los limoneros y naranjos del jardín, el huerto, los cotilleos sobre el *signore* Marco, el pescadero, que finalmente se va a casar con la *signora* Matilda, la panadera. Ya es hora: sumando sus edades, Marco y Matilda deben de tener ciento setenta años.

El hacha cae cuando mi madre me pregunta si voy a ir a visitarla en verano.

—No querrás que me muera sola —dice.

—Nadie se va a morir, *mammi* —digo. Aun así, una corriente fría me recorre la columna vertebral—. Prométeme que irás a ver a la doctora Michele, ¿vale?

Entre los «ciaos» y los besos y las promesas de hablar otra vez mañana, tardo casi diez minutos en cortar la llamada. Si las mujeres italianas tuvieran cuotas como nosotras, gastarían todas las palabras en despedirse, después de una conversación por teléfono.

Solo después de cerrar el FaceTime veo que hay un sobre color marrón con las palabras TOP SECRET estarcidas encima del escritorio de Patrick. Quien tuvo la idea de etiquetar los documentos clasificados con unas letras enormes y rojas estarcidas que anuncian (o al menos sugieren) su contenido era un idiota, me parece. Lo mismo habría sido poner un rótulo que dijera: ¡ÁBREME! Si me lo hubieran preguntado a mí, habría escondido todos los secretos en números atrasados del *Reader's Digest*.

Sería tan fácil echar un vistacito al contenido de ese sobre. Casi noto el peso de ese pequeño diablo rojo en mi hombro izquierdo apremiándome: «Venga, Jean. Échale un vistazo. Nadie se va a enterar».

De modo que eso es lo que hago.

El contenido no me sorprende. Como consejero científico del presidente, Patrick por supuesto está enterado del proyecto Wernicke. Lo que no comprendo es por qué la primera página que hay dentro del sobre secreto de mi marido se refiere a tres equipos distintos: Oro, Rojo y Blanco. Lorenzo, Lin y yo somos el equipo Blanco. Otros nombres, ninguno familiar para mí, están clasificados bajo el título «Oro» y «Rojo». Unos pocos tienen rangos militares.

—¡Mami! —La voz de Sonia en la entrada me sobresalta—. ¡He ganado a las cartas!

Ahora entiendo lo de la reina de espadas que tenía Sam secuestrada. Rápidamente vuelvo a meter los proyectos en el sobre, esperando haberlo dejado todo como estaba en el escritorio de Patrick, que siempre parece ordenado con la ayuda de una regla.

—¡Qué bien, cariño! —digo—. ¿Vamos a ver qué hace papá en la cocina?

—Te quiero, mamá. Te quiero mucho.

Seis palabras, eso es lo único que hace falta para que mi corazón dé un brinco.

33

—¿*A*lgo interesante? —dice Patrick cuando vuelvo a la cocina.

Siempre se me ha dado fatal guardar un secreto. El mínimo asomo de mentira obliga a mis labios a curvarse, y mis ojos se unen al juego. Solo una vez intenté preparar una fiesta sorpresa para Patrick, cuando cumplió los treinta, creo que fue, ayudada por la que entonces era su secretaria y un par de tipos del trabajo. Cuando llegó finalmente el día, parecía que Patrick estaba tan sorprendido como si hubiese caído una bomba del cielo.

«¡Éxito!», pensé. Hasta la mañana siguiente, cuando Evan King levantó la liebre al alabar lo bien que había fingido mi marido.

—Te lo vi en los ojos, cariño —dijo Patrick—. Es una suerte que no trabajes en seguridad.

Así que no hubo más fiestas sorpresa.

Levanta la vista de los fogones.

—¿Buenas noticias?

—¿Cómo?

—¿Buenas noticias? De tus padres…

Noto que el peso del terror se desprende de mí y se funde en un charco en el suelo de la cocina.

—Bueno, supongo que sí. Papá ha vendido una tienda a una cadena o algo. Supongo que es una buena noticia.

—Ya es hora de que el hombre se retire —dice Patrick—. Mira. Prueba esto y dime qué necesita. —Coge una cucharada de las verduras que ha estado salteando.

—Perfecto —digo, aunque tiene muy mal sabor. Nada

huele bien ahora. El vino tinto que está echando Patrick apesta a aceite rancio; la carne, que creo que es pollo, pero que lo mismo podría ser hígado de cabra, por lo que parece, llena la cocina y el comedor de un hedor apestoso. Debería estar muerta de hambre, pero no.

—¿Steven no ha vuelto aún? Ah, hablando del rey de Roma...

Mi hijo entra entonces, cierra la puerta de golpe tras él. Sonia se pone contenta, los gemelos también. Patrick y yo estamos a punto de decir «hola», pero Steven pasa a nuestro lado, luego al lado del frigorífico y atraviesa el salón hacia su habitación. Tiene la cara sonrojada, una erupción de motas rojas en la mejilla y el cuello. Parece que tenga treinta y siete años, y no diecisiete, con el mundo entero sobre sus hombros.

Y esta es la mierda de la paternidad, envuelta en un adolescente huraño.

—Ya voy yo —digo. Necesito un respiro de los olores a comida, antes de que mis nervios olfativos decidan rebelarse—. Dile a Sonia que te cuente lo del juego de cartas.

La música de Steven me sacude los huesos al recorrer el vestíbulo hasta la puerta de su dormitorio. Llamo una vez; no hay respuesta. Vuelvo a llamar y Steven gruñe un aburrido:

—Adelante.

—¿Estás bien, chico? —digo metiendo la nariz por la puerta.

Lo que estaba escuchando baja de volumen hasta convertirse en ruido de fondo.

—Sí —dice Steven.

—¿La escuela ha ido bien?

—Sí.

—¿Cómo está Julia?

—Bien.

—¿Vienes a cenar? Ya casi está.

—Voy.

Me vuelvo para irme y él rompe la cadena de monosílabos.

—¿Mamá? Si alguien que conoces... quizá alguien a quien quieres de verdad, hiciera una cosa muy mala, ¿te chivarías?

Tengo que pensarlo.

En tiempos habría dicho que sí. Ver a alguien ir a cien por hora en una zona escolar, apuntar su número de matrícula. Ver a un padre pegar a su hijo en Walmart, llamar a la policía. Presenciar un robo en la puerta de al lado, denunciarlo. Para cada acción existe una reacción opuesta y apropiada. Pero las cosas no son así, ya no. Las reacciones pueden ser opuestas, pero seguro que no son apropiadas. Yo sabía lo de Annie Wilson y el hombre de la puerta de atrás con la furgoneta azul, que ni siquiera se molestaba en usar la puerta de atrás. Sé que Lin Kwan, que ahora vive con su hermano, es del tipo de mujeres que prefieren a otras mujeres. También sé que si, como dice Steven, me hubiese chivado de Annie, lo habría pasado muy mal enfrentándome a mí misma cada mañana. La idea de hacer de informante con Lin es un anatema, digan lo que digan el reverendo Carl y los Puros.

—Pues depende —digo—. ¿Por qué?

—No, por nada —dice Steven, y se levanta de la cama—. Tengo que ducharme…

Y al pasar a mi lado, me deja con el susurro de la música eléctrica, una melodía de hace tiempo con una letra que probablemente no pega mucho con los *Fundamentos de la filosofía cristiana moderna* o la Virilidad Pura o la retorcida visión del mundo de Carl Corbin. Noto que el calor de los problemas me vuelve a atrapar. Me aprieta y hace que el aire salga de mis pulmones, dejándome sin aliento.

No hay forma de que Steven pueda saber lo de Lorenzo, me digo a mí misma. Ninguna. Tuvimos muchísimo cuidado la última vez, cuando nos encontramos accidentalmente en el Eastern Market. Cuando fuimos hasta nuestra cabaña de Maryland por carretera, yo iba todo el rato agachada en el suelo del coche, en el asiento de atrás. Era marzo, y Steven tenía que estar entonces en el colegio.

La fatiga y la preocupación me golpean como sacos de ladrillos, una por cada lado, y recorro de nuevo el vestíbulo para reunirme con Patrick en la cocina.

Él sigue silbando.

34

*L*as sirenas me despiertan. Son como animales que chillan en el silencio de la noche, cada vez más fuerte, hasta que parece que están justo ante la ventana de mi dormitorio. Rojos y azules parpadean a través de los postigos, y sé que no estoy soñando.

—¿Qué demonios…? —dice Patrick dando una vuelta en la cama, luego otra, y luego poniéndose una almohada encima de la cabeza. No dura mucho rato en su cueva; la realidad acaba por imponerse, apartando la cortina del sueño, y se levanta.

Yo solo puedo pensar en la conversación que he tenido con Lin en su oficina esta mañana. «¿Todavía hay algo con tu colega italiano…? ¿Cuánto tiempo hace que dura…? Ten cuidado, cariño. Tienes mucho más que perder que tu voz.»

Y luego Steven, con su críptica pregunta resonando en mis oídos de nuevo.

—Ay, Dios mío —digo, y voy a la ventana.

Por lo que puedo ver, hay dos coches y un vehículo más grande, cuadrado, como una ambulancia, pero no blanco. Un tercer coche aparca detrás de la camioneta cuadrada, bloqueando la entrada de nuestra casa.

Impidiendo que cualquier coche pueda entrar. O salir.

Las siguientes palabras que digo arañan el aire, apenas más que un áspero susurro. Nada en mi cuerpo funciona, ni las rodillas, que se han convertido en gelatina, ni la voz, ni el estómago. Una oleada de náusea tras otra me sacude, mientras veo los colores eléctricos que llenan la calle frente a nuestra casa.

Espero que suene el timbre, un acontecimiento tan corriente, un hecho que solía esperar con ilusión. Que llamasen a la puerta significaba que había visitas, en vacaciones; que llegaban paquetes que esperaba, que aparecían parejas de jóvenes de Utah que, a pesar de mi resistencia a cualquier tipo de conversión, siempre parecían amables y muy limpios. El timbre de la puerta significaba niños que venían a por golosinas, vestidos de fantasmas o de duendes, o de las princesas y superhéroes de aquel mes.

—Voy —dice Patrick.

Espero que suene el timbre y pienso en Poe, con su cicatriz y su semblante de antiguo miembro de las Fuerzas Especiales, y su silencio incómodo. No sonarán campanas de oro ni de plata para mí esta noche, sino de hierro.

«Joder.»

Ya los veo entrando, uniformados y armados con dispositivos negros, caminar por el parqué pulido de mi casa, dejando roces y marcas. Veo a Thomas y al reverendo Carl y a otros hombres, uno con una caja pequeña con un contador puesto al cero, que me colocarán en la muñeca como un grillete de hierro. Veo las cámaras de televisión y los reporteros de noticias, iluminándome con sus luces y esforzándose por captar un atisbo de la exdoctora Jean McClellan, ahora destinada a una vida de silencio y trabajo en los campos de Iowa, las piscifactorías de Maine, las fábricas textiles de Alabama. Tras un proceso de escarnio público, por supuesto.

«Steven —pienso—. ¿Qué has hecho?»

No irán a por Lorenzo. Eso ya lo sé. Las tonterías de los hombres siempre se han tolerado.

Sonia viene corriendo a mi habitación, con los ojos encendidos. Las pisadas rápidas de los chicos se mueven en otra dirección, hacia la parte principal de la casa, donde ha ido Patrick.

—No pasa nada, cariño —digo cogiendo a Sonia entre mis brazos—. No pasa nada.

Pero eso no es verdad. Pasan cosas feas, mientras estoy allí sentada con la espalda apoyada en el marco de la puerta, acunando a mi hija, esperando el inevitable sonido del Juicio Final del timbre de la puerta.

35

*P*asan cinco horribles minutos antes de que los pasos de Patrick vengan corriendo por el vestíbulo.

—Esto tiene mala pinta —dice—. No sé lo que es, pero tiene mala pinta. —Su rostro está arrugado por la preocupación, como un paisaje de un blanco pergamino.

Pero el timbre de la puerta no ha sonado.

Me levanto, con Sonia entre mis brazos, y sigo a Patrick hacia la cocina. El desfile de vehículos sigue en la calle, todavía con sus sirenas chillando y contaminando la noche de azul y rojo. Seis hombres hacen guardia ante el porche de la casa de los King, dos más en la puerta de atrás.

«No soy yo —pienso—. No soy yo. No soy yo. No soy yo. No soy yo.»

El chillido de una mujer perfora la noche, llegando hasta nuestra cocina, y me arriesgo a mirar por la ventana.

Leo hace ademán de ir a encender la luz.

—No. Dejadla apagada. Todo oscuro —digo yo.

¿Qué puede haber hecho Olivia King?

«Si alguien que conoces... quizá alguien a quien quieres de verdad, hiciera una cosa muy mala, ¿te chivarías?»

Y entonces me doy cuenta de que esos hombres no están ahí por Olivia, sino por Julia.

Me aparto de la ventana. Aquí Patrick, a mi lado, todavía un fantasma pálido. A Sonia la he sentado en uno de los taburetes junto a la isla. Sam y Leo miran la escena que ocurre en la puerta de al lado con los ojos como platos.

El único que no está es Steven.

Fuera, los chillidos han empeorado. Olivia (creo que debe

de ser Olivia, la de los pañuelos rosa en la cabeza y las Biblias rosa y la taza vacía en la mano) ha desatado un infierno.

—¡No podéis llevárosla! ¡Evan! ¡Haz algo! Joder, haz algo en lugar de estar ahí con las putas manos metidas en los putos bolsillos y mirando. Mátalos. Pégales un tiro a estos hijos de puta. ¡Diles que no ha sido culpa suya! Diles…

Su perorata queda interrumpida por un gemido de dolor, pero solo un momento, una décima de segundo. Luego ella vuelve a insistir, medio chillando, medio gimiendo, mientras dos hombres sacan a Julia King de la casa y Evan asiste silencioso con las manos en los bolsillos y la luz del porche arrojando un resplandor amarillo en su rostro.

Antes de que Patrick pueda detenerme salgo por la puerta trasera de nuestra casa, ignorando la lluvia de mayo que ha empezado a caer, chapoteando con los pies desnudos por nuestro jardín y metiéndome en el de los King.

—¡Alto! ¡Quítenle el contador! —grito.

Todas las caras excepto la de Olivia se vuelven hacia mí.

Olivia sigue hablando, rogando y sollozando ahora.

—Por favor, no se la lleven. Por favor. Llévenme a mí en su lugar. Por favor. —Cada palabra se ve interrumpida por el enloquecedor zumbido de una descarga eléctrica y un gemido.

—¡Quítenle el maldito contador! —chillo de nuevo.

—Vuelva dentro, señora —dice una voz. Reconozco la de Thomas, el del traje oscuro, y el alma más oscura aún. Luego, a uno de los otros, le dice—: Métela en la furgoneta.

Se refieren a Julia, que no ha dicho una sola palabra. Todavía no. Cuando se vuelve, bajo el débil resplandor de la luz del porche, tiene la cara completamente inexpresiva. Está conmocionada. En torno a su muñeca izquierda lleva un ancho brazalete metálico. Julia está a punto de unirse a las mujeres del supermercado y a Jackie y a Dios sabe cuántas más en su retorcida versión del confinamiento solitario. «Cero palabras por día, chicas. Veamos cuánto tardáis en volver a entrar en vereda.»

Nunca me ha gustado Olivia, pero mis pies me llevan hacia su jardín, hacia su cuerpo doblado y convulsionado con su camisón color melocotón, que ahora se le pega como una película, igual que me pasa a mí. De sudor, debe de ser, porque el porche de los King es cubierto, y allí no llega la lluvia. Thomas hace señas hacia los otros hombres y da unos pasos hacia mí, con la mano dispuesta como una estrella de mar junto al arma que lleva al cinto.

—Váyase a casa, señora. Aquí no hay nada que ver.

—Pero yo…

La estrella de mar se mueve un poquito más cerca de su cinturón.

Estoy presenciando el acontecimiento más terrible de mi vida, se llevan a Julia King del porche, la apartan de su madre y se la llevan hacia la furgoneta oscura. El hombre que la escolta, que en realidad sujeta su cuerpo desmadejado semierguido, le lee sus derechos.

Pero, claro, no son derechos. No hay nada que empiece con «tiene derecho», solo monótonas repeticiones de frases que empiezan todas con «hará».

Mi pie da con un guijarro de grava cuando vuelvo por nuestro camino hacia la puerta de atrás. Hay tantos guijarros, tantas piedrecillas, y quiero apretármelas a puñados en los ojos para borrar todo lo que he visto, y todo lo que voy a ver.

Por ejemplo, a Patrick de pie en la cocina, sin hacer nada. A Steven, que ha salido de su habitación cuando yo entro chorreandosobre la alfombra, y ahora mira con los ojos inexpresivos (ojos de muñeca) cómo la furgoneta negra, que no es una ambulancia, se lleva a Julia King a su nuevo hogar permanente.

Sam y Leo me han traído toallas. Las cojo y llevo a los gemelos y a Sonia a la cama. Y luego entro a matar.

—¿Qué demonios has hecho, Steven?

Él se encoge ante el sonido de mi voz; ya no es el adolescente gallito de ayer, cenando.

—Nada.

—¿Qué has hecho?

—¡Déjalo ya, mamá!

Bien. Así que cojo a mi hijo de diecisiete años por el cuello de la camisa, y siento que podría apretar y apretar la tela en torno a su cuello hasta que se ponga rojo y empiece a sudar. Pero eso no es lo que quiero que pase. Esa no es la imagen que quiero ver en el espejo mañana por la mañana. Bajo la voz.

—¿Qué has hecho, niño?

Steven parece encogerse, doblarse sobre sí mismo en el rincón de la cocina junto al frigorífico y el estante donde antes estaban mis libros de cocina, hace mil años, hace un millón de años. Mis ojos se vuelven hacia Patrick. «Te necesito», dicen, esos ojos míos.

—Yo… yo no… —tartamudea Steven—. ¡No fue culpa mía!

Fue. ¿Qué es lo que fue? Una antigua melodía de Eartha Kitt me martillea la cabeza: *Let's do it.*

—Oh, Steven… —digo.

Y sale… sale todo.

—Ella decía que solo quería saber lo que era, probar a ver. Y…

Steven mira a Patrick en busca de ayuda. Al no encontrar nada salvo una leve sacudida de cabeza, sigue:

—Eso no tenía que haber pasado…

«Eso.» Hago una promesa silenciosa de no volver a usar esa palabra nunca más.

Fuera, bajo la luz del porche de los King, Evan está gritando algo que no entiendo, mientras Olivia está derrumbada contra la pared de ladrillo.

—Ella nunca lo superará —digo, pero a nadie en particular. Luego, volviéndome hacia Patrick—: ¿No puedes hacer algo? ¿No puedes hablar con Carl Corbin o con Myers?

Las palabras de Patrick son duras.

—¿Qué les iba a decir?

—Dios, yo qué sé. Eres listo. ¿Y si les dijeras que fue culpa de Steven? Que fue él quien empezó, y que Julia dijo que no, pero que él siguió de todos modos. Que estaban confusos. O que en realidad no pasó eso. —«Eso» de nuevo—. Que no tuvieron relaciones sexuales, en realidad. ¿Podrías hacerlo?

—Sería mentira —dice Steven antes de que Patrick pueda responder.

—No me importa —digo yo—. ¿Te das cuenta de lo que le va a pasar a Julia? ¿Te das cuenta?

La veo ante mis ojos, como si apareciera en una vieja película familiar, patinando o corriendo en bici por la calle con su top atado al cuello y su música, hablando por encima de la verja mientras yo podaba las rosas de la señora Ray, cogiendo la mano de Steven. Ahora la veo en televisión, vestida con una túnica gris, haciendo muecas ante el resplandor de cien cámaras, de pie y callada, mientras el reverendo Carl lee unas frases de su Manifiesto Puro. Adelanto a cámara rápida unos cuantos años y veo a Julia cansada y destrozada, delgada como un huso, arrancando hierbajos o destripando pescado.

Y nadie de los que estamos aquí puede hacer nada.

Como he dicho: tonterías de hombres.

36

*E*l viernes, según mi contrato, es mi día libre, pero corre demasiada adrenalina por mis venas para poder dormir, de modo que me levanto, dejando a Patrick que duerma, y voy a la cocina. Allí es donde pienso mejor.

Quiero luchar, pero no sé cómo.

Si Jackie estuviera aquí, me diría cuatro cosas. Sobre todo pienso en uno de sus últimos sermones, aquella tarde a finales de abril en nuestro apartamento de Georgetown, con sus alfombras de Ikea y sus platos de Ikea y quizá unas cuantas ollas y sartenes de una venta de garaje.

—Puedes empezar poco a poco, Jeanie —me dijo—. Asiste a algunos mítines, reparte folletos, habla con la gente de algunos temas. No tienes que cambiar el mundo tú sola, ¿sabes?

Y seguían las habituales consignas: movimiento de bases, paso a paso, lo que cuentan son las pequeñas cosas, esperanza, cambio, ¡sí se puede! Todas aquellas palabras ante las que bufaba Patrick, y yo bufaba con él.

A las seis, Steven se arrastra a la cocina y se sirve un vaso de leche, y se vuelve a su habitación.

Bien. Yo no puedo ni mirarlo.

Me preparo una tostada y un té. Mi cerebro quiere café, pero el resto de mi cuerpo se ha rebelado en cuanto he abierto la lata de café en grano y lo he puesto en el molinillo. Incluso la tostada me huele mal, como si todo el contenido de mi despensa se hubiera podrido, de la noche a la mañana. Todo sabe a pescado pasado.

Enseguida se levanta Sonia, con muchas preguntas sobre la noche anterior.

—¿Qué ha pasado en casa de los King? ¿Iré hoy a jugar con la señora King? ¿Está enferma Julia? —Sus palabras son como música, pero la letra está equivocada.

—No, todo va bien, cariño —miento—. Pero creo que la señora King necesita un poco de tranquilidad hoy. —Y eso significa, por supuesto, que tengo que encontrar otra niñera para Sonia mientras yo estoy en el trabajo.

Voy repasando a las demás vecinas, una por una. Demasiado vieja, demasiado religiosa, demasiado rara, demasiado despreocupada. No quiero por nada del mundo que Sonia se caiga de un columpio o (peor aún) que vuelva a casa recitando fragmentos del Manifiesto Puro. Me froto los ojos para alejar el sueño y busco una solución en mi cerebro.

Me llega de inmediato con el triple parpadeo de los ojos de mi cartero. Y además tiene tres hijas.

Mientras Sonia se come los cereales, yo planifico el día. Pedir hora con el médico, esperar al cartero, ir a ver a Olivia en cuanto Evan se vaya a trabajar, ir a la oficina y decirle a Lin lo que encontré en la oficina de Patrick ayer. Lo que no pienso hacer: contemplar la humillación pública de Julia King.

El programa saldrá en antena hoy, y esta noche, y probablemente durante la mayor parte del mes próximo, hasta que haya una nueva víctima a la que exhibir frente a la prensa. Siempre lo manejan de esta manera, normalmente insertando un vídeo en algún programa que saben que la gente verá. Es siniestro. Nadie está obligado a verlo realmente, pero la alternativa es apagar el televisor. Y aun así lo van reponiendo cuando menos te lo esperas: durante programas de cocina como *Esta vieja casa*, por ejemplo, o en un documental sobre cebras.

Steven vuelve a la cocina.

—Tengo un poco de fiebre. Creo que no debería ir al colegio hoy.

Claro que no quiere hacerlo. Julia King será la comidilla del día en la televisión estatal.

—No estás enfermo, Steven —digo—. Así que levanta a tus hermanos y ponte algo de ropa. —Compruebo el reloj—. El autobús viene dentro de una hora.

—Pero mamá…

—No, hijo.

Tiene que ver ese programa, tiene que estar atado con correas con los párpados obligados a mirar, como aquel hijo de puta de la película de Anthony Burgess. Quizá pongan unos pocos fragmentos de la futura vida de Julia en los campos o en la piscifactoría, para remachar la cosa.

El teléfono suena cuando estoy lavando los platos.

—Cógelo, por favor. Y ve a despertar a Sam y a Leo. —Me vuelvo a Sonia—. ¿Y si vas a ver qué hace papá? Podrías llevárselo tú, si tienes mucho cuidado. —Le tiendo una taza de café llena solo a medias, haciendo una mueca ante el hedor. Nunca se me había ocurrido que el café pudiera oler a mierda.

—¡Vale! —dice Sonia, y allá va, sujetando la taza con ambas manos y andando a paso de caracol. Con suerte Patrick recibirá su café en algún momento de la semana próxima.

—Es para ti —dice Steven—. Es Babbo.

Me mata oír el apodo para su abuelo, un vestigio infantil de los tiempos en que mi hijo tenía la edad de Sonia, cuando corría por ahí con unos pantalones de pana color rojo chillón y una camiseta amarillo limón con las palabras SUPER KID! en la parte delantera. Tengo un recuerdo muy claro de nosotros en esta cocina, antes de remodelarla, cuando los muebles eran color aguacate, y las encimeras eran de formica blanca con pintitas doradas. Yo estaba haciendo unos *brownies*, y Steven, en lugar de pedirme chupar la cuchara, atrajo el cuenco vacío de la masa hacia sí, y usó su diminuta mano como espátula.

¿Por qué tienen que crecer tan condenadamente deprisa?

Cojo el receptor. Es mi padre.

—Hola, papá. ¿Cómo es que me llamas por teléfono en lugar del FaceTime?

La respuesta que pudiera dar para eso no la oigo. Mi padre llora con la voz quebrada, y el ruido de fondo de un hospital italiano se filtra a través de la línea telefónica.

—Papá… ¿Qué ha pasado? —digo.

Una nueva voz sustituye la de él.

—¿*Professoressa* McClellan? —me pregunta una mujer. Solo que pronuncia el apellido de Patrick, tan poco italiano, como *macalella*, evitando los grupos consonánticos y las consonantes finales y convirtiéndolo en algo más familiar para ella.

—Sí. —El té y la tostada empiezan a girar asquerosamente en mi estómago—. ¿Qué ocurre?

Otra vez ha pasado algo, todo se ha convertido en un «eso» amenazador.

—Su madre —dice la doctora después de presentarse. Su inglés es bueno, tan bueno que no tengo que preocuparme por la jerga médica en una lengua que no he usado desde hace más de un año—. Su madre ha tenido un aneurisma. Ha ocurrido esta mañana temprano.

El té y la tostada suben un poquito más hacia mi pecho.

—¿Locus? —digo.

—En el cerebro —dice la doctora.

—Sí. Ya lo sé. Quiero decir, ¿en qué parte del cerebro? Tengo formación en neurología.

—En la sección posterior del *gyrus temporais superior*.

—¿Derecho o izquierdo? —pregunto, sabiendo ya la respuesta.

Se oye roce de papeles junto al teléfono.

—Hemisferio izquierdo.

Me inclino encima de a encimera, con la cabeza apretada contra el frío del granito.

—La zona de Wernicke —susurro.

—Sí, junto a la zona de Wernicke. —Otra ráfaga de italiano viene por el teléfono, ahogando las palabras de la doctora—. Lo siento. Lo siento muchísimo, pero tengo que atender a otro paciente. Si puede llamar dentro de unas pocas horas, quizá sepamos algo más de la situación de su madre.

Mi padre se vuelve a poner al teléfono.

—¿Está consciente? —le pregunto.

—No.

Cuando colgamos, me quedo con las palabras de Jackie. «Paso a paso, Jeanie. Empieza por algo pequeño.»

No sé cómo empezar, si por algo grande o pequeño, pero sí sé que lo que tengo que hacer a continuación tiene que ser enorme.

Ojalá Jackie estuviera aquí.

37

*T*odo el mundo excepto Sonia ha salido de casa cuando el camión del cartero aparca fuera. Esquiva los charcos de camino hacia nuestro buzón, buscando entre el montón de sobres que lleva en su saca de correos.

—Buenos días, doctora McClellan —me dice.

—Buenos días —le respondo yo.

—Ah, no gaste sus palabras con gente como yo, señora. Lo entiendo.

Levanto mis muñecas.

—Un indulto temporal, cortesía del hermano del presidente.

—No la entiendo…

—He vuelto a trabajar. Y necesitaremos sujetos para nuestros experimentos clínicos.

Digiere todo esto.

—Bien. Buenas noticias. ¿Puedo contárselo a Sharon? Es mi mujer.

—Claro.

—Se pondrá muy contenta. Mi madre siempre ha tratado a Sharon como si fuera su propia hija. —Su rostro se oscurece—. Ya sé que tendrá que llevar uno de esos contadores, pero aun sí… Cien palabras son mejores que ninguna, ¿no?

—Supongo que sí —digo sin saber si estoy de acuerdo o no. Intento leer las direcciones de los remitentes de los sobres que lleva, pero él los sujeta todos juntos—. ¿Cree que a su mujer le interesaría un trabajo como canguro? Tengo una niña pequeña, y la gente que la cuidaba… bueno, ya no están disponibles.

—Sí, creo que podremos hacer algo. —Levanta la tapa de

metal y mira dentro del buzón cerrado—. Ah, hoy hay correo saliente. Un segundo.

Del llavero que lleva colgando de su cinturón saca una llave de aspecto nuevo, plateada, con unos dientes que tienen un diseño que no he visto nunca, excepto en el manojo de llaves que lleva siempre Patrick. Se abren las bisagras del buzón y saca un solo sobre, cubriendo cuidadosamente con la mano la zona donde debería estar la dirección. Cierra de nuevo el buzón y, casi como si lo acabara de decidir, deja que las cartas que lleva en la mano entren por su boca de metal.

—¿Es usted Pura, doctora McClellan? —me pregunta, parpadeando tres veces, y luego levantando los ojos hacia la cámara que apunta hacia nuestra puerta principal. Un recordatorio.

Yo niego con la cabeza. No muevo la cabeza demasiado, solo es un ligero movimiento a derecha e izquierda. Lento pero decidido, lo suficiente para que el mensaje llegue.

—Mmm —dice él—. Bueno, déjeme que llame a mi mujer y veremos si puede hacerse cargo de cuidar a su hija. ¿Cómo se llama?

—Sonia.

—Bonito nombre. —Dice unas pocas palabras hacia su reloj, que emite un solo pitido cuando él ha terminado—. Sharon, cariño, la doctora de AU Park necesita que alguien cuide a su niña. ¿Qué te parece que te la mande a casa dentro de un rato? —Otro pitido, y la llamada concluye—. Je, je. Un pitido quiere decir sí, dos no, ¿recuerda?

No tengo ni idea de qué está hablando.

—Estupendo. Será mejor que siga con mi ruta. Cuando vea a Sharon, dígale que yo he dicho que llegaré un poco más tarde a casa hoy. Tengo que hacer un turno extra, un poquito más de movimiento para mantener la llama del hogar encendida, todo eso. Ya sabe lo que quiero decir.

—Claro —digo, aunque empiezo a pensar que el señor Cartero y yo hablamos lenguas incompatibles—. Y le dejaré mi número para que pueda usted concertar una visita con la señora Ray.

Él escribe en un trocito de un folleto publicitario brillante.

—Odio estas cosas. Todo el mundo odia el rollo este de los cupones. Pero no se puede evitar. Bueno, aquí está la dirección. Sharon la estará esperando.

Cojo el trocito de papel doblado de su mano.

—Gracias. Estaremos en contacto pronto.

Y se va, retrocediendo por el caminito de grava, evitando los charcos y silbando para sí. Es un silbido curioso, no es realmente una canción, pero de todos modos es melodioso, y me resulta familiar.

Cuando entro, Sonia está viendo los dibujos animados.

—No, cariño. Vamos a apagarla un rato.

—¡No! —chilla.

Julia King aparece en la pantalla, en el momento que tardo en localizar el mando a distancia. Lleva un vestido gris liso, de manga larga y hasta los tobillos, aunque hace mucho calor, y le han cortado el pelo, cosa que no recuerdo que hicieran con Annie, la del señor de la furgoneta azul, pero quizá hayan cambiado algo, introducido alguna nueva humillación en su ritual. El reverendo Carl está a su lado, formal y triste, y empieza a recitar los fragmentos relevantes del manifiesto Puro.

—No mires hacia tu propio ser, sino a los otros, como Cristo obediente hasta la muerte, incluso la muerte en la cruz, la de los humildes, la aceptó para sí.

Y:

—Si sufres por rectitud, feliz tú. Porque es mejor, si la voluntad de Dios es esa, que sufras. Porque su aflicción, que no dura más que un momento, es tu llave a la luz y la gloria eternas, en el reino de los cielos.

Bla, bla, bla, bla, bla.

Sonia se pone de pie, más atenta aún que cuando estaba viendo los dibujos animados.

—¿Julia? —dice.

Yo miento.

—No. Es una chica que se le parece un poco. —Y apago el televisor cuando el reverendo Carl empieza a pronunciar otro de sus discursos—. Venga, prepárate… Hoy vamos a ver a unos nuevos amigos.

Hago tres cosas. Primero, hago que Sonia se lave los dientes durante más de cinco segundos. Luego voy a mi propio cuarto de baño y vomito la tostada y el té en el lavabo. Luego desenvuelvo la tira de papel del anuncio que me ha dado el cartero y leo.

Hay una dirección. Y también una nota.

«No se sorprenda demasiado.»

38

La casa de Sharon Ray es más un granero que una casa de verdad, una estructura desgastada de madera que parece que alguien hubiese golpeado con un palo gigante y feo.

Sigo las rodadas gemelas en la tierra de la carretera, pasamos junto a un huerto del tamaño de una granja pequeña, y apago el motor detrás de un jeep con placas de matrícula especiales. La matrícula de Virginia dice: IMPURO.

Sonia se quita el cinturón del asiento y salta en dirección a dos cabras.

—Hey, pequeña, espera un momento —digo. En el viaje de cuarenta y cinco minutos hasta aquí, le he explicado que las niñas con las que va a pasar el día igual no hablan mucho. «Como en el colegio —le he dicho—. Acuérdate de eso.» Pero las niñas Ray estarán en el colegio, claro, porque es viernes.

Una puerta mosquitera gira en sus bisagras, se abre, y sale Sharon a un porche que es bastante paralelo al suelo. Lleva un pantalón de peto desgastado, una camisa de algodón de cuadros y una bandana azul atada a la cabeza que con el nudo superior le sujeta el pelo, pero no lo oculta. Tiene los antebrazos musculosos, que se ven porque lleva las mangas de la camisa arremangadas, y en una mano una llave inglesa. En la otra, un cubo de plástico de masilla.

Sharon Ray podría ser una Rosie la Remachadora moderna, si Rosie hubiese tenido cuarenta y tantos años, hubiese sido negra y hubiera llevado un contador plateado en la muñeca.

Me sonríe desde el porche, deja el cubo y la llave inglesa y se acerca al lugar donde estamos Sonia y yo. Inclina la cabeza ligeramente hacia la derecha, hacia una edificación anexa que parece estar en mejor estado que la propia casa familiar. Caminamos en silencio hacia el granero, Sonia con los ojos muy abiertos al ver las cabras y pollitos y tres alpacas que pastan libremente por la propiedad.

—¿Qué es eso? —dice Sonia señalando los peludos animales.

—Sssh —digo yo.

Sharon sonríe de nuevo pero no dice nada hasta que hemos llegado al granero. Entonces desliza una barra de madera tan gruesa como el muslo de un hombre a un lado y abre la puerta. Los olores a heno dulce y a estiércol no tan dulce me golpean como una bofetada.

—Nada como un poco de mierda de caballo para despertarla a una, ¿eh? —dice Sharon—. Perdón, quería decir popó. A veces se me va la olla.

—No importa. —Nunca he tenido pelos en la lengua con mis hijos.

—¿Así que tú eres Sonia? —Se inclina y coge la mano izquierda de mi hija, pasando el dedo por el sitio donde tendría que estar el contador—. Yo soy Sharon, y creo que vamos a ser buenas amigas, tú y yo. ¿Te gustan los caballos?

Sonia asiente.

—Usa tus propias palabras, chica. Puedes, ¿no?

—Yo le había dicho… —empiezo.

—Probablemente se estará preguntando por qué hablo tanto. —Sharon abre el brazalete plateado que lleva en la muñeca izquierda y se lo quita—. Es falso. Del me lo hizo el año pasado, en cuanto averiguó cómo desconectar el auténtico. Hizo otros tres para las chicas. —Se vuelve hacia Sonia, como si nada de lo que pudiera decir fuera más interesante que los animales de granja—. Bueno, pues ese de ahí al fondo es Catón. Y junto a él está Mencken. Y esa yegua ruana cabezota que está a su lado es Aristóteles. ¿Qué tal si vas a saludarlos mientras yo hablo con tu mamá?

Sonia no necesita que se lo repitan, y corre hacia el puesto de Aristóteles.

—No le morderá, ¿verdad? —digo señalando con la cabeza a la yegua.

—No, a menos que yo se lo diga —dice Sharon—. Parece sorprendida, doctora McClellan.

—Jean. Pues supongo que sí.

—Del es ingeniero, aunque vaya vestido de cartero. Lo ha preparado todo aquí para que parezca que seguimos las órdenes perfecta y discretamente. Es un buen hombre, mi Del, aunque sea un chico blanco de ciudad. Venga aquí, que le enseñaré algo.

Me conduce más allá de Catón y Mencken, unos nombres raros para caballos, pienso: no tan extraño sin embargo como nombrar a una yegua con el nombre de un filósofo clásico, y abre una puerta que hay al fondo del granero.

El taller de Del es tanto laboratorio científico como la antítesis de cualquier laboratorio que haya visto jamás. La mayor parte de la maquinaria parece haber sido montada con piezas sueltas de consolas de juego y utensilios de cocina. A mi derecha se encuentra un proyector viejo de diapositivas destripado; a mi izquierda, en una mesa de trabajo despejada, cinco CPU de los años ochenta, con sus tripas alineadas en filas pulcras.

—¿Qué hace aquí? —le pregunto.

—Pues trastea.

—¿Por qué?

Sharon se me queda mirando.

—¿Por qué cree que lo hace? Míreme bien, Jean. Soy una mujer negra.

—Ya me he dado cuenta. ¿Y qué?

—¿Cuánto tiempo cree que pasará antes de que al reverendo Carl y sus santas ovejas Purísimas se les meta en la cabeza que no solo hay hombres y mujeres, que fueron creados distintos a los ojos de Dios, sino negros y blancos? ¿Cree que los matrimonios mixtos como el mío forman parte del plan? Si es así, es que no es tan lista como imaginaba.

Noto que me pongo roja.

—Nunca lo había pensado.

—Claro que no. Mire, no quiero ser grosera, pero a ustedes, las chicas blancas, lo único que les preocupa son ustedes mismas, las chicas blancas. Yo tengo mucho más que perder que cien palabras al día solamente. Tengo a mis niñas. Todavía las enviamos a ese colegio, y hacemos lo que podemos los fines de semana, hasta que se nos ocurra una manera de salir de aquí y cruzar la frontera, pero Del y yo sabemos que viene otra oleada. Supongo que antes de que acabe el año veremos algo más que escuelas separadas para niños y niñas. Y desde luego no respetarán la igualdad de derechos, como ahora.

No hay emoción en su voz, ni compasión por sí misma, solo observación fría y clara, como si estuviera recitando una receta o informando del tiempo. Yo soy la que suda.

—Bueno, es igual —dice Sharon, abriendo un frigorífico y sacando de él un puñado de gruesas zanahorias. Se las da a los caballos, demostrando a Sonia cómo tiene que ponérselas en la mano, con la palma hacia arriba, para que los animales puedan cogerlas sin llevarse también la mano—. De todos modos, ¿y si se va al trabajo y Sonia y yo nos ocupamos un poco de la granja? ¿Se le ocurre alguna idea para cuando esa poción mágica suya esté preparada? Me gustaría hablar con mi madre. Bueno, con la madre de Del, pero ella es la única madre que tengo, ahora mismo.

—Sí, claro. A mí también. —Le explico lo de mi madre y su aneurisma.

—Parece que usted y yo estamos en el mismo barco, Jean —dice Sharon, y coge a Sonia de la mano—. No envidio su posición, sin embargo. En cuanto tenga la cura, vuelve ese pequeño brazalete. Si no la encuentra, su madre sigue balbuceando. Una cosa u otra, el cliente elige, como decía mi padre.

—Puedo preparar las cosas para principios de la semana que viene. ¿Quizá el martes?

—Sería estupendo.

Intercambiamos los números de teléfono y Sharon me dice que Del llamará el fin de semana, si todo va bien.

—Mientras tanto, no diga nada de nuestra pequeña charla de aquí, ¿vale? Del tiene mucho que perder, ya que es el chico de los recados de la resistencia. No quiero que se meta en líos. O algo peor.

—Pero ¿hay una resistencia? —La palabra suena maravillosa cuando la digo.

—Cariño, siempre hay una resistencia. ¿Es que no ha ido a la universidad?

Mientras volvemos andando a la casa, la mujer que está a mi lado se parece cada vez más a Jackie. La imagino llevando pancartas y organizando sentadas mientras yo me quedaba en casa con la nariz metida en un libro, o mientras Patrick y yo íbamos a buscar hamburguesas con queso y bufábamos al ver la última protesta del campus. Sharon, aun con sus botas manchadas de barro y su peto medio roto, me hace sentir sucia.

—La recogeré a las seis, si no es demasiado tarde —digo antes de despedirme de Sonia con un beso.

—Muy bien. Aquí estaremos.

De camino hacia mi visita con el médico pienso en Del, mi cartero, haciendo recados para un grupo clandestino de gente antipura, y me echo a reír.

Claro, tenían que usar un cartero.

39

*E*s oficial. Estoy embarazada.

El ginecólogo que ha ocupado el lugar de la doctora Claudia en la clínica me dice que estoy de unas diez semanas, poco más o menos. Nunca se sabe exactamente cuándo ocurre la concepción, dice, dándome un sobre cerrado destinado a Patrick. Contiene la fecha de mi siguiente visita, información general, un programa y otra información que yo podría encontrar útil. Eso es lo que me dice.

Mis palabras salen como un géiser.

—¿Y si hay complicaciones? ¿Y si me duele de repente? ¿Y si tengo que describir los síntomas? —En lo único que puedo pensar es en lo que ocurrirá cuando vuelva a llevar el contador.

Lo que no digo es: «¿Y si no quiero este niño?». Ya conozco la respuesta.

El doctor Mendoza espera a que acabe con los ojos tranquilos, las comisuras de los labios ligeramente caídas hacia abajo. No sé si mi arrebato le molesta o si quiere hacerse el simpático.

—Señora McClellan —empieza.

No «doctora» ni «profesora». «Señora.»

—Señora McClellan, es usted una mujer sana, y hemos captado un latido del corazón fuerte y regular. Tiene usted un aviso por edad maternal avanzada, sí, pero eso me preocuparía si fuera su primer embarazo. Pero no lo es. Usted no tiene que preocuparse por nada. Confío en que lo llevará a término, y veamos —hace una pausa y gira algunos diales en esa ruedecita pequeña que usan los médicos, aunque hay ordenadores que hacen el trabajo—, dará a luz un bebé precioso más o menos hacia el veinte de diciembre de este año. Un bonito regalo de Navidad.

No quiero un bebé precioso en torno al 20 de diciembre de este año. No quiero un bebé. Especialmente si es niña.

—El señor McClellan tendrá toda la información. —Y da unos golpecitos en el sobre cerrado—. Vigilará por si hay señales de problemas, pérdida de apetito, cambios en el tono de piel o el peso, ese tipo de cosas. Iremos monitorizando su progreso regularmente. Si quiere, podemos cogerle una muestra de las vellosidades coriónicas la semana que viene. Entonces sabrá el sexo. —El médico consulta una agenda en su iPad—. ¿Qué tal el lunes por la mañana?

Asiento. Lunes, miércoles, el mes que viene, 20 de diciembre. Lo averiguaré de una manera u otra.

Ahora me da palmaditas en la rodilla. En plan paternal. O bien como se suele hacer con un perro bien educado. Ojalá las palmaditas enviaran mi pie hacia arriba rápidamente y le diera en el paquete. Siempre podría decir que ha sido un reflejo involuntario, un espasmo.

—Vale. Todo controlado. Felicidades, señora McClellan.

Se va y yo corro a ponerme la ropa interior, los vaqueros, la blusa. El olor a látex y a desinfectante de esa habitación se ha vuelto insoportable. Noto el sexo resbaladizo por la gelatina que usan con los ultrasonidos, porque no he tenido tiempo de limpiármelo. Pero no puedo respirar aquí. No puedo respirar.

Recorro en coche el largo camino hasta casa, parándome en un 7-Eleven para comprar un paquete de Camel. Podría fumar hasta reventar, pienso, envenenar el pequeño palacio, practicar la Teratología 101 en la intimidad de mi propio hogar. Aborto a la manera antigua, pasada de moda.

Pero el aborto no es una opción.

No son solo el reverendo Carl y sus fanáticos Puros. También han puesto límites a nuestra elección por otros motivos, por motivos pragmáticos. Tal y como están las cosas, tal y como son las mujeres, nadie querría tener hijas. Ningún padre en su sano juicio querría elegir el color de un contador de muñeca para una niña de tres meses. Yo no querría.

Dentro de tres días, sabré si tendré que hacerlo.

40

Cuando llego al trabajo, Lorenzo y Lin están en el laboratorio, con las cabezas juntas, discutiendo sobre extracciones de proteínas y si necesitamos añadir un primate a nuestro pequeño zoo de animales de laboratorio.

—No, no lo haremos —digo yo—. Lo que necesitamos es comprobar la segunda sala de IRM.

No hay motivo alguno para tener que revisar el equipo de IRM; Lin ya lo ha hecho. Pero ya he estado el tiempo suficiente en torno a las máquinas y he oído a una persona tras otra quejarse del ruido, aun llevando protectores en los oídos. Echarse en un tubo de IRM es como acurrucarse junto al amplificador mientras Eddie Van Halen toca un solo de guitarra. En otras palabras, casi doloroso.

Cuando estamos todos en la habitación, pongo en marcha la máquina. La fuerza del campo magnético de la tierra multiplicada por sesenta sacude mis huesos. Les hablo, por encima del ruido de 125 que perfora los oídos, de mi madre y del sobre que encontré en el despacho de Patrick anoche.

—¿Tres equipos? —grita Lin—. ¿Estás segura?

—Positivo —intento chillar. Mi voz apenas resulta audible, pero Lin lo entiende.

—Bueno, el caso es que ya estamos. Lo tengo todo resuelto, y quiero empezar la primera prueba con la señora Ray el martes. El lunes, si podemos arreglarlo. Eso significa que tendremos que trabajar el fin de semana, inocular a unos pocos ratones. O sea, que Lin puede inocular a los ratones.

—Ya sabía que habías terminado —dice Lorenzo, y me abraza, cosa que resulta maravillosa y espantosa al mismo tiempo—. Pude verlo en tus ojos aquel día en Georgetown.

Justo. Me pregunto qué más vio en mis ojos.

—Lin, necesito un momento a solas aquí.

Ella levanta una ceja pero no dice nada. Al cabo de un momento Lorenzo y yo tenemos la sala del IRM para nosotros solos.

—Tengo noticias. No son muy buenas —digo, superando el ruido. No sé cuándo ni por qué he decidido contárselo.

La cara de Lorenzo se pone blanca como las paredes. Da un golpe al revestimiento de la máquina que está a nuestro lado, y el golpeteo vacila, pero luego se estabiliza otra vez. Un torrente de maldiciones en italiano llena la habitación.

—¿Qué es, Gianna? ¿Qué tienes?

—No, no estoy enferma. Bueno, no estoy bien, pero…

Él examina todos los rincones de la habitación, examina el suelo de baldosas y la unidad de ventilación del techo. Durante cinco minutos enteros, yo estoy de pie en un mar de ruido mientras Lorenzo peina la zona que tenemos a nuestro alrededor. Cuando está satisfecho vuelve conmigo, me mete los dedos largos entre el pelo y aprieta su boca contra la mía. Sus manos vagan por mi cuerpo, acariciándome la nuca, tocando silenciosas notas musicales en mi espalda. La piel bajo la blusa me pica y me hormiguea, y me fundo en el beso, toda yo soy labios, lengua y saliva y amor mudo, y no es un beso de Patrick, sino un beso de Lorenzo.

Nunca querría salir de este sitio.

Cuando nos separamos, los dos estamos jadeando. Su miembro endurecido presiona mi vientre, como si estuviera intentando tocar lo que hay dentro, investigar qué secretos guardo en ese oscuro lugar femenino.

Pasan unos momentos sin que ninguno de los dos hable.

—¿Es mío? —pregunta moviéndose ligeramente, de modo que haya sitio para su mano donde antes estaba aquella otra parte suya—. Gianna, dímelo.

Ya he hecho las cuentas, y no necesito calculadoras ni hojas de cálculo. Hace diez semanas era un frío día de marzo, ese día en el que fui al Eastern Market para comprar un trozo de queso y volví a casa con Lorenzo en mi cuerpo, después de una tarde en nuestra pequeña choza de Maryland. Una choza de amor, de cangrejos, de bebés. Patrick y yo llevábamos un tiempo sin acostarnos juntos.

—Sí —susurro.

Él me acerca más hacia sí. Esta vez es todo suavidad; no hay bordes, no hay durezas, solo un cálido capullo de labios, brazos y nuestro aliento mezclado. Estoy a salvo aquí, en esta sala estéril con sus superimanes y golpeteos y sin cámaras que nos vean, ni micrófonos que registren nuestros sonidos. Durante unos momentos estamos solos los dos. No tengo hijos, ni marido, solo Lorenzo y el bebé que está en mi interior, y una necesidad desesperada de seguir así.

—Estoy en ello, Gianna —dice a mi oído—. Estoy en ello.

Quiero preguntarle en qué está. Si tiene algo que ver con el dinero y el problema personal del que hablaba ayer. Quiero preguntarle si tiene una salida para mí, para Sonia, para nuestro bebé. Eso significaría dejar a Patrick y a los chicos, quizá solo temporalmente, quizá hasta que fueran capaces de viajar y reunirse conmigo. ¿Y entonces qué? ¿Me cogería Patrick entre sus brazos así? ¿Volveríamos a la normalidad en algún sitio nuevo? ¿Volvería a hablarme alguna vez Steven?

Pero eso no son más que tonterías. No hay salida alguna para mí.

De repente, cada golpeteo de la máquina se convierte en la voz de Jackie diciendo:

«Te lo dije. Te lo dije. Te lo dije.»

41

*E*l ruido del IRM se detiene.

—Vale, vosotros dos —dice Lin—. Visitante. Menos mal que he mirado. Ese tipo, Poe, no hace ningún ruido. Cero. Es como un puto fantasma.

Yo me desenredo de los brazos de Lorenzo con tal fuerza que me golpeo hacia atrás, con la pared. Me zumban los oídos con el monótono estruendo de la máquina y las palabras de Jackie. Lin, impasible, me coge de la mano y me lleva hacia la zona principal del laboratorio.

—¿Qué demonios era eso? —pregunta Poe—. Parecía que todo el maldito edificio se estaba viniendo abajo.

—Imagen por resonancia magnética —dice Lin—. Tiene que sonar así.

Poe gruñe.

—¿Por qué estaba encendida? Las demás no lo están.

—Solo tenemos otra —digo mirando hacia la primera sala de IRM.

En lugar de responder, Poe empieza una pequeña gira por el laboratorio, abriendo cajones y armarios. No hace ruido, como decía Lin, y se me ocurre que si esta no hubiera estado allí mientras Lorenzo y yo estábamos metiéndonos mano al ritmo de una máquina golpeteante, yo me uniría a Julia King en el estrado, y oiría recitar al reverendo Carl sus máximas morales. No habríamos oído entrar a Poe hasta que hubiera sido demasiado tarde.

Por su cara, esa posibilidad se le había ocurrido a Lorenzo.

—Morgan quiere verla en su despacho —dice Poe dirigiéndose a mí—. Ahora.

Dejo el número de Sharon Ray a Lorenzo y a Lin, diciéndoles que programen algo para el lunes por la mañana. Con un poco de suerte estaremos listos para el fin de semana, y quiero que la señora Ray venga lo antes posible. Si puedo darle voz otra vez, Sharon y Del quizá se muestren más receptivos al favor que pienso pedirles.

En el ascensor, Poe mete su tarjeta en una ranura y aprieta el botón del quinto piso. Es la primera vez que me fijo en esa ranura, y me imagino que solo los pisos con nuestras oficinas y el laboratorio son accesibles sin llave. Las puertas se abren y Poe extiende una mano.

—Por aquí —dice.

El pasillo del quinto piso es lujoso y parece más el de un hotel de cinco estrellas que un edificio científico del gobierno. Mis zapatos no producen ningún sonido en la gruesa alfombra, azul, naturalmente. Mientras andamos leo los nombres en las puertas. General Tal y Cual, almirante Tal y Cual, doctor Tal y Cual. Todo nombres de hombre. Unos pocos me miran a través de las puertas semiabiertas. Uno frunce el ceño.

Morgan está en su despacho cuando Poe llama. Dice «¡adelante!» con una vocecilla que intenta que sea vozarrón. Quiero decirle que no funciona.

—¿Dónde estaba esta mañana? —me pregunta sin levantar la vista de lo que está leyendo.

—Tenía un asunto familiar. Una vecina tenía que cuidar a mi hija, y…

Me corta cerrando el grueso archivador que tiene en el escritorio y colocando encima una libreta de modo que la etiqueta queda tapada. Luego se echa atrás con las manos detrás de la cabeza y los codos apuntando hacia fuera. Quizá piense que parece más grande de esa manera, más poderoso.

—¿Ve? —dice—, por eso no funcionaba el viejo mundo. Siempre había algo. Siempre un niño enfermo, o una obra escolar, o calambres menstruales, o permisos de maternidad. Siempre problemas.

Abro la boca, pero no para hablar. Simplemente la dejo

abierta por la incredulidad. Pero Morgan no ha terminado. Coge un bolígrafo y apuñala el aire con él.

—Tiene que meterse esto en la cabeza, Jean. Ustedes las mujeres no son fiables. El sistema no funcionaba tal y como eran las cosas. Tomemos los años cincuenta, por ejemplo. Todo iba bien. Todo el mundo tenía una casa bonita y un coche en el garaje y comida en la mesa. ¡Y las cosas funcionaban a la perfección! No necesitábamos mujeres que trabajasen. Ya lo verá, una vez supere toda esa ira. Verá que todo va a funcionar mejor. Mejor para sus hijos. —Deja de apuñalar—. De todos modos, no vamos a discutir por eso. Será buena chica y vendrá a las nueve a partir de ahora, y no informaré de esto.

—Tengo el viernes libre —digo—. Está en mi contrato.

—Necesito concentrarme muchísimo para mantener la voz firme y las manos quietas.

—Bueno, pues yo cambié su contrato —dice dando unos golpecitos en un expediente que tiene en el escritorio. Todavía no me ha pedido que me siente—. Antes de que lo firmara. Y hemos pasado la fecha límite a la tercera semana de junio.

—¿Por qué?

Ahora me habla como un maestro a un niño pequeño.

—Jean, Jean, Jean. No necesita saberlo.

—Bien, Morgan. Da igual. Por cierto: trabajaremos todo el fin de semana y llevaremos a cabo una prueba con nuestro primer sujeto el próximo lunes o martes. —Tomo asiento en la silla que tiene enfrente.

Parece conmocionado.

—¿Sorprendido?

—Bueno, sí. Yo no pensaba…

—¿Qué es lo que no pensaba, Morgan? ¿Que Lorenzo, Lin y yo fuésemos capaces de hacer este trabajo? Usted estaba en el departamento con nosotros. Sabe que Lin es una estrella.

No digo: «Probablemente tuvo que bajar la silla del despacho de ella para que los pies le llegaran al suelo». No quiero que se enfade, porque necesito una cosa.

Él me examina con esos ojillos suyos pequeños, brillantes

y alerta, como los de un terrier. No. No es cierto. Los te-
rriers son listos.

—Es fantástico, Jean. Realmente fantástico. —Se levanta,
una indicación de que la visita ha concluido—. Sabía que podríamos hacerlo.

No le corrijo. Por el contrario, dejo caer el bolso. Cuando
me inclino a recogerlo, leo la etiqueta que hay en el lomo del
archivador que ha tapado tan cuidadosamente Morgan. Está al
revés, pero las dos palabras son muy claras, letras mayúsculas
azules en un fondo blanco.

El lomo del archivador dice: PROYECTO WERNICKE.

42

*P*oe, cuyo trabajo parece consistir en un poco de todo, desde oficial de seguridad de las instalaciones hasta niñera para escoltarnos por las oficinas, espera fuera del despacho de Morgan para llevarme de vuelta al laboratorio, y le sigo a lo largo del pasillo lleno de generales, almirantes y doctores, a lo largo de la alfombra azul, hasta el ascensor. Dentro, vuelve a usar su tarjeta llave.

No he necesitado la tarjeta para acceder al piso del laboratorio, de modo que debe de ser la única forma de salir del piso quinto. Claro, pienso. Querrán saber quién se va, y a qué hora.

O bien querrán impedir que alguien se vaya.

De camino hacia abajo, pienso en el archivador que he visto en el despacho de Morgan. En conjunto, mis documentos más los de Lorenzo y los de Lin llenarían varios archivadores. Tenemos material de referencia, estadísticas, diseños experimentales, solicitudes de becas, informes de progreso… todo. La cocina académica entera, más el fregadero. Los documentos del Comité de Revisión Institucional, todo el papeleo y acuerdos de confidencialidad y formularios de consentimiento de sujetos que hemos ido recogiendo para asegurarnos de que la universidad no se encontrará con otro escándalo como el de la sífilis de Tuskegee, con presos ignorantes de todo. En conjunto llenaría un armario entero por sí solo.

No puede ser que haya un solo archivador en el que ponga «Proyecto Wernicke»; tendría que haber cientos, acumulando ordenadamente años de investigaciones nuestras.

Pero Morgan tenía solo uno, y no estaba etiquetado con un número indicando su posición en una secuencia.

Y además el lomo estaba roto. El archivador de Morgan, evidentemente, se había usado mucho.

Pienso en todo esto a medida que el ascensor empieza a descender, mientras Poe se queda en silencio detrás de mí, ligeramente a la izquierda. Parece que no respira, tan quieto está.

Primero, hay tres equipos: Blanco, Oro y Rojo. De eso me enteré espiando en el estudio de Patrick anoche. Los deslices de Poe sobre nuestro equipo y los otros tubos de IRM tienen sentido ahora: «otros equipos» significa otros laboratorios. «Otros laboratorios» significa otros proyectos.

En segundo lugar, nuestro equipo no se instaló hace tres días. Ni hablar. Esa máquina, por muy grande que sea, e incluya lo que incluya, lleva meses funcionando.

Tercero, el archivador de Morgan tiene el lomo roto.

Capto mi reflejo en las pulidas paredes de acero del ascensor y me doy cuenta de que estoy hablando sola. Poe está también en el reflejo, dejándome enana. Tiene una sonrisa ligerísima en el rostro, un asomo de sonrisa, y pienso en los dientes agudos que tienen que esconderse tras ella. Lo suficientemente agudos como para desgarrarme por completo sin emitir un solo sonido.

—Ya hemos llegado.

La voz me sorprende. Su eco, frío y tranquilo, rebota en las paredes interiores del ascensor. Quiero que las puertas se abran, y al cabo de unos segundos interminables lo hacen, hacia el vestíbulo blanco hueso del piso del laboratorio. Tengo todavía mi tarjeta llave en el bolso, enterrada bajo el pintalabios y la cartera y todas las mierdas que mis dedos encuentran primero.

«Lorenzo —pienso—. Tengo que buscar a Lorenzo.»

Se me queda metido el tacón en el hueco entre el suelo y el ascensor; qué cosa más idiota son los tacones. Jackie siempre decía que eran tan siniestros como aquella antigua costumbre china de vendar los pies. «Los putos tacones. Inventados por algún hombre gilipollas para trabar los pies a la mujer y hacerla andar dos pasos por detrás de él», decía, moviendo sus pies calzados con sandalias mientras estaba sentada en el sofá. Pero ahora yo no voy a ninguna parte; estoy bocabajo, la mitad dentro del ascensor, la mitad en el suelo del pasillo. Más que trabada.

Con la mejilla en tierra, veo la puerta cerrada del laboratorio solo a unos tres metros de distancia, y me pongo de pie como puedo. Una mano fría, pesada como un gancho de metal, me coge del brazo y tira.

—Estoy bien —grazno. O al menos eso creo.

—Cuidado, doctora McClellan —dice la voz que pertenece al gancho.

Estoy de pie ya, con la tarjeta apretada en la mano, corriendo hacia la puerta principal del laboratorio, y oigo unos pasos que vienen detrás de mí. Poe ya no es tan silencioso. Meto la tarjeta en la ranura y no ocurre nada.

Se oye una risa detrás de mí, una risa suave, que me hace saltar, y se me cae la tarjeta.

Y aquella mano de nuevo, con sus largos dedos apretándome el hombro, haciendo que me dé la vuelta.

—¿Estás bien, Gianna?

Me vuelvo y me hundo en el pecho de Lorenzo. Detrás de él, el pasillo está vacío. Poe se ha ido.

43

*N*o podemos arriesgarnos a poner en marcha la máquina de IRM de nuevo, de modo que Lin y Lorenzo sugieren un plan distinto, cuando les digo que tenemos que hablar.

—Te encuentras mal —dice Lin cuando nos acercamos al control de seguridad—. Te vamos a acompañar al coche.

Ella se pone a mi derecha, fingiendo que me sostiene, mientras Lorenzo me pasa un brazo por la cintura. Examinan nuestros bolsos y maletines, y un hombre uniformado, del ejército, pero podría ser también un marine, nos palpa uno a uno.

—Están limpios —ladra a otro hombre, y la luz que está encima de la puerta pasa del rojo al verde—. Que pasen un buen fin de semana —dice el soldado, como si no se hubiera pasado los últimos cinco minutos toqueteándonos, como si ese fuera un edificio de oficinas como cualquier otro de Washington.

Las puertas deslizantes se abren, dejándonos salir. Hace una tarde típica de finales de mayo. Lorenzo no me suelta, sino que me aprieta más fuerte aún, presionando su cadera contra la mía. Alguien probablemente nos vigila desde las ventanas, cinco pisos más arriba, de modo que yo hago una pausa y me doblo un poco por la cintura, con las manos en las rodillas, como si estuviera recuperando el aliento. No es difícil de fingir, en realidad.

—Los proyectos tienen todos códigos de color —digo manteniendo la vista clavada en el asfalto—. Uno rojo, uno dorado. El que tenemos nosotros es el blanco.

—¿Te lo ha contado Morgan? —me pregunta Lorenzo.

—Claro, hombre —digo—. Lo único que quería Morgan

era darme lecciones sobre lo perfecto que era el mundo, cuando las mujeres se quedaban en casa. No. Morgan no me ha contado nada, pero tenía un archivador muy gordo, que ha intentado tapar. No lo ha conseguido, por supuesto. Morgan es dos veces más idiota de lo que parece.

—¿Le puedes preguntar a Patrick sobre esto? —dice Lin. Está agachada a mi lado en el aparcamiento, de espaldas al edificio—. No, es igual. ¿Puedes volver a su estudio y echar otro vistazo?

—Quizá. Patrick está bebiendo más, últimamente, y hoy es viernes. Quizá pueda sacar algo esta noche —digo, sin saber de dónde salen realmente esas palabras. No pueden ser míos esos pensamientos como de espía. Jackie quizá habría tramado algún plan para hacer que su marido se emborrachase, y así abrir sus cajones, pero no Jean. En diecisiete años de matrimonio jamás he curioseado en los papeles de Patrick, ni personales ni del trabajo, ni he buscado pistas de alguna amante o una aventura de una noche. Una vez no encontraba mi agenda y pensé que a lo mejor me la había dejado en su coche. Pero incluso entonces, cuando abrí la puerta del lado del conductor, me sentí como una intrusa.

«No tenemos secretos entre nosotros, cariño —dijo Patrick cuando le hablé de la agenda perdida—. Ni los tenemos ni los tendremos nunca. No me importa que entres en mi coche. Mira todo lo que quieras. Pero a lo mejor encuentras un pañuelo sucio en la guantera, así que vigila. Microbios, ya sabes.» Iba pasando los dedos por mi brazo, arriba y abajo, mientras decía eso. «¡Cuidado con los microbios irlandeses!»

Por supuesto, resultó que era yo la que tenía secretos. O al menos uno, italiano y de metro ochenta de alto.

Me corrijo. Los secretos son dos. Uno de ellos tiene el tamaño de una naranja pequeña.

—Será mejor que me vaya —digo. Me costará casi una hora recorrer el camino hasta la pequeña granja de Sharon Ray, con el tráfico que hay, y además quería ver a Olivia King antes de cenar, llamar al hospital donde está mi madre y («no te olvides, Jean») hacer que mi marido beba lo suficiente para poder robarle documentos secretos del gobierno de su despacho. Muchas cosas para un viernes por la noche.

Lorenzo me ayuda a subir a mi Honda, aunque no necesito ayuda, para seguir con la pantomima. También eso me da la oportunidad de hablar con él sin que nos oiga Lin.

—¿Se lo has dicho a él? —me pregunta.

—No.

—¿Y no se lo vas a contar?

—Es médico. Sabrá que el niño no puede ser suyo.

La cara de Lorenzo se distorsiona en un interrogante.

—No habíamos… hacía unos cuantos meses que no teníamos relaciones —digo.

Se relaja y sonríe.

—Ya veo. ¿Así que no cabe ninguna duda?

—Ninguna en absoluto. —Ya noto el ligero bulto, noto que la cinturilla de la falda me aprieta mucho más que hace dos semanas. Más tarde o más temprano (más temprano, creo) no tendré otro remedio que decírselo a Patrick.

Él no se chivará de mí, como diría Steven. Eso lo sé. Aunque quisiera hacerlo, la noticia destrozaría a los niños como un tren de carga. Ese tren irrumpiría, inesperadamente, en forma de un intruso cuando Sonia viera los dibujos animados, durante un partido de fútbol, en las noticias de la CNN. El colegio, para ellos, se convertiría en un camino diario al infierno. Patrick sabe todo esto, así que seguro que guardará silencio.

Pero la cosa, «eso» impensable, siempre estará suspendida entre nosotros como una nube tormentosa. No, no es cierto. No estará suspendida, sino que gateará, andará, caminará y se reirá y será un recordatorio viviente de que pasé una tarde fría de marzo follándome a Lorenzo. Y jodiendo todo lo demás.

—Ese otro asunto en el que te dije que estaba trabajando… a lo mejor sé algo el lunes —dice Lorenzo, retrocediendo hacia el aparcamiento—. Espera hasta entonces, ¿vale?

—Pero ¿qué es?

Lorenzo se incorpora, apartando su mano de la mía.

—Vosotros dos —dice una voz—, ¿qué pasa?

Poe está de pie delante del Honda, con los brazos cruzados por delante de su enorme pecho, con unas gafas de sol enmascarando sus ojos. Odio a Morgan, pero la única persona que me asusta de muerte es ese gigante silencioso llamado Poe.

Intento sonreír, pongo la marcha atrás y retrocedo sin mirarle a los ojos.

44

«*N*unca dejes que un niño visite una granja», pienso mientras llevo a Sonia de vuelta a casa desde la granja de Ray. Querrán quedarse siempre.

Sonia, que lleva solo dos días libre del contador, ha desarrollado el don de la charla. Parlotea sin parar ni un segundo sobre la yegua Aristóteles, que en realidad es un caballo-chica con nombre de chico, me informa Sonia, y solo se interrumpe para hablar de que las gallinas marrones ponen huevos marrones y las blancas ponen los normales, blancos. No puede esperar a volver mañana, y me pregunto si tendría que haberla dejado a dormir en casa de los Ray.

No, es mejor traérmela a casa. Si la prueba de Delilah Ray va bien el lunes, quizá no tenga más que una semana de tiempo para hablar con mi hija.

Planeaba preguntarle a Del si podría hacernos a nosotras el mismo favor que hizo para su familia, quitarnos los contadores y sustituirlos por unos de pega, pero no lo he hecho. Todavía no. Una pequeña vocecilla sigue recordándome a Steven. Se ha bebido sin rechistar hasta el último sorbito de veneno que le han tendido los Puros. Además, a los gemelos se les podría escapar algo, revelar nuestro secreto en el colegio. No puedo arriesgarme a que pase eso.

Mientras viajamos en coche, el paisaje cambia de rural a suburbano. Todas esas casas, pienso, son pequeñas prisiones, y en su interior hay celdas en forma de cocinas, lavaderos y dormitorios. Las palabras de Morgan vuelven a mí de nuevo, su forma de hablar con total naturalidad de cómo eran las cosas antes, mucho antes, cuando los hombres trabajaban y las mujeres se quedaban en su esfera privada de cocina, limpieza y cuidado de los niños.

Creo que nunca había pensado que pudiera pasar esto. Creo que nadie lo pensaba.

Después de las elecciones, empezamos a creérnoslo. Algunos empezamos a hablar por primera vez. Las mujeres, en su mayor parte, espoleadas por la campaña antiMyers. Mujeres como yo, que ni siquiera solíamos ir a las manifestaciones, nos metimos en autobuses y metros y nos congelamos en las frías temperaturas invernales de Washington. Había hombres también, recuerdo. Barry y Keith, que entre los dos llevaban tres décadas de lucha por los derechos de los gais, pasaron un sábado entero pintando pancartas en su casa, a dos puertas de la nuestra; cinco de los alumnos graduados de mi departamento decían que nos respaldarían. Y lo hicieron, durante un tiempo.

Es difícil decir contra qué o quién protestábamos. Sam Myers era una elección terrible como jefe del ejecutivo. Joven y sin experiencia en la política importante, con el único entrenamiento militar de un año en el Cuerpo de Capacitación de Oficiales en la Reserva en sus tiempos de la universidad, Myers se presentó a las elecciones presidenciales con una muleta debajo de cada brazo. Bobby, su hermano mayor, senador de carrera, le aportaba los consejos prácticos. Supongo que a toneladas. La otra muleta era el reverendo Carl, el suministrador de votos, el hombre a quien escuchaba la gente. Anna Myers, guapa y popular, no perjudicó la campaña, aunque al final fue la campaña quien la hirió a ella. De lleno.

Nuestra única esperanza radicaba en el Tribunal Supremo. Pero con un asiento vacío en un tribunal que ya se escoraba hacia la derecha, y dos jubilaciones que se aproximaban, los magistrados no ofrecían demasiada esperanza. Incluso ahora, me dicen que costará meses que las leyes restrictivas recorran el camino a través del laberíntico sistema judicial. Si es que consiguen llegar alguna vez.

Patrick toleró mi ausencia hace dos inviernos, recalentó mucha sopa y platos únicos, se ocupó de los niños los fines de semana mientras yo me manifestaba y llamó por teléfono, escribió y protestó. No parecía que precisara de explicaciones o disculpas, no como habría hecho Evan King, en la puerta de al lado, si Olivia hubiese decidido de repente dar ejemplo contra la administración. Patrick y yo teníamos un entendimiento no expresado de la dirección que nuestras vidas (mi vida) podía adoptar si me quedaba callada.

La tolerancia no se extendía a los que estaban a cargo, a esos hombres para los que trabaja Patrick.

Hubo muestras de descontento, y algunas mucho más sonoras que las mías.

Un día, y puedo incluso situarlo en un calendario (a menudo lo hacía, durante el primer año, después de que implantaran los contadores), cuando las magnolias estaban preñadas de estrellas blancas, Patrick envió a los niños temprano a la cama y me sacó al jardín, bajo las ramas de los árboles.

—He oído cosas en el despacho —me dijo apretándome muy cerca y susurrando—. La administración está discutiendo la forma de haceros callar.

—¿A quiénes?

—A todas. Así que, por favor, no vayas a la siguiente manifestación ante el Capitolio. Que las otras mujeres vayan si quieren, pero tú quédate en el laboratorio, Jean. El trabajo que estás haciendo es demasiado importante para…

Yo golpeé con la palma el tronco que tenía más cercano, cortándole en seco.

—¿Y qué están planeando exactamente? ¿Laringectomías forzadas? ¿Cortarnos la lengua? Piensa, Patrick. Tú mismo eres científico. Nadie puede hacer callar a la mitad de la población, ni siquiera ese hijo de puta para el que trabajas.

—Escucha, yo sé más que tú, Jean. Quédate en casa con nosotros esta vez. —Por encima de nosotros, un viento intenso apartaba las nubes. Los ojos de Patrick, suaves y húmedos, reflejaban la luna desnuda.

No fui a la manifestación aquel fin de semana. Ni a ninguna otra.

Al día siguiente, sin embargo, le conté a la doctora Claudia lo que me había dicho Patrick. Se lo conté a Lin, y a las mujeres de mi club de lectura, y a mi instructora de yoga... a todo el mundo. Cuanto más se extendiera la advertencia, más ridícula sonaría, como un mal relato de ciencia ficción, de esos que ves en las películas. Todo muy negro, dijo la doctora Claudia.

—Eso no va a pasar nunca.

Lin se hizo eco de ese sentimiento un día en su despacho.

—Simplemente, por economía —dijo—. Imagínate partir por la mitad la fuerza de trabajo... —chasqueó los dedos—, así, sin más. De la noche a la mañana.

—Quizá deberíamos irnos —dije yo—. Europa es mejor. Tengo pasaporte, y puedo sacarles uno a Patrick y a los niños. Podríamos...

Ella me cortó en seco.

—¿Y qué vais a hacer en Europa?

Yo no lo sabía.

—Ya se nos ocurrirá algo.

—Mira, Jean —dijo Lin—. Odio a ese hijo de puta. Los odio a todos. Pero ese tal reverendo Carl es un payaso. Echa un vistazo a esta ciudad. ¿Ves a alguien que se crea de verdad esa mierda?

—Mi vecina.

Ella se apoyó en el escritorio, levantando un dedo en el aire.

—Es una muestra de uno, Jean. Uno. Sabes cómo funciona la estadística, que no se puede contar con un solo sujeto.

Lin tenía razón y estaba equivocada al mismo tiempo. Mi vecina Olivia era un elemento aislado, pero solo aquí en Washington. Lo que Lin no pensó, lo que ninguno de nosotros pensó, es que en realidad nuestra ciudad es una burbuja, muy distinta del resto del país, con sus paletos y sus comunidades cristianas creciendo como malas hierbas. Había un documental sobre uno de esos sitios, *Glorytown* o *Gloryville*, o algo parecido, donde todas las mujeres llevaban bonitos vestidos azules de cuello alto y seguían dietas especiales y tenían vacas lecheras. El director, cuando lo entrevistaban, decía que era «limpio».

Jackie fue la primera que hizo referencia a la burbuja, aquel comentario malicioso sobre el hecho de que yo estaba en mi laboratorio a salvo, y luego me regaló aquella cesta alusiva de «infeliz cumpleaños» llena de cosas con burbujas: chicles, globos, vino espumoso. Me pidió (parece que haga un millón de años ahora) que pensara en lo que haría para seguir siendo libre.

¿Qué haría?

Lorenzo está preparando algo, lo sé. Algo que cuesta bastante dinero, más de lo que él podía ahorrar como académico errante. No me atrevo a alimentar mis esperanzas pensando que es un billete de salida de aquí, un pasaporte robado, algo por el estilo. Pero sí, pienso exactamente eso cuando llego a nuestra calle y paso junto a la antigua casa de Annie Wilson, ahora habitada solo por un hombre y un niño mientras Annie trabaja largas horas en algún lugar lejano, en tierra de nadie.

Extraordinarias circunstancias requieren actos extraordinarios.

—¡Mamá, mira! —dice Sonia—. ¡Más luces!

Estamos ahora a la altura de la casa de los King, y esta vez la ambulancia es realmente una ambulancia.

45

Julia King no fue la primera chica víctima de la policía de la fornicación del reverendo Carl, y Olivia no era la primera madre que veía cómo se llevaban a su hija en mitad de la noche, solo para reaparecer transformada en televisión al día siguiente.

Olivia tampoco era la primera mujer que intentaba quitarse de en medio.

Las había visto en Safeway, clientas habituales que desaparecían un tiempo y luego volvían al cabo de una semana, con los ojos un poco turbios, vendas en las muñecas que sobresalían de las mangas largas, mientras cogían algo en un estante alto, esa elusiva lata de garbanzos o de sopa de pollo.

También había habido funerales, por supuesto, y no todos ellos de ancianos que hubiesen muerto de causas naturales.

El coche de Evan estaba todavía ante la casa cuando me fui con Sonia. Él se había quedado allí, supuse, para consolar a su mujer... aunque no creía a Evan capaz de ofrecer mucho consuelo. Posiblemente se quedó para vigilarla, hasta que la casa estuviera a prueba de suicidios o bien pudiera drogar a Olivia lo suficiente para que no sintiera la tentación de intentar nada.

Aparco y mando a Sonia a casa en cuanto la camilla sale por el porche delantero de los King.

—Ve al salón y miras la tele un rato con tus hermanos, ¿vale?

—¿Por qué?

¿Por qué? Porque el cuerpo de Olivia está en esa camilla.

—Porque lo digo yo, niña. Ahora.

El cuerpo de Olivia está en la camilla, su cara no cubierta, serena. El brazo izquierdo cuelga por debajo de la sábana blanca.

O lo que queda de su brazo.

Los dedos son como cinco muñones carbonizados, negros y con tejido necrótico, que sube desde la palma a la muñeca, una muñeca que ahora tiene el tamaño de la de un bebé. Creo que incluso uno de los brazaletes más pequeños de Sonia le habría quedado flojo y habría entrechocado contra el hueso expuesto. Un olor acre llena el aire, y pequeñas volutas de humo se arremolinan en su puerta principal.

«Ay, Dios mío.»

Nuestra propia puerta mosquitera se cierra de golpe y Patrick me coge a tiempo, justo antes de que se me doblen las rodillas.

—Vale. No mires, Jean. No mires eso.

«Eso.» Siempre, siempre «eso».

Dentro, me sirve una copa y me dice que los niños están viendo un vídeo.

—Nada de tele hoy. No después... —Hace una pausa—. Te lo diré más tarde. Bébete esto.

Patrick se sirve un vaso de lo mismo, no su habitual cerveza de la tarde, y se apoya en el mostrador de la cocina.

—Evan decía que había pensado en todo. Ha guardado todos los cuchillos, todo lo que tuviera filo. Se ha llevado todo lo que ella pudiera usar como cuerda, incluso había cortado la electricidad.

—Bien pensado —digo. Pero se le ha olvidado algo, ¿verdad?

—Después de comer, Olivia le ha dicho que se iba a echar un rato. De modo que él ha quitado todo de la cama, todo lo que ella pudiera... usar, ya sabes. Oh, Dios mío, Jean, no puedo. —Traga un largo sorbo de whisky—. Bueno. Pues ella tenía una pequeña grabadora, ¿sabes? Uno de esos dictáfonos que quizá usaba cuando trabajaba de secretaria, no lo sé. Evan la ha oído hablar cuando ha ido a ver cómo estaba, pero ella solo ha dicho unas pocas palabras sobre Julia. Veinte en total. Luego se ha quedado callada, y él se ha imaginado que estaba durmiendo. No querrás oír el resto, Jean. Juro que no querrás...

—Tengo que oírlo.

Otro trago de su vaso lleno de valor artificial, y continúa.

—Se ha ido al garaje a buscar unas cajas, no sé, quizá a guardar los cuchillos o algo. No lo ha dicho. Cree que ha estado fuera unos diez minutos, cuando ha visto el humo que salía por la ventana de su dormitorio. Siempre la dejan un poco abierta, aunque haga calor. Supongo que les gusta el aire fresco. No lo sé, Jean. —La voz de Patrick empieza a temblar.

—Vale —digo poniendo una mano encima de la suya.

Él vacía un poco más la botella.

—Ha hecho un bucle, ¿sabes? Ha grabado veinte palabras y luego ha hecho un bucle con el dictáfono. Luego ha dejado el aparato fuera del alcance y lo ha puesto en marcha. Una y otra vez, una y otra vez. Aunque hubiese sabido lo que estaba haciendo después de las primeras descargas, no podía llegar hasta la máquina y pararla.

—Oh… Oh, no.

Patrick se derrumba en la encimera de la cocina, con la cabeza entre las manos, hablando todavía, aunque su voz queda ahogada.

—Evan ha dicho que cuando ha llegado al dormitorio la grabación seguía sonando. Las mismas palabras, una y otra vez. «Lo siento mucho, Julia», decía. Y todo el rato aquello la iba quemando, ese maldito monstruo de metal, en su muñeca, comiéndose la carne hasta que… hasta que…

Pongo un paño de cocina bajo el grifo, envuelvo en él unos cuantos cubitos y se los pongo a Patrick en la nuca.

—Sssh… Calla un minuto.

—¿Cuándo se ha vuelto todo tan horrible, Jean? Estamos haciendo todo lo que podemos. Pero ¿cuándo se ha vuelto todo tan asquerosamente horrible?

«Estamos.»

Un quejido, no, un solloso casi animal viene del salón. Dejo a Patrick en la cocina, con el paño en su cabeza inmóvil, paso por el comedor y saco la cabeza por detrás de la esquina, mirando hacia la puerta principal.

Steven está allí, viendo cómo la ambulancia da marcha atrás desde la entrada de los King y parte, con las sirenas atronando. Los hombros de mi hijo se sacuden con unas sacudidas espasmódicas, arrítmicas.

—Se pondrá bien —digo acercándome a donde se encuentra él, pero todavía manteniendo una cierta distancia.

—No, nada está bien —dice Steven.

No es el momento adecuado para hablar de hacer camas y echarse en ellas, de modo que callo.

—No tienes ni idea, mamá. No sabes lo que han dicho de ella hoy.

Lo ha visto en el colegio, la emisión con Julia y el reverendo Carl.

—¿De Julia?

Steven se da la vuelta y su rostro es la viva imagen del horror, pálido y demacrado, con los ojos hinchados. Le gotea la nariz y se la limpia con la manga.

—¿De quién si no?

De repente tiene otra vez cinco años y solloza y llora por una rodilla arañada o una rascadura en la palma cuando se le ha inclinado la bicicleta y ha parado derrapando. Vaya con los adolescentes enfurruñados de diecisiete años.

—¿Quieres contármelo? —le digo.

—No han hecho como con la señora de la calle. ¿Te acuerdas de ella? ¿La señora Wilson? Solo bostezaban cuando salía por la televisión. —Otro hipido, más limpiarse con la manga—. Quizá porque era vieja, o porque no la conocían. Pero todos conocían a Julia. Íbamos juntos al colegio antes... antes de que todo cambiara.

—Todo —repito.

—Su foto ha aparecido en la pantalla, y el señor Gustavson nos ha dicho que ella era de esas chicas a las que teníamos que vigilar, porque tenía el demonio dentro, y nos arrastraría hacia abajo. Ya sabes, al infierno.

—Por Dios, Steven...

Ahora ya está recobrando la compostura, respirando hondo y tranquilizando la voz.

—¿Sabes qué ha dicho?

No creo que quiera saberlo.

—No. ¿Qué?

—Ha dicho que nunca debemos decir cosas feas de las personas, como «puta» o «zorra». Pero luego nos ha dicho que algunas personas se merecen que las llamen así. Como Julia. Así que nos ha hecho chillarle mientras aparecía en televisión. Parecía tan pequeña, mamá. Tan indefensa. Y le han cortado todo el pelo. Todo. Como a los marines, ¿sabes? El señor Gustavson ha dicho que eso era bueno. Que es lo que solían hacer con los herejes en la Inquisición española, y con las brujas de Salem. —Steven se echa a reír, una risa rota. Casi histérica. Sigue hablando—. Y la cosa es peor aún. Ha ido por toda el aula, sonriendo, y nos ha dado unos trozos de papel con las cosas más asquerosas escritas. ¿Recuerdas aquello de las siete palabras feas? Pues allí estaban, y cincuenta más. Quería que cogiéramos nuestros cuadernos y le escribiésemos una carta… una carta cada uno, a Julia King, usando todas las mierdas que pudiéramos. Se suponía que teníamos que decirle que se merecía todo lo que le estaba pasando, y que se divierta rompiéndose la espalda en los campos.

No parpadeo siquiera cuando Steven dice «mierdas». Comparado con todo lo demás que me está diciendo, el taco suena como una nana, casi.

—¿Y lo has hecho?

—¡Tenía que hacerlo, mamá! Si no lo hacía, todos habrían pensado… —Se detiene de repente y una sonrisa brota en una comisura de su boca—. «El mal triunfa cuando los hombres buenos no hacen nada.» Eso es lo que dicen, ¿verdad?

Ha captado la esencia de la cita de Burke, aunque no sean las palabras exactas. Pero sé lo que quiere decir, y asiento.

A Jackie le habría gustado.

46

*E*s casi normal, estar sentada en la mesa entre cajas de pizza, Sam y Leo peleándose por ver quién tiene el mejor equipo de fútbol, Sonia informándonos sobre los secretos del ordeño de las vacas y la limpieza del estiércol de los establos. Si cierro los ojos, Patrick no está derrumbado en su silla, casi hundido, y Steven está sirviéndose el sexto trozo, con corteza y todo. Hay parloteo, y discusiones, e interrupciones. Todas las mierdas familiares habituales.

Sin embargo, no es así.

Patrick ha bebido más de lo que debería. Steven ha quitado el pepperoni de un solo trozo de pizza y lo ha apilado en un lado de su plato. ¿Y yo? El cansancio se ha convertido en una canción constante, un bucle sin fin de cansancio que invade mi cabeza y mis miembros y me pesa mucho.

Pero esta es mi oportunidad, y todo ha ocurrido sin hacer yo nada.

Llevo a Patrick a la cama (una hazaña no menor, dado su peso y mi fatiga), le leo un cuento a Sonia. Ella se queda dormida antes de que Winnie the Pooh se meta en la casa del Conejo.

«Bien hecho, niña», pienso.

El relojito de su mesilla me indica que son las ocho, demasiado temprano para que los gemelos se vayan a la cama, y exageradamente temprano para que se vaya a la cama Steven. Así que voy a ver qué hacen esos tres.

Sam y Leo se están enseñando trucos de cartas el uno al otro en el cuarto de juegos, algo normal. Steven, cuando llamo a la puerta de su dormitorio, dice que quiere estar solo un rato. Para desconectar, me dice a través de las gruesas paredes.

Y eso me hace pensar en Olivia.

—¿Seguro que estás bien? —digo. Lo que no digo es: «No hagas ninguna tontería, chico».

Quizá me ha leído la mente, quizá tiene más sensatez de la que soy capaz de reconocerle.

—No voy a hacer nada… ya sabes.

«Nada como tener una pequeña charla suicida antes de irte a la cama con tu hijo», pienso, y voy a buscar las llaves de Patrick.

Mi marido tiene un ritual nocturno: una hora en su estudio con una cerveza después de cenar, se lava los dientes y, en ocasiones que han ido a menos a lo largo de los años, y tan raras como los dientes de una gallina en los últimos meses, sexo. En algún momento entre el rato que pasa en el estudio y meterse en la cama, deja sus llaves en una caja fuerte de acero que hay en su mesilla de noche, ese tipo de caja con clave numérica que suele haber en los hoteles.

Una vez intentó hacer pasar ese tipo de precauciones como efecto secundario de su nuevo trabajo, pero yo sé que no es así. Sé que si dimitiera de su puesto de consejero mañana mismo y volviera a pasar consulta en la Asociación Médica, esas llaves, cajones y cajas seguirían ahí, igual que están en todas las demás casas. Vi a Evan King hacer los mismos movimientos el mes pasado, una noche que se olvidó de bajar las persianas. Y Evan no es consejero científico del presidente de Estados Unidos. Evan es solo un contable cualquiera de una cadena de tiendas de alimentación. No puede haber mucho secreto en eso. Ahora es el de la serie *Papá lo sabe todo*, efectivamente.

Patrick se ha saltado la mayor parte de su ritual de aperturas y cierres esta noche, pero el hábito le ha obligado a seguir sus rutinas, abrir el cajón y marcar el código de seis dígitos que mantiene con más secreto que una amante. He oído el ruido de las llaves al depositarlas en su escondite, y los sonidos electrónicos de cinco dígitos más, cuando ha cerrado el cajón y se ha echado de espaldas, murmurando algo de que le costaba mucho y que necesitaba más tiempo.

He llenado un vaso con agua helada y se lo he puesto en un

posavasos, a su alcance, junto con tres aspirinas, para mañana por la mañana. Luego he ido a leerle a Sonia. Entre el Conejo y Pooh y el Tigre, he pensado en esos cinco pitidos que he oído cuando Patrick ha cerrado la caja fuerte.

Cinco pitidos. No seis.

Después de ir a ver a los chicos, me quito los zapatos y ando precavidamente por el salón hasta nuestro dormitorio. Patrick ronca suavemente en su almohada, y su pecho se levanta y baja debajo de la fina sábana. A la débil luminosidad del reloj de la mesilla, toco el tirador de latón del cajón de su mesilla de noche, paso un dedo indeciso por debajo y saco el cajón. La humedad ha dejado algo pegajosa la madera vieja, y con un solo dedo no basta para abrirlo. Mi mano se enrosca en torno al tirador y tira.

La física es algo fascinante. Pienso en las veces que he salido a tomar una copa con amigos, en uno de esos bares donde sirven la cerveza en unas pesadas jarras de cristal… pero descubres de repente, cuando tienes la cerveza casi en la cara, que las jarras no están hechas de cristal, sino de plástico, una amalgama de algún tipo que parece cristal, pero no tiene su peso. Calculas la fuerza necesaria para levantar medio kilo al menos de jarra de cerveza y… ¡hala! Ya tienes la cara llena de cerveza. «Un pequeño problema de bebida», se podría decir, y empezar a secarse y poco más.

Bueno, pues ahora tengo un problema de tirón.

La fuerza que he ejercido en el cajón habría bastado para despegarlo. Lo habría conseguido si el tirador de latón no se hubiese soltado.

Salgo volando hacia atrás, con el tirador en la mano, y me doy con la cabeza en el suelo. Patrick deja de roncar.

—¿Qué haces, cariño? —murmura.

—He tropezado con la alfombra. Vuelve a dormirte.

Sorprendentemente, funciona, y espero cinco minutos enteros escuchando su respiración, que se va volviendo más ruidosa, y luego voy a la cocina a buscar un destornillador.

Son las nueve ya cuando consigo abrir el cajón de la mesilla de noche lo suficiente para meter la mano dentro, buscar a tientas la puerta de la caja fuerte, entornada pero no cerrada, y meter una uña por la abertura. La caja se abre, y yo toco con la mano el frío metal de las llaves de Patrick y vuelvo a cerrar el cajón.

Es hora de mandar a la cama a Sam y a Leo.

Se resisten, Sam me dice que solo van a hacer un truco más.

—Ahora mismo —digo, y espero hasta que oigo que ya se han instalado. Luego voy hasta el fondo del vestíbulo, hasta la puerta del despacho de Patrick, cerrada.

Tengo la mentira ya preparada, dispuesta para usarla, en el caso de que Patrick se despierte y me encuentre sentada detrás de su escritorio, hojeando montañas de papeles y sobres. Después de todo, mi madre está en un hospital a miles de kilómetros de distancia, y el centro del lenguaje de su cerebro posiblemente esté tan estropeado que no se pueda reparar. Por supuesto, tengo que llamar, aunque sea muy tarde. Papá no dormirá si no esta noche.

Pero estoy sola, yo sola, con los dedos pegajosos, y las pilas pulcramente ordenadas de papeles de Patrick como soldaditos de papel en hileras, en el escritorio. Todo parece exactamente igual que la noche anterior, y debería serlo, ya que nadie ha entrado en esta habitación hoy. La truculenta autoelectrocución de Olivia de hoy no ha dejado tiempo para banalidades como el papeleo. «Intento de electrocución», me recuerdo a mí misma, intentando apartar de mi mente la imagen de su brazo quemado.

Todo está exactamente como estaba excepto un sobre de papel marrón con la palabra «SECRETO» estarcida.

Hacia las once he mirado en todos los cajones y armarios, examinado debajo de las dos alfombras persas falsas, tocado cada centímetro de rodapié buscando una tabla suelta. Finalmente me rindo y me echo de espaldas en el suelo duro, con la cabeza todavía latiendo por mi reciente caída.

Estoy cansada. Cansadísima, en realidad. Sería fabuloso quedarse allí, con los miembros estirados y los ojos medio cerrados, hasta la mañana.

Estaría bien, pero me metería en una cantidad horrible de problemas, aunque fuera con la excusa de que intentaba hablar por FaceTime con mi padre.

Me levanto, esperando que las piernas sostengan todo mi peso, y me acerco al escritorio de Patrick por última vez, colocando bien las pilas de informes y memos, con las manos planas. Si me dice algo por la mañana, le diré que he intentado trabajar mientras él estaba borracho.

Cuando la llave del despacho gira en la cerradura, las otras llaves tintinean, entrechocando. Cierro el puño en torno a ellas para mantenerlas silenciosas y quietas, y me devano los sesos pensando qué podrían abrir. Hay tres llaves en total: una para el despacho, dos más pequeñas. Supongo que una de esas otras encaja en la cerradura del baúl del ático, donde están la mayoría de mis libros. Pero la más pequeña, con su cabeza redonda, me recuerda a Jackie.

Teníamos un llavero muy *kitsch* que había encontrado Jackie en una venta de garaje colgado en la pared junto a la puerta de nuestro apartamento. Ella lo repintó con motivos nativos americanos, coloreando las huellas de patas y el texto que proclamaba: «Lo que necesitas es amor... y un perro», y puso nuestros nombres, PUERTA y CORREO. «Tú siempre pierdes la llave del buzón —dijo—, o sea, que a partir de ahora esta cabrona queda colgada en el gancho.» Todavía la veo, aquella llave diminuta con su cabeza redonda.

Cuando estoy segura de que el despacho de Patrick queda bien cerrado y Steven no ha salido de su habitación en busca de un cuenco de cereales o una barra Snickers como tentempié de medianoche, voy sigilosamente a la puerta principal. El aire nocturno me golpea la piel, y noto pinchazos en ella, recordándome que he sudado.

En la puerta de al lado, la casa de los King está totalmente a oscuras. Ni siquiera está encendida la luz del porche. Por supuesto, Evan se ha ido en la ambulancia con Olivia cuando el sol todavía estaba alto en el cielo. Quizá no haya vuelto aún. Toco alrededor de la puerta en busca del interruptor de la luz de nuestra casa, lo apago y espero un momento a que mis ojos se acostumbren a la noche. Por encima de mí y por encima del tejado de los King, cuelga una luna creciente. Parece un gancho.

Limpiándome el sudor de las manos en la falda, cojo la llave más pequeña del llavero. Con la mano temblorosa encuentro la cerradura de nuestro buzón de correos, el contenedor de acero que Del Ray miró esta misma mañana y donde encontró un solitario sobre. La llave gira con facilidad, en cuanto la meto en la cerradura, y contengo el aliento.

«¿Qué demonios esperas, Jean? —pienso—. ¿Documentos secretos del gobierno en tu buzón?»

Pero el caso es que a la luz de aquella luna como un gancho que me mira como si pudiera bajar flotando y sacudir la casa de al lado, entre las nubes de la noche, veo la silueta de un sobre marrón.

47

*E*n lo que respecta a los dos últimos minutos, no me llamo Jean.

Me llamo ladrona.

«O traidora», pienso, y me pregunto por un momento qué tipo de castigo tendrán preparado el reverendo Carl y su manada de Hombres Puros para los subversivos. En un mundo en que se envía a las mujeres a la Siberia de Dakota del Norte por crímenes tan insignificantes como la fornicación, donde Jackie cumple una cadena perpetua en un campo de concentración para homosexuales, seguramente debe de haber horrores indecibles para las mujeres que roban secretos de Estado.

Me llevarán muy lejos, eso es seguro. Nunca volveré a ver a mis hijos, ni a Patrick, ni a Lorenzo.

Intento imaginar una vida en algún lugar de lo que los presos solían llamar «el interior», donde pasaría todos los días viendo cómo las fotos mentales de todos ellos se iban desvaneciendo y plateando con el tiempo, hasta que no quedase más que la silueta más vaga. O quizá no tendría que hacer tal cosa. Quizá mi última imagen fuese la del interior de una capucha, mientras una cuerda me rodearía el cuello, o me sujetarían una pieza untada de gel firmemente con unas correas en la cabeza afeitada, en la silla eléctrica, o una aguja se introduciría en mi vena.

No, no sería una aguja. Eso sería demasiado misericordioso.

El reloj que está dentro de casa da las doce, contando los latidos de mi corazón. Yo no tengo que contarlos; noto cada uno de ellos retumbar en mis oídos, como un timbal.

Pero ya que he llegado hasta aquí, ¿por qué no ir un poco más allá?

Cierro el buzón de correo después de llevarme el contenido, el solitario sobre, y vuelvo a entrar en casa. A pesar del aire tranquilo y cálido del interior, un escalofrío me recorre los brazos, erizando la piel con un braille de carne de gallina.

No tenemos las cosas tan mal como Winston Smith, que debía agacharse en el rincón ciego de su piso de una sola habitación, mientras el Gran Hermano vigilaba a través de una pantalla en la pared, pero sí que tenemos cámaras. Hay una ante la puerta delantera, otra detrás y una encima del garaje, apuntando hacia el camino de entrada. Vi cómo las instalaban hace un año, el día que a Sonia y a mí nos pusieron los contadores en la muñeca. Nadie puede monitorizar todas las casas todo el tiempo… no hay empleados suficientes para una vigilancia constante. Sin embargo, tengo mucho cuidado de mantener el sobre de papel bien pegado a mi cuerpo, mientras vuelvo del buzón y me deslizo de nuevo y entro por la puerta delantera. Entonces paso por el salón y luego el comedor, y voy hacia el lavabo pequeño que está junto a la cocina. Me parece un sitio lo suficientemente privado. Dentro, me siento en el suelo, de espaldas a la pared, y abro las púas del cierre de metal.

Ahí está la portada, el mismo memorándum que leí anoche. Debajo hay tres grupos de documentos separados, cada uno de ellos sujeto con un clip a una cubierta de colores, una blanca, otra color oro y otra roja. Abro la primera cubierta y veo un esbozo de los objetivos de mi equipo:

Desarrollar, probar y producir en masa el suero antiWernicke

Detrás de esta página están los habituales diagramas de Gantt (la herramienta que ha elegido el director del proyecto) estipulando unos plazos para los informes provisionales y las pruebas clínicas. El resto del paquete consiste en los CV del equipo. Nada nuevo, pero observo que el currículo de Morgan tiene solo una página de largo, mientras que los nuestros ocupan media docena cada uno. Voy pasando las páginas, las cuadro bien y ajusto el clip antes de dejar el expediente blanco a un lado de las baldosas del baño.

El paquete color oro es casi un duplicado del de mi equipo. Bajo la portada color amarillo, leo los objetivos:

Desarrollar, probar y producir en masa el suero Wernicke

Más diagramas de Gantt y cinco currículos, todos documentando las publicaciones y puestos académicos de diversos biólogos y químicos a los que no conozco, aparecen en este expediente, junto con las credenciales de Morgan. De modo que están doblando, cubriendo sus apuestas, al parecer. Demonios, es típico del gobierno. ¿Por qué tener un solo equipo cuando puedes tener dos?

El expediente oro va a la pila que tengo al lado, y cojo entonces el paquete del equipo rojo, esperando otra redundancia, pero en este caso, es distinto.

En primer lugar, su objetivo es singular:

Explorar la solubilidad en el agua del suero Wernicke

Los miembros del equipo de las siguientes páginas (los seis) son todos científicos, todos doctores. Debajo de cada nombre se halla un rango militar y un cuerpo. Entrecierro los ojos ante la cruda luz que ilumina el baño desde encima del lavabo y pienso en esta misma tarde, en todas las puertas por las que he pasado cuando Poe me acompañaba por el pasillo del quinto piso hacia la oficina de Morgan.

Uno de los nombres, Winters, despierta en mí un recuerdo claro pero diminuto, y al mismo tiempo el reloj del salón da la hora. La una en punto.

Con mucho cuidado vuelvo a poner los paquetes como estaban: blanco, oro y rojo. Antes de volver a meterlos en el sobre, compruebo el diagrama de Gantt del equipo blanco. El plazo, una barra horizontal con códigos de colores para indicar las tareas, se remonta al año anterior, al 8 de noviembre, la fecha en la que fue requisado nuestro equipo de laboratorio.

De modo que yo tenía razón. El proyecto Wernicke no lo concibieron ayer. Empezó hace siete meses.

Las piernas no me obedecen. Son miembros desobedientes, acalambrados y pinchados por mil agujas y ortigas por haber estado sentada en el suelo tanto rato. Me inclino encima del lavabo y estiro los ligamentos.

—¿Jean?

La voz en el otro lado de la puerta del baño suena ahogada, pero es Patrick, inconfundible. Llama una vez. Luego gira el pomo de la puerta.

No lo he cerrado. No había pensado que tuviera necesidad.

«Mierda, mierda, mierda, mierda.»

Rápidamente abro el grifo y dejo que el sobre marrón se deslice en el estrecho espacio entre el tocador y la pared. Cuando Patrick abre la puerta, estoy mojándome la cara con agua fría.

—Dios mío, cariño —dice—. Estás fatal.

Mi reflejo está de acuerdo. El rímel sudado y emborronado rodea mis ojos, la blusa de algodón que me he puesto esta mañana se me pega como una capa fina de cola y tengo el pelo alborotado o bien sobresaliendo en sitios no adecuados. Cierro el grifo y me seco, sonriendo un poco avergonzada a Patrick, que parece mucho menos borracho y más preocupado.

—No hacía tanto calor —digo—. Debe de haber sido la pizza.

Él me toca la frente con la mano, una mano fresca, de médico, con la piel muy limpia y rosada. Durante un instante pienso en las manos de Lorenzo, y lo diferentes que son de esta. Pienso que las manos de Patrick quizá no estén tan limpias como parecen.

—Tú nunca te mareas, cariño —dice. Y entonces, con una risita, añade—: Bueno, a menos que estés embarazada. Ya sabes, con cuatro niños, equivale a un año entero en privado en el baño.

Intento reírme con él, pero mi voz suena áspera, rara.

—No estarás…

Los ojos de Patrick bajan de mi cara a mi vientre, y frunce el ceño. No es tonto, y es médico. Entre las matemáticas y sus conocimientos de embriología de manual, debe de tener muy claro que es imposible. Con la vida sexual que hemos tenido los últimos meses, o bien estoy embarazada de días o bien llevo una pelota de playa escondida todo el tiempo.

—Claro que no —digo yo—. Creo que ha sido la pizza, de verdad. Tenía un sabor raro.

—Vale, entonces. Vuelve a la cama. —Me coge la mano y apaga la luz del lavabo auxiliar, sacándome de mi sala de lectura nocturna.

—Iré después de beber un vaso de agua —digo—. Y quizá llame a papá también, ya que estoy levantada.

Cuando sus pasos se desvanecen atravesando el vestíbulo hacia nuestra habitación, yo saco el sobre de su escondite temporal, vuelvo al porche delantero e invierto el proceso del robo. Me detengo en la cocina, me sirvo un vaso de agua helada y me la voy bebiendo mientras marco el número de móvil de mi padre de memoria.

—*Pronto* —dice, y no parece mi padre en absoluto, sino un hombre mucho más viejo.

—Papá, soy Jean. ¿Cómo está mamá?

Su voz me lo cuenta todo, aun incluso antes de pronunciar las palabras «daño cerebral» y «esa zona que empieza con W», y «¿por qué ya no puedo hablar con ella?» «¿Podrás arreglarlo, Gianna?»

—Claro que puedo. —Pongo toda la confianza que puedo en mi voz, esperando que disimule el temblor revelador que noto en la garganta—. Pronto, papá. Muy pronto.

Después de un vaso de agua más, la mayor parte de cuyo contenido acabo echándome a toquecitos en la cara, recorro el vestíbulo hasta nuestra habitación.

Patrick está roncando otra vez.

Yo dejo las llaves en la alfombra, justo al lado de su mesilla de noche, y me meto en la cama dispuesta a dormir seis horas.

48

*E*n mi pesadilla, los niños han desaparecido.

Uno tras otro me los quitan, sus rostros se oscurecen y se desvanecen. Alguien, Olivia quizá, o posiblemente un soldado, se lleva a Sonia entre un montón de flashes de las cámaras. Los gemelos saludan con la mano, y Sam tira rápidamente una baraja de naipes en el aire, por encima de la cabeza de Leo.

—¡52 pickup! —dice.

Steven sonríe torcidamente y dice:

—Más tarde, mamá. —Inclina la cabeza a un lado, como para decir que lo siente.

Y mientras tanto Patrick nos mira, sin decir nada.

Pero el sábado no empieza así, en realidad.

Patrick abre las persianas, dejando que entre la luz del sol a raudales en la habitación. Los gemelos y Sonia entran con una bandeja que huele a café y a bagels calientes. Oler todo aquello, otro día cualquiera, me habría abierto el apetito, pero hoy me trae consigo una nueva oleada de náuseas. En medio de un bagel untado de queso cremoso hay una sola vela.

—¡Feliz cumpleaños, mamá! —gritan cuatro voces.

Casi me olvidaba de que hoy cumplo cuarenta y cuatro años.

—Gracias —digo intentando fingir que estoy hambrienta—. ¿Dónde está Steven?

—Dormido —dice Sam.

El reloj que tengo al lado de mi cama brilla con un nueve-uno-uno digital. Les dije a Lin y a Lorenzo que estaría en el laboratorio a las diez.

—Sopla la vela y pide un deseo, mamá —dice Sonia.

Yo lo hago, tirando sin querer un poco de cera en mi desayuno, y después salgo de la cama y salto hacia el baño.

—Vuelvo dentro de un minuto. Llamad a Steven. Quiero hablar con él antes de irme al trabajo.

El desfile de cumpleaños se vuelve y se va. Treinta segundos más tarde, mientras estoy tirando el café sin beber por el fregadero, entra Patrick.

—Steven se ha ido —dice en voz baja.

Pienso en «ido» en todos los posibles sentidos. Ha ido a la tienda, ha ido a correr, ha ido a buscar una pizza, se le ha ido la cabeza. No pienso en «ido» en sus formas más sencillas. No pienso en «ido» como ausente, como no estando aquí, igual que en mi sueño. No pienso tampoco que se haya ido de la vida, que esté muerto.

Patrick lleva en la mano una hoja de libreta.

—Esto estaba en su habitación. Encima de su almohada.

Podría haber sido peor, pienso, leyendo lo que ha escrito Steven con su mala letra. Pero eso, eso horrible que ha ocurrido, me deja sin respiración.

He ido a buscar a Julia. Os quiero. S.

En cuatro días, todo ha cambiado de malo a horrible.

—¿Deberíamos llamar a la policía? —digo.

Patrick niega con la cabeza, como si supiera lo que estoy pensando.

—Probablemente es mejor que no. —Me toca el brazo y me coge la taza de café vacía sin preguntarme «¿qué le ha pasado a tu café?» ni mirar las gotas marrones en el fregadero. Lo que dice es—: No he sido un buen marido, ¿verdad?

Entonces, como imanes, estamos juntos, pegados, abrazados el uno al otro. Él me toca ese punto sensible que tengo detrás de la oreja con un dedo, y yo noto que mi pulso marca un ritmo, sincopado al principio, luego regular. Es muy extraño pensar en amor en un momento como este, con nuestro hijo desaparecido y el café manchando el fregadero, pero las manos de Patrick vagan desde mi cuello hacia mi espalda y por delante hacia los pechos, que se hinchan en el camisón de seda, respondiendo a su contacto de esa manera automática que tiene la carne de erizarse, aunque la mente le diga que no lo haga.

—No puedo llegar tarde —digo separándome de él. Tampoco puedo quedarme echada debajo de mi marido esta mañana, pensando en la primera vez, la vez que concebimos a Steven.

También pienso en lo que habría hecho Steven si, en lugar de Julia, hubiera sido yo a la que el reverendo hubiese arrancado de casa y obligado a estar de pie frente a los cámaras de televisión condenándome a una vida de silencio y servidumbre. ¿Vendría a rescatarme?

Lorenzo seguro que sí; Patrick no.

—¿Adónde crees que puede haber ido? —digo abriendo el agua de la ducha—. Steven, quiero decir. —Julia podía estar en cualquier sitio, en la costa, en el interior, en cualquier lugar del país, en un naranjal—. Encontrarla será como encontrar una aguja en un pajar.

Patrick niega con la cabeza.

—No lo creo. Espera, que te enseño una cosa. —Me deja en el baño y va a hacia su mesita, a su lado de la cama—. ¿Qué demonios...?

La mentira ya está preparada, y es más fácil de recitar cuando no le estoy mirando a los ojos.

—Se rompió el condenado tirador anoche. ¿No te acuerdas?

Hay una pausa, mientras él sigue pensando. Finalmente, oigo el ruido de las llaves y un solo y perplejo «ajá» que viene desde el dormitorio antes de que yo me meta en la ducha.

—Te preparo un poco de té, si quieres —dice Patrick—. Cuando hayas terminado, ven a mi despacho. Creo que sé adónde irá Steven.

Tomo la ducha más rápida de mi vida, me peino el pelo sin lavarlo y me pongo unos vaqueros anchos y una camisa de lino que no tengo que meterme por dentro. A la porra el código de vestir, tengo mucho calor y mucha prisa y estoy preñada. Y entonces recorro el pasillo y voy al estudio de Patrick.

La cara del reverendo Carl llena la pantalla, y tiene las manos juntas como si estuviera rezando. Es su postura preferida para hablar. La cámara de las noticias que le apunta va retrocediendo, abriendo el ángulo para que se vea el resto del escenario. Julia King está irreconocible.

Le han afeitado la cabeza, claro... eso ya lo esperaba. No esperaba que el trabajo estuviera tan mal hecho, como un esquilado de aficionado hecho por un hombre ciego y con parálisis. Mechones de pelo sobresalen en fragmentos cobrizos en su cabeza.

—Pero ¿qué han hecho, han usado una navaja mellada? —digo sin quitar los ojos de la imagen en el ordenador de Patrick. Steven ha visto esto, se ha visto obligado a mirarlo y a unirse a los insultos de sus compañeros de clase.

El reverendo Carl llama a la oración a su público e inclina la cabeza.

—Señor, perdona a nuestra hija descarriada, y guíala cuando se reúna con sus hermanas en las Colinas Negras, en Dakota del Sur. Amén.

Un coro de gritos y susurros sigue a la oración. Unas pocas personas dicen también «amén», pero sobre todo lo que impera es el odio. El reverendo Carl aprieta el aire bajo sus manos levantadas y pide silencio, pero cuando levanta la cabeza hacia la cámara, veo en sus labios una mínima sonrisa.

Ahora la cámara se acerca mucho a la cara de Julia, veteada por las lágrimas. Le tiemblan los labios, y sus ojos miran a derecha e izquierda, buscando una brizna de simpatía entre los que gritan. La mano del reverendo Carl aparece en su hombro, y ella se encoge, pero la mano parece apretarla más todavía, los dedos se clavan en su clavícula, bajo la tela gris. Tiene el cuello muy cerrado y mangas largas. Debe de estar muriéndose con este calor.

No es la primera vez que pienso lo mucho que odio al reverendo Carl Corbin, pero es la primera vez que quiero matarlo.

49

Si hubiera pasado mis últimos minutos en casa mirando desde nuestra ventana, en lugar de desenredándome el pelo, quizá habría visto el monovolumen anónimo negro aparcado al otro lado de la calle, con el motor en marcha y exhalando nubes de humo por el tubo de escape.

Pero no ha sido así. Cuando salgo por la puerta lateral y pongo en marcha mi coche ya es demasiado tarde.

Del, el cartero, ya ha subido las escaleras del porche, con la bolsa al hombro y la llave de nuestro buzón en la mano. Me saluda y yo le hago señas también a través de la ventanilla trasera del Honda.

Me doy cuenta de repente, cae sobre mí como una ola: llaves, un sobre, Del que miraba ayer en el interior del buzón y sacaba un objeto, Sharon advirtiéndome de que una organización clandestina utiliza a un cartero como recadero. Y finalmente, las palabras de Patrick de anoche, después de decirme lo que se había hecho a sí misma Olivia, en el dormitorio, con el dictáfono repitiendo en bucle sin cesar sus propias palabras.

«Estamos haciendo todo lo que podemos.»

Cuando uno todos los puntos, me queda una explicación terrible, que me asusta y al mismo tiempo me alivia: Patrick no está trabajando para el gobierno, sino en contra de él.

Salgo un poco por el camino, deteniéndome cuando me encuentro ya en línea con el porche. Del abre el buzón, teniendo mucho cuidado de tapar sus manos y que no se vean desde las cámaras del porche o de la calle. Quiero gritarle: «¡Alto! ¡Alto! ¡No lo abras!».

Saca el sobre de papel marrón, apretándolo contra su cuerpo y escondiéndolo en su bolsa de cartero, antes de volver a cerrar el buzón. No oye los pasos silenciosos de Poe tras él, subiendo por el caminito y luego las escaleras del porche. No oye tampoco el silencioso chasquido y el susurro del arma negra en la enorme mano derecha de Poe, o el crujido cuando la aprieta contra sus costillas, dejándole conmocionado dos veces, primero la mente, luego el cuerpo.

Poe se vuelve hacia mí y me hace señas de que acabe de salir, como diciéndome: «Venga, váyase. Aquí no hay nada que ver».

Y dos hombres más corren hacia la casa, saliendo del coche negro que está al otro lado de la calle. Levantan a Del por los sobacos, arrastrando su cuerpo como un muñeco de trapo escaleras abajo, a lo largo del camino y hacia el coche, mientras yo espero, impotente, para ver si Poe llama a nuestra puerta y repite su actuación con Patrick.

Pero no lo hace; simplemente se aparta de nuestra casa y se introduce en el asiento trasero del coche negro junto a un Del inconsciente, y espera a que yo me aleje. Luego, el coche negro arranca, siguiendo a mi Honda todo el camino hasta la avenida Connecticut, donde da la vuelta y se dirige hacia el sur. Me pasa por la cabeza dar la vuelta yo también e ir a la granja Ray para advertir a Sharon, pero desecho la idea enseguida. O me cogerían o llegaría demasiado tarde, o (en el mejor de los casos) Morgan me echaría una bronca por no aparecer en el trabajo a tiempo.

Mientras voy sorteando el tráfico matutino, proceso los acontecimientos de la mañana. Poe ha debido de pensar que era Del quien llevaba el sobre, que estaba a punto de entregarlo, quizá a alguna otra dirección.

No tengo memoria eidética, ni de lejos. Pero tengo retentiva para los textos. En una vida anterior, o en una vida futura si tuviera acceso a los libros, podría haber sido una correctora de textos bastante buena. Lo que yo misma escribo no vale una mierda, pero sé encontrar los errores. Y los que estoy recordando mientras voy serpenteando entre el tráfico, de camino a reunirme con Lorenzo y Lin, son los errores gemelos que vi en los expedientes rojo y oro, dentro del sobre marrón.

Los errores no son lo único que me pasa por la mente como

hámsters frenéticos en una rueda. La misma naturaleza de tres equipos distintos duplicando los unos el trabajo de los otros no merecería un estatus de alto secreto. Y mi equipo nunca fue secreto, o si lo fue, nuestro presidente lo hizo público en una conferencia de prensa, hace tres días.

Aparco mi Honda en el lugar que me han asignado, entre el Mustang de Lorenzo y el espacio donde tendría que estar el Smart de Lin, pero no está. En el interior del edificio, un soldado me hace señas de que pase por el control después de coger mi bolso y pasarlo por la cinta transportadora de la máquina de rayos X.

—¿Qué pasa? —digo.

—Nuevos procedimientos de seguridad —dice el soldado mirándome. Esta vez sin sonrisa alguna, sin amistoso «¡buenos días!», solo unos ojos entrecerrados, contemplándome desde debajo del borde de su gorra, mientras yo recojo el bolso y camino hacia los ascensores donde me espera Morgan con los brazos cruzados.

—Llega tarde —me dice.

—He trabajado esta noche —miento, y entro en el ascensor abierto.

Morgan me sigue.

—No debe llevarse trabajo a casa, Jean. ¿O acaso ha olvidado esa sencilla norma?

Yo me vuelvo hacia él, deseando no haberme puesto unas simples sandalias para poder mirar desde arriba a ese cabronazo. Pero, aun así, nuestros ojos están al mismo nivel.

—No, no me he olvidado, Morgan. Yo no me olvido de las cosas. Pero tengo un cerebro que me funciona, así que a menos que quiera que lo deje encerrado en su maldito laboratorio, quítese de mi camino y déjeme hacer lo que tengo que hacer, so gilipollas.

—No le permito ese tipo de expresiones —dice él.

—Pues no lo haga. A mí qué me importa. Tengo trabajo.

—Voy a informar sobre esto. Voy a enviar un informe a...

—¿A quién? ¿Al presidente? Estupendo. Dígale que me voy a tomar el resto del mes libre, por mala conducta.

Aprieto el botón de cerrar puertas del ascensor antes de salir, dejando que Morgan rabie.

—¿Qué demonios ha sido eso? —dice Lorenzo. Está en el pasillo entre el ascensor y el laboratorio, vestido con ropa informal pero bonita, con un polo y unos pantalones caqui bajo su bata blanca.

—Odio a ese hijo de puta —digo—. ¿Dónde está Lin?

—No ha venido todavía. Supongo que tenemos el laboratorio para nosotros. —Una luz traviesa ilumina sus ojos, mientras acorta el espacio que hay entre los dos.

Un polvo rapidito en uno de los mostradores de resina epoxídica no forma parte de mi programa de hoy, pero tenemos que hablar.

—Enséñame en qué has estado trabajando —digo insertando mi tarjeta en la puerta principal del laboratorio. Ratones y conejos nos saludan con una algarabía de chillidos y parloteos. Ojalá Lin estuviera aquí, y no solo porque no quiera inyectar a los animales yo personalmente.

Lo que sé lo tengo que compartir.

Lorenzo abre el grifo del laboratorio de bioquímica y empieza a lavarse las manos, frotándose bien con jabón entre los dedos y limpiándose las uñas una por una, inspeccionando cada dedo.

—¿Y bien?

—Los tres equipos. Son parecidos, pero distintos.

Pienso de nuevo en los objetivos establecidos, en la forma en que dos equipos parecían idénticos en unos aspectos, y dos en otros aspectos. Todo debido a un prefijo insignificante: «anti». Entonces, sentada y con las piernas cruzadas en el frío suelo del baño, pensé que era un error de escritura.

Lorenzo continúa con la pantomima de lavarse las manos, abre más el agua, se inclina hacia el grifo.

—El objetivo de nuestro equipo es el desarrollo de un suero «antiWernicke» —digo—. Al principio pensé que el objetivo del equipo Oro era idéntico, pero luego me di cuenta: lo que estamos haciendo aquí no es secreto, me refiero a lo que estamos haciendo Lin, tú y yo.

—No anuncias rollos secretos en una conferencia de prensa —dice Lorenzo, afirmando.

—Cierto. Pero al expediente del equipo Oro le faltaba una palabra.

El levanta una ceja.

—«Anti» —susurro—. Ese equipo no está desarrollando un suero «antiWernicke», y el equipo Rojo no está trabajando en la solubilidad en el agua de un suero antiWernicke. Ahí también faltaba el «anti».

—Me cago en la puta —dice él mirándose las manos—. ¿Estás segura de que no era un simple error?

—No. No estoy segura. No puedo estar segura. Pero, si lo piensas, tiene sentido. Es lo único que explica por qué los materiales son secretos, y por qué Morgan tiene un solo archivador etiquetado como «Proyecto Wernicke». Nosotros siempre lo habíamos llamado «AntiWernicke», o últimamente, Wernicke-X. Es como si estuvieras trabajando en una cura para el cáncer y llamaras a tu estudio «Proyecto Cáncer».

—A menos que estés desarrollando cáncer en un laboratorio —dice él—. No suena bien.

Le hablo de Patrick y de Del, del buzón de correos cerrado, de los hombres de Poe que han venido a por Del esta mañana.

—Lo saben —digo yo—. Poe o alguien sabe que hay una operación clandestina, y saben que han averiguado lo que está pasando de verdad.

Durante mucho rato nos miramos el uno al otro, mientras el agua va corriendo, con mucho cuidado de mantener las cabezas inclinadas hacia el fregadero. No tenemos nada que decirnos, porque ambos sabemos que nuestro trabajo se está invirtiendo en algún lugar de este mismo edificio.

Ya esté detrás el reverendo Carl o Morgan o el presidente o el Movimiento Puro, no importa. Podrían ser todos ellos, todos trabajando para crear un suero que no cure la afasia, sino que la provoque.

50

*L*orenzo y yo preparamos dos grupos de ratones para las inyecciones. Cada grupo recibirá una de las dos neuroproteínas que él ha estado formulando y, con suerte, sabremos qué dirección tenemos que emprender al final del día, cuando la mitad de los ratones estén muertos. Mientras saco las diminutas criaturas de su jaula y les afeito un trocito cuadrado de pelaje, uno a uno, dos palabras rebotan en mi cerebro sin cesar:

«¿Por qué?»

La respuesta se hace evidente con demasiada rapidez, en forma de una sola palabra: «Silencio».

Lorenzo se acerca a mí y coge el ratoncillo marrón de mis manos temblorosas.

—Ya lo haré yo —dice guiando la maquinilla a lo largo de su costado—. Ya está. Pon a Mickey en la jaula del Grupo Uno. Y no te preocupes, yo me encargo de las inyecciones.

—¿Tan mal me ves?

—Digamos que estás un poco inestable esta mañana. Nada grave. —Me da unas palmaditas en el hombro y pego un salto—. Una cosa cada vez, Gianna.

Veo sus manos de largos dedos, rematadas por unos callos por los años de apretar los trastes y rasguear las cuerdas, mientras seda al siguiente ratón, espera que se relaje en su mano y afeita otro cuadradito.

—Este es del Grupo Dos —dice tendiéndome el cuerpo fláccido.

Otro Mickey o Minnie va a la segunda jaula.

—Son monstruos —digo.

Lorenzo asiente. Sabe que no me refiero a los ratones.

Ahora hace dos inviernos, vuelvo a mi propio salón, sentada junto a Olivia King, mientras ella bebe unos sorbos de café y ve a Jackie pelearse con las tres Mujeres Puras, con sus jerséis y chaquetas color pastel a juego, en contraste con el vestido rojo y poderoso de Jackie. Olivia asiente cuando hablan las mujeres color pastel, y niega violentamente cada vez que Jackie abre la boca.

—Alguien debería hacer callar a esa mujer —dice Olivia—. Para siempre.

«Ay, Olivia —pienso—, ¿qué demonios esperabas?»

Empezarán con las mujeres de los campos, supongo. Jackie, Julia, Annie Wilson, de mi propia calle. Nada de esto será televisado. A continuación, el reverendo Carl acorralará a gente como Del y Sharon, aplastando la última esperanza de resistencia. Antes de quitarle la voz a Del, sin embargo, trabajarán con él, quizá usando a sus tres hijas como incentivo. Y Del, por supuesto, hablará. ¿Qué padre no lo haría?

Patrick será el siguiente de la fila. Noto que se me para el corazón al pensar en los métodos que usarán con él, o las amenazas a Sonia, que le animarán a hablar. Y seguirán así, hasta que el último miembro de lo que ya debe de ser una operación archiconocida sea encontrado, obligado a hablar y silenciado al final.

Con mi propia y horrible creación.

No creo que eso sea el final.

Lorenzo me toca el hombro de nuevo.

—Ya hemos terminado por hoy. ¿Estás bien?

Niego con la cabeza.

Sin marido, y con el contador de muñeca que volverá en cuanto haya terminado mi trabajo aquí, no tendré medios para ocuparme de una casa y unos hijos. Steven quizá pueda mantener las cosas durante un tiempo, si es que vuelve alguna vez. Si no, como los padres de Patrick están muertos y los míos están en Italia, el clan McClellan quedará rematado, extinguido.

Y luego está mi bebé. El bebé de Lorenzo.

He pasado mucho tiempo pensando en lo que era antes, en cómo era antes, pero el futuro sigue siendo confuso. Hasta ahora. Ahora veo fantasmas de los años que están por venir, solo unos remolinos contrahechos al principio, que luego se van concretando y convirtiendo en imágenes de una agudeza brutal, a todo color. Yo balbuciendo frases sin sentido después de que me inyecten un suero que yo misma he creado. Yo con la espalda quebrada, gris, trabajando en un huerto con unas manos que ya no reconozco. Yo yaciendo en un catre bajo una manta fina, temblando de frío en invierno. Yo con los ojos vacuos, y quizá tambaleándome en el filo entre la conciencia y la locura, preguntándome dónde están todos ellos. Steven, Sam, Leo, Sonia. El bebé.

Solo cuando Lorenzo me coge por el brazo y tira de mí me doy cuenta de que estaba sentada en el suelo del laboratorio, apoyada contra la hilera inferior de las jaulas de alambre.

—Vale, vale, Gianna —dice quitándome las lágrimas de los ojos con los dedos—. Todo va bien.

—No, no va bien, y tú lo sabes.

—Pero irá bien.

Quiero enterrarme en su interior, pero recuerdo las cámaras.

—Estoy bien —digo incorporándome—. Sigamos con las inyecciones.

Cuando empecé a hacer experimentos con animales de laboratorio, tenía una norma dorada: no les pongas nombres. En otras palabras, no pienses en ellos como si fueran animales de compañía; no pienses en ellos como otra cosa que no sea un medio de llegar desde el punto A al punto B. Piensa en ellos como tubos de ensayo, o placas Petri, o portaobjetos de microscopio, nada más que vehículos innatos para llenar y observar. Mientras sujeto al siguiente ratoncito para que Lorenzo le inyecte una poción que le curará o le matará, en lo único que pienso es en los nombres que les he dado:

Jackie. Lin. Jean.

51

*L*a idea de Lorenzo es arriesgada, pero necesaria.

Después de que un ayudante nos haya llamado arriba para que limpiásemos el laboratorio y redactásemos un informe para Morgan, yo me voy la primera, volviendo a pasar por el control de seguridad. Hay dos soldados nuevos de guardia en el turno de tarde, su uniforme planchado y con rayas perfectas, sus botas tan lustradas y brillantes que reflejan todas las luces fluorescentes del vestíbulo. Mi bolso vuelve a la cinta transportadora y lo examinan, mientras uno de los soldados me cachea, y sus manos forman breves y rápidos arcos sobre mis caderas, espalda, estómago, pechos. Una vez comprobada, salgo a la calle, resplandeciente con el sol de mayo.

El 31 de mayo, pienso, es mi cumpleaños, el día que Steven huyó con un fajo de billetes que le quitó a Patrick de la cartera, y el día en que me encontraré con Lorenzo de nuevo para otra cita secreta en una cabaña de pesca alquilada de Maryland.

Hemos decidido salir de la ciudad por rutas opuestas, de modo que sigo el tráfico hacia el sur y hacia la autopista que corta Washington, paso junto al mercado de pescado que sigue habiendo a la orilla del agua. Me pregunto de dónde vendrá ese pescado. ¿De Maine? ¿De Carolina del Norte? Probablemente de ambos sitios. No me pregunto quién trabajará en las fábricas de procesado, quitando las tripas y las escamas, empaquetando y congelando. Quizá algún día yo tenga un trabajo así, haciendo lo mismo. Largas horas. Sin sueldo. Hedor permanente a pescado en la piel.

Lin estaba equivocada al decir que la economía se vendría abajo. Quizá no esté prosperando mucho, pero la máquina va resoplando a una velocidad constante. Nuestra fuerza de trabajo no quedó partida por la mitad, sino que solo se reajustó y se redistribuyó. Los hombres que realizaban trabajos no especializados fueron sustituidos por cualquiera que los Puros considerasen que no era merecedor de prosperar en la sociedad. Las industrias, y esa industria que lo abarca todo que es el gobierno, seleccionaron a varones recién graduados de las mejores universidades del país para llenar los huecos que habían dejado las mujeres: gerentes, doctores, abogados, ingenieros.

Fue una reformulación del sistema muy notable.

Llevo todo el día intentando apartar a Steven de mi mente, y ahora la tristeza se ha destapado y desborda de mi interior. Muchas veces quise echarle la culpa, pero no pude. Los monstruos no nacen. Se hacen, poquito a poquito, miembro a miembro, son creaciones artificiales de hombres locos que, como el equivocado Frankenstein, siempre creen que lo saben todo.

No irá muy lejos, de todos modos, aunque lleve dinero. Steven encontrará la forma de volver a casa. Tengo que creérmelo.

El tráfico disminuye al mismo tiempo que mis lágrimas se agotan, justo cuando dirijo el Honda por la salida siguiente y doy la vuelta hacia el este, hacia la bahía de Chesapeake, esa tierra de William Styron y de cangrejos azules, y de barcos de vela que se deslizan sobre aguas calmadas. Es un trayecto largo pero muy tranquilo, y me da tiempo para pensar.

Si la cura para el Wernicke funciona, cosa que espero que suceda, le pediré a Morgan que le envíe una dosis a mi madre en el hospital italiano. Ese pequeño privilegio es un único y brillante rayo de sol en un paisaje que, de otro modo, es sombrío. No es mucho, pero es algo a lo que agarrarse.

El coche de Lorenzo se encuentra en la entrada de la choza, irradiando distorsionadas oleadas de calor desde su capó. Por supuesto, él ha llegado primero: se puede sacar de Italia al conductor enloquecido, pero no puedes sacar la locura de él. Paso a su lado y me sitúo en el solar de al lado, que ha permanecido vacío siempre, desde que Lorenzo alquiló aquel sitio. La regla es que el primero que llega aparca en la cabaña; el segundo, en el solar de al lado. Yo nunca he llegado la primera.

Él está en la cocina, o en lo que sería la cocina si contuviera algo más que un fregadero, una placa con dos fogones y un frigorífico en forma de cubo para el agua y el vino. Nunca hemos perdido el tiempo cocinando en este sitio. Al menos, no comida.

Yo lo tenía ya todo planeado durante el viaje. Llegar, hablar, salir. Pero cuando él me pone la mano en la mejilla derecha, todos los planes se van al infierno. No es Lorenzo el que me conduce al pequeño dormitorio junto a la cocina, una habitación oscura, forrada de madera, con una sola ventana que jamás hemos abierto. Por el contrario, yo le cojo la mano que descansa en mi mejilla y me lo llevo.

La última vez ni siquiera hablamos. Yo todavía llevaba el contador en la muñeca, y Lorenzo se quedó callado, quizá por pura solidaridad. Ni siquiera susurró mi nombre, como hacía Patrick, y no pronunció palabras de compasión. Sencillamente, no habló mientras se movía encima de mí, y dentro de mí. Hoy seguimos callados, nuestras manos y nuestros cuerpos recitan las palabras por nosotros, pero dentro de mí resuena el estruendo de una orquesta tocando a toda máquina.

Después de hacer el amor por primera vez, volvemos a hacerlo otra vez, más despacio, sin prisas, como si tuviéramos días o años, y no horas. O fracciones de horas.

Cuando finalmente todo se ablanda, en todos los sentidos del término, Lorenzo se queda encima de mí, cubriéndome con su cuerpo como un escudo que me protegiera del mundo.

—Puedo sacarte —dice.

Por un momento no estoy segura de lo que quiere decir, pero se incorpora y busca donde sus vaqueros yacen con los míos, como charcos gemelos de tela azul en el suelo de pino, y vuelve a mí con un librito fino y de color granate en la mano.

Lo reconozco de inmediato, la rueda dentada y la estrella de cinco puntas rodeada por unas ramas: olivo de la paz; roble de la fuerza.

—¿De dónde has sacado esto? —digo hojeando el nuevo pasaporte. En la página dos está mi foto, pero con el nombre de otra mujer: Grazia Francesca Rossi. La fecha de nacimiento coincide más o menos con mi edad.

—Tengo amigos —dice—. Bueno, amigos que se pueden comprar.

—¿Quién es Grazia? —Rossi es un apellido bastante común en Italia, pero la coincidencia parece excesiva—. ¿Tu hermana?

Lorenzo niega con la cabeza.

—No. No tengo ninguna hermana. Grazia es… bueno, fue mi mujer. —No espera a que yo le pregunte para explicarse—. Murió hace cinco años.

—Oh —digo, como si me hubiera dado una noticia cualquiera, un informe del tiempo, el resultado de la World Series, dónde se celebrarán los próximos Juegos Olímpicos de Invierno. No hago preguntas y él no me da respuestas.

—No puedo dejarte aquí, ¿sabes?

No argumenta nada, solo su mano pasa por mi cuerpo, empezando por mi clavícula y acabando un poquito por encima del sexo.

—¿Y si es una niña, Gianna?

52

¿Y si es una niña?

Estoy echada de lado, trazando con un dedo el emblema dorado que tiene delante mi pasaporte, ese regalo que ha costado un mundo a Lorenzo, mi billete de salida del infierno. Nuestro billete de salida, pienso, colocándome la otra mano en el vientre. Hace solo una hora pensaba en Styron, y ahora aquí estoy, como una efímera Sophie, yaciendo con su hombre, con una elección terrible y salomónica pendiente en el espacio por encima de nosotros.

¿Cuál? ¿A cuál salvo?

—¿Cuánto tiempo tengo para pensarlo? —le pregunto en la oscuridad de nuestro dormitorio.

Ambos sabemos que no tengo mucho, no en cuanto hagamos la primera prueba, el lunes.

—Podemos detener el proyecto —digo—. Comprarnos unas pocas semanas.

—¿Sería suficiente?

—No.

De repente pienso en una playa, hace más de veinte años, no una playa pija, no Cancún, ni Bermudas, ni nada de eso. Jackie y yo apenas podíamos reunir el dinero suficiente para pasar un par de noches en un motel cochambroso sin vistas al mar. Pero íbamos cada verano a Rehoboth, a beber cerveza y tomar el sol, y escapar de la locura del posgrado durante unos días. La última vez que estuvimos allí yo le dije que había ahorrado algo de dinero, y que podíamos quedarnos otro día más, incluso dos.

—¿Y sería suficiente? —preguntó Jackie bebiendo un sorbo

de una Corona que había sacado de la nevera y en la que había metido una rodaja de limón.

—No. —Me eché a reír.

—Todo acaba, Jeanie. Más tarde o más temprano. No se puede quedar una en la burbuja de las vacaciones para siempre, ya sabes.

No recuerdo si nos quedamos un día más en aquella habitación de motel, o si nos volvimos a la mañana siguiente. Lo que recuerdo es haber pensado, en cuanto subimos las maletas de la playa llenas de bikinis y crema solar al apartamento, que en realidad no importaba. Más pronto o más temprano estaríamos de vuelta en nuestro cuchitril de Georgetown, tirando restos de comida que se habían convertido en experimentos científicos en la nevera, comprobando el correo amontonado, perdiendo el bronceado, volviendo a sumergirnos en la rutina académica.

Jackie, una vez más, tenía razón. Más tarde o más temprano, todo acaba.

—Me pasó por la cabeza —le digo a Lorenzo—. Cuando el reverendo Carl me lo pidió la primera vez, pensé que quizá se hubiese inventado toda la historia de la herida en la cabeza del hermano del presidente. Recuerdo que estaba de pie en la cocina, preguntándome si cogería mi trabajo y le daría la vuelta. —Me vuelvo a echar en la almohada, deseando que me trague entera.

—No es culpa tuya —dice Lorenzo.

Pero sí que lo es. Y mi culpa no empieza cuando firmé el contrato de Morgan el jueves. Mi culpa empezó hace dos décadas, la primera vez que no voté, la enésima vez que le dije a Jackie que estaba demasiado ocupada para ir a una de sus manifestaciones, o hacer pancartas, o llamar a mi congresista.

—Dime que no tengo que irme de esta cama —le digo—. Nunca.

Lorenzo mira su reloj.

—A los ratones les faltan dos horas más. Nos costará cuarenta y cinco minutos volver al laboratorio.

—Una hora —digo yo—. Al menos para mí. Recuerda que yo no soy Mario Andretti.

—Bueno, pues tenemos una hora.

Digo que no puedo, pero sí que puedo. Y esta vez no me callo. Chillo con mi cuerpo y con mi voz, clavo las uñas en la ropa de cama, o en la piel de Lorenzo. Muerdo y gimo y araño como un gato salvaje que hubiera tomado anfetaminas, dejando escapar todo el estrés y todo el miedo y todo el odio, expulsándolo de mi interior. Él apura hasta la última gota, luego me devuelve una parte, me tira del pelo, me muerde los labios y los pechos, me ataca con besos. Es violento pero sigue siendo amor, un chillido conjunto procedente de nosotros y hacia el resto del mundo, hacia todos los pecados del mundo.

53

*N*os permitimos quince minutos para limpiar y decidir qué hacer a continuación.

—Hay otro laboratorio —digo yo dejando que el agua de la ducha caiga sobre mi piel. El agua caliente pincha cuando toca una abrasión. Me miro y me doy cuenta de que estoy hecha un desastre—. Ay, Dios…

—La cara la tienes bien. Perfecta, en realidad —dice Lorenzo frotándome el pelo para hacer espuma—. Y tienes razón, tiene que haber otro laboratorio. Pero no podemos entrar en él.

—Pues tenemos que hacerlo.

Él se aclara y deja que me las arregle como pueda con mi pelo, convertido en un nido de ratones. Dos minutos más tarde está de vuelta en el pequeño baño, apoyando una cadera en el lavabo mientras habla.

—Escúchame, Gianna. Aunque consiguiéramos entrar en el otro laboratorio, que no creo que pudiésemos, ¿qué haríamos? ¿Quemarlo? Nos cogerían seguro. ¿Robarles los suministros? Claro, y si nos cogiesen esos cerdos de seguridad con un montón de ampollas de camino hacia la puerta… cosa que parece muy probable, ¿qué pasaría? Es el gobierno, cariño. Es una máquina. Empezarían todo otra vez. Al año que viene, tú y Lin estaríais quitando tripas de pescado con las uñas. —Lorenzo hace una pausa y luego dice—: Suponiendo que te quedaras.

Pienso en todo eso. Tiene razón.

—Entonces ¿no hacemos nada? —Salgo de la ducha y me empiezo a secar—. ¿Nada en absoluto?

—No. Haremos algo. Nos iremos de aquí cagando leches.

—Yo tengo hijos, Enzo. Cuatro. Aunque pueda dejar a Patrick...

Él me mira de arriba abajo, haciendo una pausa en la hinchazón de mi vientre.

—Bueno, yo también tengo uno. ¿No puedo decir nada?

—Puedes llevártela... o llevártelo, lo que sea. Puedes llevártela.

Ya mientras digo eso sé que es imposible. Cuando este bebé haya nacido, quién sabe qué nuevas leyes habrá en vigor.

—Ambos sabemos que eso no puede ser —dice él, ahora más serio, decidido—. Es ahora o nunca, Gianna.

—No. Es la semana que viene o nunca. Tengo una prueba el lunes, y tendría que tener unos resultados a mediados de semana.

—¿Y?

Y aquí, en esta choza de pesca que huele a sudor, a semen y a amor, tomo mi decisión.

—Si es una niña, me voy contigo. En cuanto tú quieras.

Él espera, mirando cómo me visto y me peino. Espera una eternidad antes de hablar. Entonces tira de mí hacia su cuerpo, y me susurra al oído.

—Vale, Gianna. Vale. —Su voz suena fuerte, pero yo sé que está rezando a un dios en el que ninguno de los dos creemos para que en el análisis genético salga una X doble. Una niña.

—Vamos —digo—. Tenemos que volver. Yo me voy primero.

El aire es más fresco ahora, y unas pocas casas de vacaciones arrojan su sombra donde, cuando he llegado a la cabaña, no había ninguna. Abro el Honda, me subo al volante y pienso en lo que debería pedir, si rezo: un niño o una niña. Quedarme o irme. Ver que apartan a Sonia de mí, o en una escena solo un poquito más agradable, ver que un enfermero uniformado, siguiendo órdenes, le inyecta un preparado que le quitará las palabras para siempre. No creo que pueda soportar ninguna de las dos cosas.

Rezo a un dios en el que no creo para que sea una niña, y así no tenga que presenciar nada de todo eso. Y rezo también al mismo dios para que sea un niño, de modo que no tenga que dejar nunca a mi Sonia.

54

*L*in no ha hecho su aparición hoy, los soldados del control de seguridad me lo dicen mientras me cachean por tercera vez.

—No, señora —dice uno. Es el mismo jovenzuelo repulido que me cacheó al salir. El nombre que lleva encima del bolsillo del pecho es PETROSKI, W.

—Tengo que ver a Morgan —digo.

—¿A quién? —dice.

—Al doctor LeBron. —Al llamarle «doctor» noto un sabor desagradable a bilis en mi boca. No se merece ese título.

El sargento Repulido Petroski comprueba mi bolso, aunque ya lo han pasado por los rayos X, y hace una seña a su compañero. Después de dos llamadas, Morgan coge el teléfono.

—¿Qué pasa? —dice.

El soldado coge mi tarjeta, le da vueltas en las manos y lee mi nombre.

—La doctora McClellan dice que tiene que verle.

—Dígale que estoy ocupado.

Esa voz estridente, tan chillona como la de una rata de laboratorio, perfora el aire entre el soldado y yo. Así es como pienso en Morgan, como en una rata, una criatura sucia y depravada, pero no demasiado lista.

—Dígale que estamos a punto de comprobar los ratones —digo al soldado—. Pero que antes quiero informarle.

De nuevo el chillido, esta vez teñido con algo de esperanza, dice:

—Mándela arriba. Con escolta.

Treinta segundos más tarde estoy en un ascensor con un hombre (no, un chico) no mucho mayor que Steven. Por algún motivo que yo misma no comprendo, pienso en lo que podría haber sido de jovencito en el colegio, bebiendo cerveza barata con un embudo, siendo miembro de una fraternidad, arrastrándose con los ojos cargados de sueño a una clase de cálculo a primera hora.

—¿Fue a la universidad? —le pregunto.

—Sí, señora.

—¿Y en qué se licenció? —Pienso quizá en criminalística, derecho o historia.

Se pone muy tenso a mi lado, pero no se vuelve.

—Filosofía, señora.

—¿Le enseñan a disparar uno de estos en Epistemología 101? —digo señalando el arma reglamentaria que lleva en la cadera. Espero que él se ponga poco comunicativo, que me diga que no es asunto mío. «Siga adelante, señora. No hay nada que ver aquí.»

Pero, por el contrario, no lo hace. Le tiembla el labio inferior ligeramente, y veo al niño dentro del uniforme inmaculado del sargento Petroski.

—No, señora —dice.

Se supone que en estos casos hay que guardar la compostura, pero cuando veo su reflejo en las paredes de acero pulido del ascensor, pienso que a él no se le acaba de dar demasiado bien: el labio inferior revela nuestro terror. Siempre.

Decido no torturarle con más preguntas. Petroski es solo un chico, después de todo, un niño que dio un giro equivocado en una señal, en algún lugar de la carretera de la vida, no tan distinto de Steven. Aunque Steven, después de un breve rodeo, dio la vuelta. Quizá este también acabe dándola.

—Todavía hay tiempo —digo sin saber si estoy hablando con el joven soldado o conmigo misma.

Las puertas del ascensor se abren y se meten en sus huecos ocultos, al mismo tiempo que una voz mecánica, y resulta que femenina, dice «planta quinta», y el joven Petroski se vuelve ligeramente, extiende el brazo y me señala el exterior. Los tres parpadeos de sus ojos son tan rápidos que casi me los pierdo.

«Parpadea una vez para decir que sí, dos veces para decir que no.»

O tres veces para decir que eres Impuro.

Yo parpadeo, un gesto que las cámaras pueden recoger o no, pero si lo hacen, puedo inventarme algo. Que se me ha metido algo en un ojo, una pestaña, la tensión.

—Vamos —digo.

El sábado por la tarde, el pasillo de la quinta planta debería ser una ciudad fantasma, con todos esos generales y almirantes jugando al golf, dándole a pelotas de tenis o jugando al Eje y los Aliados en sus sótanos. Pero todas las puertas de los despachos están abiertas, y detrás de cada puerta hay un hombre ante un escritorio, todos muy ocupados y concentrados.

La tercera puerta a mi derecha, después de salir del ascensor, tiene una placa con el nombre de WINTERS, J. Dentro, el hombre que está ante el escritorio levanta la vista de su trabajo, frunce el ceño y vuelve a leer. Es el mismo a quien vi ayer por la tarde, y el mismo nombre que leí en la lista del equipo Oro anoche.

—Ya estamos —dice el sargento Petroski. Llama, tres golpes militares y rápidos, a la puerta cerrada de Morgan.

—Adelante.

Petroski se vuelve sobre un pulido tacón.

—Buena suerte, señora. Con el proyecto, quiero decir. La volveré a llevar abajo cuando acabe.

Morgan se pone de pie cuando entro, me ofrece asiento y presiona un botón de su interfono de escritorio.

—Andy, tráigame café para dos. —Me mira—. ¿Leche? ¿Azúcar?

—Solo —digo devolviéndole la sonrisa. Si se siente magnánimo, ¿por qué no unirse a la fiesta, aunque sus ojos me recuerden los del ratón de laboratorio al que ha inyectado Lorenzo esta misma mañana?

Él transmite la orden a Andy, su secretario, y se sienta en la silla que hay detrás del escritorio, la silla que ha subido mediante su mecanismo, para parecer más alto. Debe de ser doloroso, pienso, sentarse sin que los pies te toquen el suelo.

—Bueno, ¿algún progreso?

Miro el reloj que hay por encima de la cabeza de Morgan.

—Lo sabremos dentro de unos treinta minutos. ¿Dónde está Lin?

La incongruencia lo deja desconcertado, como si alguien le hubiese ofrecido un helado y luego le hubiese dado a elegir entre el sabor a anchoas o a atún. Mientras procesa lo que he dicho, las comisuras de sus labios se vuelven primero hacia abajo y luego se ponen rectas, y vuelven a subir por fin.

—Es fabuloso. ¿Cree que estará preparado para probarlo mañana?

—Nuestro primer sujeto está programado para el lunes.

—Cámbielo a mañana —dice. Luego añade—: Si puede, Jean. Solo si puede.

Yo le sigo la corriente, jugando a su juego. Quiere algo, yo quiero algo.

—Por supuesto.

Morgan se relaja, y Andy llama bajito y luego entra con una bandeja.

—Déjeme —digo yo vertiendo el líquido en dos tazas blancas con el emblema de lna P azul.

—Escuche. Siento haberle chillado antes.

—Está usted sometida a una gran tensión, Jean. Tengamos la fiesta en paz.

Claro. Paz. Casi le recuerdo a Morgan que la palabra que significa «paz» y la palabra que significa «sumisión» son virtualmente idénticas en algunas lenguas, pero no tiene sentido confundirle. Necesito demasiado a este hijo de puta.

—Tengo que pedirle un pequeño favor. Mi madre ha sufrido un aneurisma. Hemisferio izquierdo. La zona de Wernicke.

Los ojos de Morgan se entrecierran, pero no dice nada.

Resulta difícil decir si esos ojos transmiten preocupación o simpatía o desconfianza, de modo que sigo, avanzando muy poco a poco.

—Me preguntaba si, ya que vamos a empezar las pruebas clínicas de todos modos, no podría ponerla a ella en la lista de sujetos…

—Claro que podemos. Que venga mañana y lo arreglamos.

—Bueno —digo—, eso va a ser difícil. Está en Italia.

Él se echa atrás, con un codo en cada uno de los apoyabrazos de su silla, y el tobillo izquierdo descansando sobre el tobillo derecho, como si intentara ocupar el máximo espacio posible.

—Italia —repite.

—Sí. Ya sabe, la tierra de la pizza y del café fuerte. —«No como esta mierda que nos ha traído Andy», pienso.

—Eso es un problema, Jean. Nuestras relaciones con Europa son... —busca la palabra—, no son buenas.

Igual que Morgan. De todos los términos que podría haber elegido, como «tenues», «tensas», «problemáticas», «adversas», «hostiles», «no propicias», Morgan ha elegido «no buenas».

Continúa, desplazando los ojos ligeramente hacia arriba y hacia la izquierda, una señal segura de que está urdiendo una mentira, o bien ocultando algo, pero no creo que Morgan sea consciente de ese tic; la mayoría de los mentirosos no lo son.

—Lo comprende, ¿verdad, Jean? Quiero decir que no puedo enviar un producto tan valioso como ese por toda Europa. No con el clima que hay ahora mismo.

Mi café tiene un sabor más amargo a cada trago.

—¿Y si me manda a mí? Yo puedo administrarle el suero y...

—¡Ja! —La única sílaba es más un ladrido que una palabra—. Ya sabe cuáles son las normas de viaje —dice ablandándose, pero solo ligeramente—. Imposible.

¿Cómo he podido olvidarlo?

—Bueno, pues que vaya Lorenzo. Él sí puede viajar.

Morgan menea la cabeza, como si estuviera a punto de explicar un teorema matemático muy difícil a un niño, un concepto tan fuera de mi capacidad de comprensión que cree que explicármelo sería inútil.

—Él es italiano, Jean. Un ciudadano europeo.

—Pero es uno de nosotros —digo.

—En realidad no.

Empieza a mover papeles en su escritorio, el clásico recurso de Morgan para decir: «Esta reunión ha terminado».

—Lo siento, Jean. Llámeme cuando los ratones estén listos, ¿de acuerdo?

—Vale. —Me doy la vuelta para salir de su despacho—. Por cierto, ¿dónde está Lin?

—Ni idea —dice, y sus ojos se mueven hacia arriba y hacia la izquierda.

55

Cuando bajo en el ascensor al sótano, una serie de imágenes horribles relampaguean en mi mente.

Médicos franceses, con el cerebro intacto excepto una zona determinada, son incapaces de procesar las instrucciones de una botella de desinfectante, y mucho menos hablar con sus pacientes, escribir recetas, realizar cirugías. Los corredores de bolsa alemanes les dicen alegremente a sus clientes: «¡caven!», en lugar de «compren», y «¡tenedor!», en lugar de «vendan». Un piloto de una compañía aérea en España, encargado de llevar a doscientos pasajeros con total seguridad, interpreta las advertencias de un controlador de tráfico aéreo como una broma picante, y se ríe mientras su avión se precipita hacia las aguas del Mediterráneo. Y así sucesivamente, hasta que un continente entero se ahogue en un caos sin lenguaje, listo para ser ocupado.

—Hágamelo saber si necesita algo —me dice el sargento Petroski cuando el ascensor llega al primer piso. Él sale, sin mirar atrás, y ocupa su puesto de control mientras cinco hombres entran por la puerta principal.

Bueno. Así que Lorenzo y yo no somos los únicos que trabajamos hoy. Qué bonita sorpresa.

Continúo bajando al sótano, sintiendo por momentos que es una bajada a los infiernos. Dentro del laboratorio, Lorenzo está sentado ante dos jaulas de ratones, examinando documentos.

—Grupo Uno —dice en voz baja.

No necesita decir más. La jaula etiquetada como UNO es un circo de roedores retozones, que parlotean y chillan, correteando por su pequeña comunidad ratonil como si estuvieran en una actividad social de la iglesia. La segunda jaula alberga a una docena de criaturas sin vida, con sus cuerpos peludos ya tiesos por el *rigor mortis*.

Me odio a mí misma por haberles puesto nombre.

Los ratones no tienen la capacidad del lenguaje, pero nosotros no necesitamos que la tengan, no para esta prueba final. A causa de los trabajos previos de Lin, afortunadamente, no tuve que tomar parte en los experimentos con simios de hace dos años; ya aislamos los componentes neurolingüísticos de nuestro suero. Los ratones de hoy sirven para un propósito único: probar las dos neuroproteínas que Lorenzo ha desarrollado. Ninguno de nosotros quiere inyectar una toxina a un sujeto humano.

Pero, claro, eso es exactamente lo que ocurrirá.

Me siento al lado de Lorenzo y cojo uno de los informes de laboratorio en blanco de su pila y lo atraigo hacia mí. Con letras pequeñas escribo una palabra en la esquina superior de la hoja, cubriéndola con la otra mano:

BIOARMA.

En cuanto él la lee, arrugo la página y me la llevo por la puerta interna del laboratorio de bioquímica. Lorenzo me sigue y juntos vemos cómo el papel se vuelve amarillo, luego negro, y se desintegra al fin sobre las llamas de un quemador Bunsen.

—¿Estás segura? —dice él abriendo el tapón del fregadero y mirando las cenizas.

—No, pero parece que tiene sentido. —Le hablo de mi conversación con Morgan en el piso de arriba—. Piénsalo, Enzo. Proyecto AntiWernicke, Proyecto Wernicke, Proyecto de solubilidad en agua. Las inyecciones son costosas: hay que reunir a la gente, entrenar al personal médico. Tendrían la oportunidad de escapar. Pero si se echa en el suministro de agua de la ciudad, es como si echaras una bomba de neutrones. —Chasqueo los dedos—. Bang. Pero sin sonido.

—Es una locura —dice Lorenzo.

—El reverendo Carl está loco. Y por cierto —digo limpiando bien el mostrador de resina epoxídica para eliminar cualquier posible resto de papel quemado antes de llamar a Morgan para que baje—, nuestro líder intrépido quiere que las pruebas se programen para mañana.

—Se mueven rápido.

—Sí. Así es.

Dejo que Lorenzo llame a Morgan por el intercomunicador, para no tener que hablar con ese hijo de puta si no es absolutamente necesario. Mientras tanto, preparo ampollas con el primer suero de neuroproteína y relleno el informe del día. A los ratones muertos los meto en un congelador, para que Lin pueda operar en ellos la magia de sus autopsias, cuando venga.

Si es que vuelve.

—Ella no te dijo nada ayer, ¿verdad? —le pregunto a Lorenzo cuando se ha apartado del intercomunicador.

Niega con la cabeza.

—Solo que iba a quedar con una amiga para comer.

—¿Qué amiga?

—¿Te acuerdas de Isabel?

—¿Cómo me iba a olvidar? —digo.

Isabel Gerber estaba siempre en nuestro departamento cuando no enseñaba conversación avanzada en español. Era argentina, pero de origen suizo, y un palmo más alta que Lin. Llevaba el pelo rubio como una cascada que le caía por la espalda, y hablaba con un ligero acento, que resultaba encantador. Las dos mujeres eran como polos opuestos, en el aspecto físico, pero se compenetraban en todos los sentidos en que se puede compenetrar una pareja.

Hasta el año anterior. Cortaron, cancelaron su compromiso e hicieron lo mismo que todos los hombres y mujeres homosexuales habían tenido que hacer para evitar que las enviaran a un campo: no volver a hablar nunca más la una con la otra. Tampoco es que pudieran hablar mucho, en cuanto a Lin y a Isabel les pusieron sus contadores en la muñeca.

—Espero que hayan tenido mucho cuidado —digo. La idea de Lin, con su enorme cerebro y su pequeño cuerpo, pagando los pecados de la carne con las manos desnudas, me hace temblar. Jackie sería capaz de enfrentarse a toda esa mierda. Pero Lin no es Jackie. Y una idea mucho más siniestra se va abriendo camino, sibilinamente: «¿Y si nos estuvieran siguiendo a todos?».

Intento sacarme esa idea de la cabeza, ya que no hay espacio para otros pensamientos, no sobra ni una sola neurona, y sigo quitándome de las manos el olor a ratón muerto mientras esperamos a Morgan.

—Bueno. El lunes —dice Lorenzo. No habla de trabajo.

—El lunes. Por la tarde.

El reloj de la pared del laboratorio marca las cinco. Tengo menos de cuarenta y ocho horas para tomar lo que ahora sé que será una decisión irreversible.

Mis padres, este bebé de ahora del tamaño de una naranja que llevo dentro, y Lorenzo, todo ello pesa en un platillo de la balanza. Patrick y los niños están en el otro. Dos destinos aparentemente inevitables, pero distintos, se ciernen sobre cada decisión, como nubes de tormenta. Quedarse y esperar que el reverendo Carl vaya incrementando este juego terrible, o irse y ver cómo Europa cae de rodillas, de cerca, en primera fila, con los mejores asientos.

Junto a mí, Lorenzo se acerca un poquito más, lo justo para que nuestras manos se toquen. Es una sensación tangible, esos dedos suyos que rozan los míos.

Pero no basta.

56

*S*on casi las siete cuando aparco mi Honda a la entrada de casa. El cielo está lo bastante iluminado para no poder imaginar el invierno o la oscuridad que trae consigo. En esta época del año, siempre me engaño y pienso que el invierno no vendrá.

Pero sí que viene. Siempre lo hace.

Patrick les ha contado a Sonia y a los gemelos una pequeña mentira, aunque no estoy segura de si es una mentira piadosa, lo que explica por qué están en medio de tres tableros de juego simultáneos, en lugar de andar alicaídos por la ausencia de Steven. Sonia se aparta de sus hermanos y me abraza.

—¡Estoy ganando! —me dice—. ¡Otra vez!

Levanto una ceja y miro a Patrick.

—Les he dicho que estará en casa de un amigo un par de días —me dice, y luego mira a los niños y su bosque de piezas de plástico—. Sam, Leo, vigilad a vuestra hermana. Mamá y yo vamos a salir fuera unos minutos.

—¿Ah, sí? —digo yo.

—Pues sí. Toma, Jean. —Me tiende la botella de cerveza que acaba de abrir—. Creo que la vas a necesitar.

«Jean.» No «nena», ni «cariño», sino «Jean». Patrick en plan práctico. O enfadado, cosa que también cuadra. En las últimas veinticuatro horas he cometido dos delitos. Quizá más, si añado también lo de hurgar en su correspondencia.

—Vamos. —Abre la puerta de atrás y me lleva lo más lejos posible de la casa—. ¿Hay algo que quieras decirme?

Trago saliva, no sabiendo qué es peor, si robar el sobre del proyecto y leerlo o pasar la mitad de la tarde con Lorenzo. O bien, se me ocurre también, estar embarazada de dos meses y medio. «No te olvides de eso, Jean.»

Él se aparta un mechón rebelde de la frente.

—Bueno, sé que has estado en mi despacho…

—Quería hablar con mi padre por FaceTime —miento.

—Buen intento, cariño, pero no. He comprobado las llamadas hechas con el teléfono de la cocina.

Bien. Al menos ya hemos vuelto a «cariño».

Se sienta en un extremo del banco, tirando de mí para que me siente también. Yo me aparto.

—No te voy a morder —me dice.

Automáticamente mi mano derecha sube hasta el cuello, y me ajusto la tela un poco mejor. Por si me he traído algún recuerdo imprevisto de la cabaña del cangrejo.

—Vale —digo, y me siento a su lado.

—Una vez vi cómo ejecutaban a un hombre —dice mirando justo al frente, al arbusto de azaleas que ya ha pasado su estallido de color de finales de primavera—. Fue el septiembre pasado. En realidad el uno de septiembre. A las dos y veintitrés de la tarde.

No sé qué decir, de modo que hago la primera pregunta que me pasa por la cabeza.

—¿Te acuerdas de la hora? ¿La hora exacta?

—Sí. Nunca había visto morir a un hombre o a una mujer antes de eso. Ni siquiera había visto morir a un animal. Se te queda grabado en el cerebro, ¿sabes? Bueno, el caso es que era de mi oficina. Uno de los científicos más jóvenes, que trabajaba en las conexiones entre la administración y las demás organizaciones, la Fundación Nacional de las Ciencias, los Centros para el Control de Enfermedades, el Instituto de Salud Mental, cosas así. Siempre estaba nombrando esos organismos, Jimbo. Se llamaba Jim Borden, pero todos lo llamábamos Jimbo. Un buen tío. Tenía una mujer joven y una hija más o menos de la edad de Sonia, quizá un año más pequeña. Le gustaba hacer bromas. Por eso lo recuerdo. ¿No te parece curioso, Jean?

No lo es, pero yo digo que sí.

Patrick da un sorbo a la cerveza y chasquea los labios.

—La otra cosa curiosa de Jimbo era que parpadeaba siempre. O sea, como parpadeas cuando se te ha metido una pestaña en el ojo, o una mota de polvo. Él lo hacía de tres en tres veces. Una, dos, tres. No a todo el mundo, pero le observé haciéndolo muy a menudo. ¿Has visto alguna vez a alguien hacer eso?

Asiento.

—Sí. Bueno, pues Jimbo mantenía la cabeza baja casi todo el tiempo, movía papeles, hacía copias. Cada tarde, sobre las tres, salía de la oficina diciendo que tenía una cita con un tío que vivía al otro lado de la ciudad. Recogía su maletín y salía por la puerta. No sé si alguien se daba cuenta, al principio no, pero cuando volvía, el maletín parecía más ligero. Se podía decir por la forma que tenía de balancearlo. Nunca dije nada de aquello. A nadie.

Mi cerveza ya está caliente, y no la quiero. Dejo la botella en las losas del suelo y me vuelvo a mirar a Patrick.

—Pero alguien lo pilló.

—Alguien los pilla siempre, cariño. Siempre. Más tarde o más temprano, la cagas. —Hace una pausa y luego—: No quiero decir que la cagas tú en concreto. Me refería en un sentido general. —Me da palmaditas en la mano y noto que tiene las manos muy limpias—. Supongo que debió de olerse algo, me refiero a Jimbo. Porque la semana antes de que le mataran vino a verme. Me preguntó si era tan Puro como todos los demás. —Patrick se ríe ligeramente, pero sin asomo de humor—. Supongo que no debo de parecer un tipo malo, ¿no?

—Pues no. No lo pareces. —Nunca pensé en Patrick como en alguien malo, solo en el tipo de hombre que mantiene la cabeza gacha y está calladito. Pero no se lo digo. Sé adónde va la conversación.

—Jimbo me dejó una cosa, antes de que se lo llevaran de la oficina esposado. Un nombre y un número, nada más. Dijo que era decisión mía contactar o no, y que esperaba que lo hiciera, pero que tampoco me guardaría rencor si me limitaba a apartarme. Y así fue como entré en contacto con Del. Ya has visto lo que le ha ocurrido a Del esta mañana.

—Sí.

—Le pegarán un tiro, ¿sabes? Como a Jim Borden. Nos metieron en un autobús, Jean. Bueno, en dos autobuses. Nos llevaron a Fort Meade sin decirnos ni una palabra de adónde íbamos. Se rumoreaba que era algún ejercicio para fomentar el trabajo en equipo. Todavía lo veo. Lo veo cada día, a las dos veintitrés de la tarde. Jimbo está ahí, esposado a un poste, mirándonos a todos nosotros mientras el reverendo Carl lee las escrituras. Gloria, gloria, aleluya y no sé qué mierdas más, tenemos un zorro en el gallinero, tíos, y solo hay una forma de tratar a un zorro que acecha. Thomas (¿te acuerdas de Thomas?), bueno, fue ese hijo de puta el que disparó. No hubo juicio, ni jurado de semejantes, ni últimas voluntades. Simplemente le pegaron un tiro, sin más, allí, en la galería de tiro de Fort Meade. Yo vi caer a Jimbo, quedar derrumbado en el poste al que le habían esposado, le vi morir desangrado en un pedazo de arena que ya estaba teñido de rojo.

Patrick se inclina hacia delante, coge mi cerveza y se la bebe de un largo trago.

—Bueno, por eso no te lo había contado. Cuando vengan a por mí, es mejor que no sepas nada.

«Cuando.» No «si».

—Pero ahora lo sé —digo.

—Supongo que sí, cariño, supongo que sí.

—¿Steven? —No quiero hacer la pregunta, pero no puedo evitarlo—. Si se dirige a Dakota del Norte y lo encuentran…

En lugar de responder, Patrick se inclina hacia delante, con la cara entre las manos.

57

*N*o hay amor esta noche, pero al mismo tiempo sí lo hay.

Llevamos a los tres niños a dormir y silenciosamente rogamos por Steven, para que vuelva a casa, antes de que sea demasiado tarde. Luego Patrick me lleva a la cama y me envuelve con su cuerpo.

—Tienes que salir —dice—. Como puedas.

—No puedo —digo, aunque sí que puedo.

—Conoces a alguien, ¿no? Ese italiano que trabajaba en tu departamento…

Así son las cosas: mi propio marido bendice mi aventura.

Salgo de la cama y cojo a Patrick de la mano.

—Tomemos una copa.

De camino a la cocina todavía no he tramado la historia, la historia entera, ni siquiera el final, pero sí que sé cómo empieza. Y podría empezar muy bien con la verdad. Saco dos vasos y pongo un par de dedos de whisky en el de Patrick y lleno de agua el mío.

—¿No tomas grappa esta noche? —dice él.

Todo está a punto de salir a la luz: aquel primer día en la oficina de Lorenzo con la caja de música, cuando contemplé sus largos dedos de músico y me los imaginé jugando en mi piel. Lo vieja que me sentí al ver a Steven, que ayer era solo un niño, pasar a la adolescencia. Aburrimiento después de tantos años con el mismo hombre, el mismo sexo. Finalmente, mi ira ante la pasividad de Patrick, el revolcón con Lorenzo después de encontrármelo en el Eastern Market. El bebé. Mi nuevo pasaporte.

Pero no hablo, sino que pienso.

Pienso en todas esas cosas, imaginando que las palabras rebotan en las paredes embaldosadas de nuestra cocina. En realidad no hay movimiento perpetuo: toda energía acaba por ser absorbida, adquiere una forma distinta, cambia de estado. Pero esas palabras que estoy a punto de desatar nunca serán absorbidas. Cada sílaba, cada morfema, cada sonido individual rebotarán para siempre en esta casa. Las llevaremos con nosotros como ese personaje de dibujos animados que siempre está rodeado por su propia nube de polvo. Patrick notará que le pinchan como dardos invisibles, emponzoñados.

Tal y como resultan las cosas, no tengo que decir nada en absoluto.

—Creo que deberías irte con él —dice Patrick al fin, como si hubiera visto toda la historia en mis ojos—. Con el italiano.

Debería sentirme aliviada, creo, de no tener que pronunciar yo las palabras. Por el contrario, me pone mala tener que oír a Patrick pronunciarlas, me descompone darme cuenta de que su conocimiento de quién soy yo no se debe a que haya estado husmeando, sino a años de intimidad. Su voz suena fría; una frialdad artificial afila sus bordes. Pongo la mano encima de su brazo, y ocurren dos cosas.

Su mano cubre la mía. Él se vuelve hacia el otro lado.

Nos quedamos allí los dos de pie, una pareja casada de mediana edad en una cocina, con la sartén de la cena a remojo en el fregadero, la cafetera dispuesta para entrar en acción cuando llegue la mañana. Todo en esa imagen es normal, la rutina sencilla de una vida juntos.

Por fin, es él quien se mueve. No es nada raro, realmente, solo Patrick que vuelve a ser él mismo, ocupado, limpiando unas migas sueltas de la encimera de la cocina, o comprobando la sartén que está en remojo. Y al mismo tiempo, ese movimiento lo es todo. Cuando se vuelve hacia mí, la V de su frente parece más honda, casi marcada a fuego en su piel.

—Y llévate a Sonia —dice en voz baja—. Yo me quedaré con los chicos y ya se me ocurrirá algo.

—Patrick, yo…

Ahora le toca a él consolarme, y la mano que apoya en la mía parece como un peso.

—No, Jean. Yo preferiría dejar las cosas así. —Suspira—. No sé. Supongo que preferiría que no pasáramos por todo esto. Ya es bastante malo saberlo. ¿Vale?

No tengo ni idea de lo que debo decir ante eso, así que me llevo todo el dolor a un lugar oscuro, para sacarlo y ocuparme de ello luego, para notar el pinchazo a solas, en mi tiempo privado. Por ahora, Patrick no tiene que saber nada del bebé.

—¿Y qué vas a hacer tú?

—Ya te lo he dicho, se me ocurrirá algo. —La V, que yo pensaba que no se podía hacer más honda, hace justamente eso.

—¿Qué, por ejemplo? Sabes lo que están planeando, ¿no? Un nuevo suero, un maldito suero soluble en agua. ¿Cuánto tiempo crees que duraremos en Italia, o en cualquier otro sitio, antes de que todo el maldito mundo se vuelva Puro?

Él no tiene respuesta.

Pero yo sí. No necesito que Patrick y su conocimiento político me diga lo que ya sé. Todas esas sonrisas y gestos y «¿un poco más de café, Jean?» en el despacho de Morgan no me engañan. Soy tan desechable como un tubo de pintalabios gastado, o lo seré, en el momento en que probemos el nuevo suero. El laboratorio me conservará un tiempo, hasta que hayan establecido unos resultados que tengan éxito, hasta que estén seguros de no necesitarme más. Y ocurrirá así:

Estaré en mi despacho, quizá sentada en mi escritorio sin teléfono, quizá de pie ante la pared que debería tener una ventana, pero no la tiene, y Morgan llamará a la puerta, solo un golpecito somero, porque no puedo evitar que entre, que penetre en mi espacio. La puerta de mi despacho no tiene cerrojo.

—Doctora McClellan —dirá Morgan, posiblemente haciendo hincapié en el título, quizá porque está cansado de tener que usarlo o porque le alivia no tener que volver a usarlo nunca más—. ¿Por favor, puede venir conmigo?

Y no será una invitación.

Iremos andando por el pasillo de las oficinas, Morgan estirando sus cortas piernas para mantener el paso a mi lado.

Ya sea un gesto de liderazgo o bien que no quiera mirarme a los ojos, yo no lo sabré, pero supondré que tiene algo que ver con ambas cosas.

Le preguntaré a Morgan adónde vamos. ¿Otra reunión? ¿Ha encontrado un fallo en el suero? Lo que querré decir, pero no diré, será: «¿Soy la siguiente, verdad?».

Si me voy ahora con Lorenzo, me convertiré en Grazia Francesca Rossi. Compraré en puestos de fruta y carnicerías, visitaré a mis padres, haré el amor con un hombre que solo será mi marido sobre el papel. Un día, quizá al cabo de unas pocas semanas o unos meses, después de volver de un agradable paseo por las calles de la vieja Roma, me tomaré un vaso de agua en mi propia cocina, como estoy haciendo ahora.

Las palabras de Jackie vuelven a mí, trilladas pero ciertas.

«Todo termina, Jeanie. Más tarde o más temprano.»

—Agua —le digo a Patrick.

Me pone otro vaso, sin entenderme. Pero yo misma acabo de darme cuenta también.

—¿Qué harías para librarte de todos ellos? —digo—. Para que las cosas volvieran a ser como antes.

De nuevo oigo a Jackie:

«Piensa en lo que necesitas hacer para ser libre.»

Patrick se acaba el whisky, examina la botella y se pone un dedo más. Tengo que quitárselo antes de que el whisky salpique por toda la encimera, tanto le tiemblan las manos, que normalmente son firmes.

—Cualquier cosa —dice después de un largo trago—. Absolutamente cualquier cosa.

«Cualquier cosa» es una expresión curiosa, que se usa mucho, pero no suele ser literal. «Haría cualquier cosa por salir con ella. Pagaría cualquier cosa por tener entradas de primera fila del concierto. Cualquier cosa que desees.» «Cualquier cosa» no cubre en realidad toda la gama de la existencia.

Me inclino por encima de la encimera, lo bastante cerca para oler el dulce whisky en su aliento, hasta que nuestras narices casi se tocan.

—¿Matarías incluso? —digo.

Patrick no parpadea siquiera. Durante un momento me pregunto si todavía respira. Así de quieto está.

Tengo que recordarme quién es Patrick, qué es Patrick. Es un tipo discreto. Que no quiere verse implicado en nada, que prefiere las teorías a la práctica. El hombre a quien Jackie llamó «flojucho con aires de intelectual», tantos años atrás, en nuestro cutre piso de Georgetown con el sofá de segunda mano comido por los ratones y los muebles de Ikea que perdieron la chapa al año de montarlos. También es un hombre que una vez juró ir con cuidado, en temas de vida o muerte, y que recitó la promesa «No debo jugar a ser Dios».

Cuando habla, dice una sola palabra:

—Sí.

La cocina, sofocante y silenciosa, se vuelve fría.

Entonces dice:

—Pero sabes muy bien que no tenemos que hacerlo.

—Exacto —digo.

Lo único que tenemos que hacer es quitarles la voz.

58

*D*icen que no hay descanso para los malvados, de modo que ninguno de nosotros duerme esta noche. Por el contrario, yo vuelvo a la sala de juegos y saco mi expediente, el que tiene la X roja y que escondí de Morgan hace solo dos días, y lo llevo al despacho de Patrick.

Él me está esperando en la oscuridad, pero enciende la lámpara cuando yo entro.

Página a página, Patrick examina todos los datos. Se detiene ante la parte que contiene fórmulas escritas con la letra segura y continental de Lorenzo.

—¿Tú has hecho esto?

Yo niego con la cabeza y entonces me doy cuenta de que no me puede ver.

—No. Lorenzo.

—Ah.

—¿Qué? —digo esforzándome por leer con la escasa luz.

—Es muy hermoso.

Yo entendía y sigo entendiendo muy poco del trabajo de Lorenzo, pero Patrick tiene los suficientes conocimientos de bioquímica para procesarlo. Lee todas las anotaciones, todos los comentarios garabateados, moviendo los labios mientras pasa de una página a otra. Cuando llega al final de la cuarta página se vuelve, dejando el papel encima de los demás, bocabajo.

No soy lo bastante rápida.

La cabeza de Patrick se mueve un poquito a la izquierda, apartándose de la página cinco de las notas de Lorenzo, y sus ojos se posan en la parte inferior de la página anterior.

Trabajamos de una forma distinta, Patrick y yo. Mis escritorios están siempre abarrotados de cosas superfluas: una foto enmarcada, un paquete de chicles, crema para las manos, más bolígrafos y lápices de los que necesito. Como consecuencia, me desplazo a través de todo ese papeleo cogiendo la página superior y colocándola debajo de la pila. Patrick, con un escritorio tan estéril como el suelo de un hospital, forma dos pilas: una leída, otra sin leer, volviendo cada página que termina y colocándola a su izquierda.

Por eso no he visto lo que Lorenzo escribió en la parte inferior de la página cuatro.

Parece un poema, pero no está demasiado estructurado. El verso está cortado aquí y allá, una palabra en una línea, luego un espacio, luego una frase. El texto bocabajo es imposible de leer desde donde estoy yo, sentada frente a Patrick, pero adivino el título claramente.

«*A Gianna.*»

A Gianna.

—Oh —dice Patrick. Su italiano tiene el mismo nivel que su suahili, de modo que sé que no ha entendido nada. Pero hay determinadas palabras que lo revelan todo: *amore, vita*, mi nombre. Se quita las gafas de leer y me mira, al otro lado del escritorio. La luz de la lámpara resalta todas las arrugas de su cara.

—Está muy enamorado de ti.

—Sí.

—¿Es mutuo?

Dudo, y supongo que eso es lo que me delata, allí en la oscuridad, aunque mi cara no debe de ser más que una vaga silueta.

—Vale —dice él—. Vale.

Como si fuera así.

—¿Por qué no traes un poco de café, cariño? —dice.

—Claro. —Sé que necesita un minuto, quizá varios minutos. En la cocina, mido cinco cucharadas de café de primera calidad, lleno el depósito de agua y veo la cafetera gotear sus lágrimas negras en la jarra vacía. Cuando está preparado (cuando yo estoy preparada), cargo una bandeja con unas tazas y azúcar y leche de un cartón que está casi lleno, horrible recordatorio de que Steven se ha ido. Y vuelvo al despacho.

No sé si Patrick ha llorado o no. Ahora está muy atareado, tomando notas y examinando olvidados símbolos estequiométricos en un texto de química que ha abierto en el escritorio.

—¿Y bien?

Él niega con la cabeza.

—Parece reversible, incluso fácil, pero no puedo hacerlo. En primer lugar, no tengo laboratorio. En segundo lugar, han pasado veinte años desde la última vez que trabajé en uno. ¿Y tu…? —Hace una pausa, corrigiéndose—. ¿Y Lorenzo? Todo esto es hijo suyo, de todos modos, ¿no?

Al oír la palabra «hijo» el café se me va por el sitio equivocado.

—Pues sí. ¿Y el problema de la solubilidad en el agua?

Patrick sonríe.

—Es la parte más brillante. Ya es soluble en agua, al menos para nuestros objetivos. Suponiendo que no te importen algunos efectos secundarios no deseados.

Señala la obra final de Lorenzo, la clave cognitiva que, cuando se introduzca en la cerradura de las células del *gyrus temporalis superior* del hemisferio izquierdo del cerebro, abrirá las puertas a la reparación. O en el caso del antisuero, creará una habitación llena de palabras caóticas.

Sé lo que quiere decir Patrick, y no me importan los problemas secundarios que puedan resultar de la aplicación sistémica de la droga, no cuando estamos hablando del organismo del reverendo Carl Corbin. O del presidente.

—¿Crees que puede tenerlo el lunes por la mañana? —dice Patrick.

—Es muy pronto…

—Es cuando está programada la reunión en la cumbre para el Proyecto Wernicke. Todo tu trabajo estará en la Casa Blanca.

—¿Y el reverendo Carl?

Patrick asiente.

—Él también.

«Vale —pienso—. El lunes.» El reloj del escritorio de Patrick marca las seis y cuarenta y uno.

59

*M*alvada o no, consigo dormir, y durante tres dulces horas sin sueños no pienso en el plan, ni en Patrick, ni en Lorenzo. No pienso dónde puede estar Steven, o si Del, el cartero convertido en espía, estará sentado y encerrado en una habitación pensando si hablar o ver a sus hijas suplicar mientras Thomas le da una paliza. No pienso en el muñón quemado de Olivia King donde antes tenía la mano, o si han cogido a Lin y a Isabel y ahora estarán de camino a una prisión.

El sueño es un borrador fantástico, mientras dura.

Con nada más que café en el estómago, salgo para el laboratorio, con las notas de Patrick dobladas y metidas bajo la polvera que llevo en el bolso.

Lorenzo está en su despacho, haciendo café.

—¿Quieres un poco? —dice.

—Ni hablar. —Ya noto como una úlcera ardiente que me perfora las paredes del estómago. Saco la polvera, la abro, rápidamente saco el papel y se lo dejo en el escritorio—. Voy a preparar las cosas para la señora Ray. Reúnete conmigo abajo cuando estés listo.

Mi propio despacho está vacío y oscuro, exactamente tal y como lo dejé ayer. Sé que Lin no ha vuelto. Peor aún: estoy segura de que no va a volver.

De modo que tengo un plan. Esperanza, no tanta.

En el ascensor, el espejo me devuelve mi reflejo desde tres lados. Por delante no tengo tan mal aspecto, las ojeras un poco hinchadas, el pelo algo rebelde, como de costumbre, la cara un poco estragada por mi reciente dieta de café y agua. Las vistas laterales muestran a un yo muy distinto al que estoy acostumbrada. Me recuerdo que debo enderezar los hombros y levantar la barbilla. No tiene sentido que la señora Ray me vea derrotada; no haría más que preocuparse. Intento meter barriga, pero no sirve de nada. El bulto irregular bajo mi blusa me recuerda que debo dejar desabrochado el último botón de mis vaqueros.

Dios, espero que Patrick no lo haya notado cuando me ha despedido con un beso esta mañana.

Dentro del laboratorio digo hola a los roedores y conejos que quedan, ignoro el congelador, donde una docena de ratones muertos esperan ser diseccionados, y preparo una de las salas laterales para la señora Ray. Es espartana y estéril, no exactamente lo que tenía en mente para ella, para sus primeros momentos de disfrute al volver a unirse a la tierra del lenguaje, pero no puedo hacer más.

Vuelvo hacia la sala llena de jaulas y escojo un conejo blanco como la nieve de la hilera superior, lo coloco en un cubo de plexiglás con agujeros para el aire arriba, a cada lado, añadiendo un lecho de virutas de madera, un bebedero con agua y unas cuantas bolitas de comida del contenedor de almacenaje. Sé que son de alfalfa, pero huelen a mierda.

—Aquí tienes, Saltarín —le digo—. Te voy a presentar a una nueva amiga.

Entra Morgan.

—¿Qué pasa, Jean? —dice—. Pensaba que había terminado las pruebas con animales.

Una vez más, mi cerebro le dice a mi cuerpo que se mantenga firme.

—Es para la señora Ray. He pensado que le gustaría ver algo, además de una pared blanca.

Él se encoge de hombros, como si nuestro primer sujeto no fuera más que otro animal de laboratorio. Cosa que me parece que es, para Morgan.

—¿Vendrá para ver la prueba? —digo llevándome la casa de plástico de Saltarín a la habitación donde inyectaré a nuestro primer sujeto humano.

—No me lo perdería por nada.

Abro el armario refrigerado, aquel donde Lorenzo guardó

las ampollas de nuestro suero antiafasia. Ha etiquetado el segundo grupo de ampollas, las que mataron al ratón, con una X de un rojo intenso, separándolas en un estante distinto. Donde debería haber seis tubos de cristal solo hay uno.

—¿Ha cogido esto? —pregunto a Morgan.

—¿Cómo? —Sus ojos se levantan y se dirigen hacia la izquierda, y soslaya la pregunta.

Se vuelve para irse, pero tengo una idea.

—Morgan, ¿está usted muy bien conectado?

Sus ojos se achican y su rostro se endurece, suspicaz y temeroso al mismo tiempo.

—Ah —digo forzando una sonrisa infantil—, es que me preguntaba si alguna vez ha estado… ya sabe, dentro de la Casa Blanca.

Como un pez que va a por una carnada, muerde el anzuelo que le he lanzado, y se relaja.

«Vamos, pececito —pienso—. Sigue, cógelo. Clava los dientes.»

—Pues de hecho —dice Morgan hinchándose e intentando una vez más llenar más espacio del que le resulta posible—, estoy invitado a ir el lunes. Gracias a usted, Jean. Es un equipo de primera.

Sigo con la sonrisa clavada en el rostro, pero esta vez no tengo que forzarla.

—Maravilloso, Morgan. Realmente fantástico. Oiga, tenemos que prepararnos, así que…

Él me corta.

—Por supuesto, Jean. Lo que necesite. Traeré a la señora Ray cuando ella… cuando llegue. —Mete el dedo índice en la jaula del conejo, y lo retuerce—. Eh, hola, conejito.

—No es buena idea, Morgan —digo—. Son territoriales.

—Bah. Es solo un lindo conejito. —Su mano retrocede de golpe como si hubiera tocado fuego—. ¡Joder! ¡Me ha mordido! —Apenas puedo sofocar una risa—. Malditos bichos…

—Solo valen para una cosa, ¿verdad? —digo contemplando la sangre en el dedo de Morgan—. Espere un momento. No se va a morir.

Mientras vendo el dedo de Morgan herido por el conejo, entra Lorenzo.

—¿Qué ha pasado? —pregunta.

—Herida de conejo —le digo poniendo más iodina de la necesaria en el pinchazo del dedo de Morgan.

Lorenzo sonríe.

—¿No será el *Vulvilagus floridanus*, doctora McClellan? ¿Se les había hecho la prueba de la rabia? —Se inclina y examina la herida, meneando la cabeza—. Podría ser malo…

La cara de Morgan pasa por todo el espectro, desde el rosa y el verde a un tono enfermizo color pegamento de papel pintado. No ve cómo Lorenzo me guiña el ojo por encima de su cabeza.

—No, no le pasará nada —digo acabando de vendarlo y acompañándolo fuera del laboratorio—. Le veo dentro de una hora, más o menos. —Y luego, volviéndome hacia Lorenzo, suelto—: Me pregunto quién traerá a la señora Ray.

No será Del, eso lo sé. Es muy poco probable que sea Sharon, porque a estas alturas debe de estar también en custodia, junto con su marido. Me imagino a Poe y su banda de matones con traje y monovolúmenes negros y gafas de sol entrando por la carretera de la granja de Ray, registrando graneros y establos hasta encontrar el taller de Del. Es una imagen muy fea.

—¿Qué? —digo a Lorenzo.

Él asiente.

—Laboratorio de bioquímica. —Y luego susurra en italiano—: Tengo que trabajar esta noche y mañana todo el día, pero puedo hacerlo.

Pongo la casa de plexiglás de Saltarín en la habitación donde estará la señora Ray y pienso en informar a Lorenzo de mis actividades y conversaciones de primera hora de la mañana. El poema. El cansancio derrotado, pero que también de alguna manera es aceptación, en los ojos de Patrick. Por el contrario, mientras cruzamos por las blancas baldosas del laboratorio principal hacia la puerta cerrada del otro lado, cambio de tercio.

—Morgan va a ir a la Casa Blanca el lunes por la mañana —digo con la admiración necesaria en mi voz—. Una reunión muy importante. ¿Crees que alguna vez veremos ese edificio por dentro? —Y luego añado—: Patrick también estará allí.

La comprensión ilumina la cara de Lorenzo, pero no dice nada.

Le contaré el resto en cuanto lleguemos al laboratorio de bioquímica.

O no.

Él pasa su tarjeta por la ranura y esta vez, en lugar de la luz verde, en lugar del suave ruido y el clic de la electrónica y la mecánica, se oye un agudo zumbido y relampaguea una luz roja. Pruebo la mía con idéntico resultado.

Estamos encerrados.

60

*H*ablo por el intercomunicador con Morgan antes de que Lorenzo pueda detenerme.

—Necesitamos acceso al laboratorio de bioquímica —digo. Luego, oyendo la furia en mi propia voz—: Debe de ser un error, Morgan. ¿Podría…?

Él me corta.

—No, no lo es. Y no, no puedo.

—¿Cómo? —La palabra sale como si la hubiera escupido, que es exactamente lo que me gustaría hacer, justo en la cara de rata de Morgan.

—Jean, Jean, Jean —dice, y me preparo para su lección de párvulos impacientes—. Si la prueba de Ray tiene éxito, ya habrán acabado aquí. Usted y Lorenzo no tienen que hacer nada más.

«Ah, sí, sí que tenemos», pienso yo.

—Y Lin —digo tanteando—. ¿O Lin ya no forma parte del equipo?

—Por supuesto. Me refería a usted, a Lorenzo y a Lin. A todo el equipo.

Lorenzo, que ha estado escuchando con la cabeza tan pegada a la mía que noto los pinchos de su mejilla sin afeitar, me interrumpe.

—Morgan, necesitamos el laboratorio para la propagación. Tenemos una cantidad muy limitada de suero. Lo sabe perfectamente.

Silencio, y luego:

—Ya se ocuparán de ello. Otro equipo. De la propagación, quiero decir.

Claro. Y el equipo de ingeniería inversa. El equipo Dorado debe de estar ocupadísimo hoy.

Le hago una seña a Lorenzo y señalo hacia el refrigerador de almacenaje que tiene detrás, y luego meto el auricular del interfono entre mi oído y el hombro, para tener las manos libres. Levanto seis dedos, luego solo uno.

—Bien —dice Lorenzo, después de abrir el refrigerador y contar las ampollas. Dice sin voz: «¿Morgan?».

Yo me encojo de hombros como diciendo: «¿Y quién si no?».

—¿Jean? ¿Me oye? He dicho que la señora Ray está aquí. La bajaremos dentro de unos minutos.

—Sí, Morgan. Ya le he oído. —Y cuelgo.

Anoche, o esta mañana, le pregunté a Patrick por la viabilidad de invertir el suero, de convertir nuestra cura en un arma usando solo el producto.

—Se puede hacer sin las fórmulas de Lorenzo —dijo en la oscuridad de su estudio—. Si tienen los químicos adecuados en el equipo Dorado. —Miró las notas, esta vez usando mi método, la primera página abajo, en lugar de volver las páginas y colocarlas a un lado, cuando acababa. Por supuesto, no quería ver otra vez el poema. Que te lo restrieguen por la cara una vez ya es suficiente—. Definitivamente, se puede hacer, pero es más lento. Mira, tienen que desglosar el producto y…

Todo lo demás que dijo Patrick era confuso para mí. No soy química.

—Lorenzo —digo cogiendo la única ampolla que hay en el frigorífico y dos paquetes de jeringuillas estériles del armario que está al lado. Finjo que las examino y bajo la voz hasta que solo es un débil susurro—. Las notas que tengo son las únicas copias, ¿no?

Él da una palmada en el mostrador y corre hacia la sala de los roedores y los conejos. Oigo que la puerta principal del laboratorio se abre y se cierra.

61

*L*in, aún ausente, me guía a través de todos los preparativos. Sus notas son impecables, y tan detalladas como un juego de planos. Si estuviera aquí, no sería yo la que manipularía la inyección, y esa inyección no introduciría un brebaje de proteínas y células madre en la corriente sanguínea de la señora Ray. Lin lo haría a través de una perforación realizada estratégicamente en el cráneo del sujeto, una operación que yo no soy capaz de realizar.

Como si anticipase su propia y súbita desaparición, Lin preparó dos procedimientos separados. Yo dejo a un lado las instrucciones para una introducción directa en el cerebro, haciendo una mueca ante las fotos de cráneos y marcos inmovilizadores e instrumentos de perforación, preguntándome qué clase de chiflado hay que ser para intentar eso con uno mismo. O con una misma, para el caso, recordando a la mujer que se trepanó la cabeza con un taladro eléctrico en algún momento de los años setenta. Decía que le abrió la mente.

Vale.

Lo que voy a hacer es mucho más fácil, porque ya han preparado a la señora Ray con un catéter antes de dejar la residencia donde ahora pasa los días. Supongo que volverá allí en cuanto termine la prueba, porque no tiene casa a la que volver, dado que Del está desaparecido. «Vaya favor que le estoy haciendo», pienso, y me pregunto si la anciana que plantó mi jardín no estaría mejor en su estado actual. Al menos no comprendería lo que ocurría cuando algún burócrata con traje le informase de lo que les había pasado a su hijo y a su nuera.

Y a sus nietas.

La oferta de Lorenzo sigue en la mesa, pero ¿cómo puedo debatirla conmigo misma? ¿Qué tipo de monstruo saldría huyendo con un pasaporte falso dejando atrás a cuatro hijos? Y una vez más, ¿qué tipo de hija de puta tendría que ser para quedarme sabiendo exactamente lo que le pasaría a ese próximo bebé?

Superhija de puta, decido. Sea como sea, yo pierdo.

La puerta principal se abre y se vuelve a cerrar, y unos pasos hacen eco en el laboratorio vacío. Los ratones chillan ante la intrusión en su espacio.

—¿Enzo?

Pero no es Lorenzo. El intruso es Morgan, y tras él, un joven vestido con la bata de los camilleros conduce a la señora Ray a la habitación en una silla de ruedas.

Parece mucho más vieja que la última vez que la vi.

Steven, que ahora está empeñado en una misión descabellada para encontrar a su chica, todavía luchaba con las tablas de multiplicar cuando Delilah Ray vino a casa con sus planes para mi jardín. El primer presidente negro de Estados Unidos acababa de jurar el cargo, y la señora Ray estaba en plena forma, y no hablaba más que de política y de esperanza y de que «ya era hora, querida, de que este país fuera por el buen camino». Siempre me llamaba «querida», con aquel bonito acento sureño suyo.

Hasta que tuvo el ataque.

Ocurrió no mucho antes de que el presidente de la esperanza cediera su cargo a un hombre nuevo, aquel a quien la señora Ray nunca se referiría como querido, ni esperanzador, ni carismático, ni nada en el extremo positivo del espectro de su rico vocabulario.

Cuando llamé aquel día para preguntar por un problema en uno de mis rosales, su hijo me respondió y me dio la noticia. Todavía oigo la esperanza en su voz, noto el optimismo sin aliento y sin palabras que quedó suspendido entre los dos como una nube de tormenta, mientras yo iba delineando mi investigación.

—¿Y si no funciona? —preguntaba Del—. ¿Y si mi madre sigue hablando con acertijos y palabras absurdas?

—Entonces lo intentaremos otra vez —dije yo—. Y seguiremos intentándolo.

Entonces fue cuando él mencionó el dinero. Yo le dije que ni se le ocurriera pensar en eso, que no se le cobraría nada.

Me vuelvo a mi primer sujeto humano, una anciana en silla de ruedas que mira a su alrededor, a la blanca vaciedad del laboratorio.

—¿Cómo está, señora Ray? —digo sabiendo que no lo interpretará como otra cosa que una serie de palabras no familiares.

Delilah Ray, la botánica que diseñó mi jardín y hablaba de política y de recetas de pasteles, me mira a través de un velo de confusión e incomprensión.

—Bonitos guiños, hoy. Galleta por tus pensamientos y cuando los Red Sox cotilleando y galopando, no lo sé. ¡Va a haber hipertensión! —Su habla es fluida y no entorpecida y no tiene sentido tampoco.

Espero cambiar eso.

Mirando atrás, no recuerdo si esperaba el éxito o el fracaso, pero en mis sueños siempre he imaginado las primeras palabras de la anciana que tuvieran sentido real desde su ataque. Mientras lleno la jeringa con fluido de una sola ampolla, me doy cuenta de que me tiemblan las manos.

—Aquí. Déjame. —Es Lorenzo. Estaba tan absorta en mis recuerdos que no le había oído entrar en el laboratorio.

Él me coge la ampolla y la jeringa y diestramente extrae la cantidad prescrita de suero, según las instrucciones de Lin. Da un par de golpecitos con el nudillo de su índice y la sujeta a la luz.

Le miro haciéndole una pregunta.

Lorenzo señala a Morgan, diciendo que ya es hora. Mientras el camillero mete a la señora Ray en la sala que yo he preparado, Lorenzo me coge del brazo. Y menea la cabeza diciendo que no.

El equipo Dorado, sean quienes sean, tiene el suero y la fórmula.

—Está bien —digo—. Vamos a ello.

—Tengo entradas —dice él, en voz baja.

—¿Entradas para qué? —Morgan ha metido la nariz en la habitación de la señora Ray.

—Para la sinfonía de la semana que viene —miente Lorenzo—. Beethoven, ya sabe. Es difícil conseguirlas si no estás en la lista A.

—Bueno, no me importa nada tu lista A ni tu sinfonía —dice Morgan—. Estamos esperando aquí, y yo tengo otras reuniones.

—Claro que sí, Morgan. Un hombre importante como usted —dice Lorenzo. Casi gruñe.

Yo aparto todo pensamiento de huida, al menos por ahora, y entro en la habitación estéril con Lorenzo muy cerca detrás de mí. La señora Ray mira a Saltarín con una mirada escéptica, como si estuviera recordando algo.

—La belleza es tanta belleza y cosechas de maíz. Qué tonto —dice.

El camillero se inclina y le da una palmadita tranquilizadora en la espalda. Morgan sonríe. Lorenzo y yo intercambiamos una mirada.

Sé lo que está pensando: una ciudad entera, un país, un continente de esto. Una Torre de Babel moderna, excepto que, en lugar de tener como causa a una invisible deidad, la confusión ocurrirá de la mano de un hombre muy visible, que disfruta estando en televisión y que ha saboreado el poder que le proporcionan millones de seguidores ciegos, pero quiere más todavía. Uno que no tiene ni idea del infierno que está a punto de desatar.

El reverendo Carl Corbin debe de estar loco, completamente loco. ¿Ha pensado en el resultado inevitable? ¿Se da cuenta de la confusión que desencadenará su plan, no solo en Europa, sino en todas partes? Las cadenas de suministros… desaparecidas. Los bancos y la bolsa… desaparecidos. El tráfico masivo, cualquier tipo de tráfico, en realidad, aparte del traslado a pie y quizá algún caballo… desaparecido. Las fábricas… desaparecidas. Al cabo de unas semanas, la mayor parte de la población mundial morirá de hambre o de deshidratación o por culpa de la violencia. Los que queden se verán reducidos a sobrevivir en una existencia parecida a una macabra *La casa de la pradera*, construyéndolo todo desde cero, un granero y un pajar cada vez.

A lo mejor eso es lo que quiere, sin embargo. Quizá Carl Corbin y sus seguidores Puros Azules no estén tan locos, después de todo; desde luego, no están tan locos como para no manejar los hilos que hacen bailar al presidente Myers.

—Estamos preparados, Jean —dice Lorenzo empuñando la jeringa—. Haz los honores.

La cojo de su mano, examino el fluido en busca de alguna burbuja de aire (una sustancia tan necesaria, a menos que se abra camino en la circulación cerebral de la señora Ray) y quito el capuchón de plástico.

Morgan se humedece los labios cuando inserto la aguja en el catéter, conteniendo el aliento, y voy apretando el émbolo a un ritmo constante.

—Todo irá bien, señora Ray —digo.

La habitación se ha convertido en una sauna, caliente, cargada y sin aire.

A mi lado Lorenzo pone en marcha un cronómetro, y todos esperamos con los ojos clavados en la mujer que está en la silla de ruedas.

Parece que han pasado horas, pero me digo que solo han pasado diez minutos cuando Delilah Ray examina el catéter, se frota una mancha que tiene en la parte izquierda de la cabeza canosa y se vuelve hacia la caja de plexiglás que contiene a Saltarín.

—Qué conejo más bonito —dice—. Es un rabo de algodón. Yo tenía una conejera llena de estos cuando era pequeña.

El aire de la habitación se despeja como los trópicos después de un monzón.

62

*T*engo ganas de celebrarlo. O de bailar. O de dar volteretas en la sala vacía del laboratorio. Tengo ganas de champán, chocolate y fuegos artificiales.

Me siento un poquito, un poquito como un dios.

Y también siento que mi vida puede estar a punto de acabar.

Morgan nos deja después de una breve conversación por su móvil, que en su mayor parte incluye referencias a «mi equipo», «mi proyecto» y «mi trabajo». Todavía sonríe cuando pasa a nuestro lado y sale por las puertas del laboratorio, llamando al camillero para que venga y vuelva a llevar a la señora Ray de vuelta a su residencia. Morgan, por supuesto, tiene trabajo que hacer.

—Bueno —digo volviéndome hacia Lorenzo—. Creo que ya está.

—No necesariamente. —Sus ojos se mueven hacia el armario refrigerado donde seis ampollas más, todas etiquetadas con la X roja de la muerte, siguen todavía ahí.

—No se puede —susurro.

—Es la única manera —dice él, las mismas palabras que le dije a Patrick anoche, y que siguen resonando en mi memoria, un recuerdo roto: «¿Matarías?».

—No conseguiremos sacarlas de aquí.

Él abre el refrigerador y saca la bandeja con las neuroproteínas mortales, ese veneno que, aun en las cantidades más pequeñas, mató a una docena de ratones.

—Solo necesitamos una, Gianna.

Compruebo el reloj en la pared del laboratorio. Ambas manecillas señalan hacia arriba. Cuando he llegado esta mañana, el sargento Petroski estaba de guardia en el puesto de seguridad. Ha bostezado, me ha dicho hola y ha vuelto a bostezar. Si ha estado levantado toda la noche, el único aliado que tengo en este edificio estará ahora en casa, durmiendo después de su turno de noche.

Está bien. Pues pasemos al plan B.

Lo malo es que no tengo plan B.

O quizá sí…

Hay un aseo muy pequeño junto al laboratorio principal, apenas un cuadrado de un metro y medio de lado, embaldosado, con un inodoro, un lavabo y uno de esos secadores de manos que rugen como el motor de un reactor y que te dejan la piel de las manos estirada y tensa, como si fuera un efecto especial de ciencia ficción. Me inclino hacia el frigorífico, cojo una de las ampollas de su bandeja y me la meto en el sujetador, por delante, luego cojo un guante quirúrgico, de los que no llevan polvos de talco, del dispensador del mostrador.

—Vuelvo enseguida —digo hinchando el guante con aire. Después de pensar lo que voy a hacer, cojo dos más y me encamino hacia el aseo.

Lorenzo levanta una ceja.

—Seis ampollas, ¿no? —digo, y oigo que el armario se abre detrás de mí, seguido por el ruido de agua que corre saliendo del grifo del fregadero del laboratorio.

Los soldados nunca nos cachean exhaustivamente cuando entramos en el edificio por la mañana, ni cuando nos vamos por la noche. Después de todo son hombres. Quizá después de un año sin tener que preocuparse por mujeres parlanchinas ni poder femenino ni tretas femeninas, quizá después de tanto tiempo en un mundo solo de hombres, hayan olvidado nuestros secretos, la forma que tenemos de ocultar pequeños objetos cilíndricos. Quizá, después de todo este tiempo de silencio nuestro, incluso sus sospechas hayan quedado en nada.

Compruebo el tapón de la ampolla cinco veces antes de darme por satisfecha y considerar que es seguro, y entonces meto el tubo dentro de uno de los dedos de látex de un guante, hago un nudo y recorto lo que sobra, y repito el proceso con los dos guantes siguientes. El resultado es un tampón de látex azul, no exactamente cilíndrico, y tampoco pequeño, pero sí a prueba de filtraciones. «Qué demonios», pienso. He tenido cuatro hijos del tamaño de pelotas grandes y los he sacado de mi cuerpo. Puedo soportar una cierta incomodidad durante la hora siguiente.

En cuanto me he incorporado y me he secado las manos, vuelvo a reunirme con Lorenzo en el laboratorio. Me dedica una sola mirada afectuosa, y Poe se dirige a mí. No sé por qué motivo, me parece más alto todavía cuando estoy de pie.

—¿Algún problema, doctora McClellan? —dice Poe.

—Solo si ha bajado mi cuota diaria de visitas al baño.

Poe no tiene respuesta para esto, pero después de comprobar todas las habitaciones del laboratorio y detenerse a contemplar a Saltarín en su jaula de plexiglás, se vuelve hacia nosotros.

—Síganme.

—No hemos terminado aquí —digo—. ¿Verdad, Enzo? —La mirada que le dedico plantea, inconfundiblemente, otra pregunta.

—Sí, hemos terminado —dice.

Poe remolonea cinco minutos más por allí, y yo contengo el aliento cuando abre el refrigerador de almacenaje y pasa más tiempo del que yo considero necesario contando las ampollas. Luego nos hace pasar por las puertas del laboratorio y recorrer el pasillo y aprieta el botón del ascensor.

—Sus tarjetas de acceso, por favor. —Y tiende una mano carnosa.

—¿Es todo? —pregunto sacándome el cordón por la cabeza. Se me queda enredado en el pelo y Poe se acerca a desenredarlo. Su mano me roza la sien y noto un escalofrío. Está fría como el hielo.

Pienso de nuevo en Del, en Sharon y en sus tres hijas. No sé por qué extraño motivo pienso también en quién estará alimentando a los animales de la granja Ray.

Una vez, cuando era más niño que hombre todavía, Steve me preguntó si los animales tenían lenguaje.

—No —dije yo.

—¿Y no piensan?

—No.

Había leído un libro sobre abejas en el colegio y me lo enseñó una tarde en la cocina. Entonces era Steven, y no Sonia, quien quería un cacao caliente todos los días a las cuatro.

—Dice que las abejas pueden encontrar polen y volver a la colmena y contarles a las demás abejas dónde está el polen. —Leyó parte del capítulo en voz alta—. La danza de las abejas es como un lenguaje. Así que…

Comprobé el libro, examiné la biografía de una de las autoras. Era una apicultora que tenía una larga lista de méritos, ninguno de los cuales tenía demasiado que ver con la lingüística.

—Así que nada —dije yo—. Sí, las abejas bailan. Hacen una especie de bailecito tipo: «¡Eh, chicas! Ahí está el polen bueno». Pero eso es todo. Si les atas las alas y las obligas a volver andando a la colmena, darán la dirección a la piedra más cercana. Lo que tienen las abejas es comunicación, y solo en una forma muy especializada. Eso no es lenguaje. Solo los humanos tienen lenguaje.

—¿Y Koko, la gorila? —El libro estaba escrito en colaboración también con un equipo de expertos en animales.

—Koko es maravillosa, y ha llegado a conocer unos centenares de signos, pero sigue sin ser capaz de hacer lo que hacen tus hermanos.

Entonces Sam y Leo tenían cuatro años. Koko tenía cuarenta y cinco.

Steven cogió su libro de texto y se fue a su habitación, enfurruñado. «Otra burbuja que ha explotado», pensé. Es agradable imaginar que nuestros amigos de dos y cuatro patas tienen un mecanismo lingüístico propio. Quizá por eso la gente sigue buscando pruebas. Pero no es cierto.

Aquí, en el ascensor, deseo que lo fuera.

—Ya está —dice Poe cuando llegamos al primer piso—. Pueden recoger sus ordenadores. Ya los han limpiado.

Lorenzo y yo cogemos nuestras bolsas. A él se le permite llevarse la cafetera de su oficina, pero nada más, y luego Poe cierra la puerta y nos lleva a seguridad. Todo es igual: dos soldados, una máquina de rayos X para pasar las bolsas y ni una sola sonrisa, ahora que el sargento Petroski no está de guardia. Uno por uno, nos cachean, nos miran los bolsillos, y el soldado que me toquetea se toma una desagradable cantidad de tiempo en mi entrepierna y mi escote. Por la mirada que tiene Lorenzo, está recibiendo el mismo trato por ahí abajo.

Ahora se me pasa por la mente cualquier posibilidad. Un registro corporal completo. Unas manos anónimas («yo solo cumplo órdenes, señora») registrándome, metiéndose en lugares donde no tendrían que estar, encontrando la ampolla envuelta en látex. «¿Qué es esto, Jean?», diría Morgan. Me veo en miles de pantallas de televisión, una actuación sorpresa interrumpiendo las noticias, un documental sobre los tigres de Bengala, unos dibujos animados. Yo junto al reverendo Carl, mientras él lee otro capítulo, otro versículo, y el flash de una cámara que me ciega, y el cuero cabelludo que me arde por el picotazo de un afeitado poco cuidadoso. Veo el horror en los ojos de Patrick cuando lo llevan a Fort Meade en autobús y lo obligan a ponerse firme mientras mi sangre se mezcla con los restos de Jimbo, de Del y de Sharon y Dios sabe de quién más. Quizá mi propio hijo.

Pero no pasa nada y nos enseñan la puerta.

—No hay prisa pero vete corriendo —digo cuando salimos a la luz de la tarde.

Poe nos ve caminar hacia nuestros coches. No sé si ha oído lo que acabo de decir, pero el caso es que viene detrás de nosotros.

—Váyanse. Y no vuelvan por aquí.

Desaparece en el interior del edificio con las manos hundidas en los bolsillos. Me parece verle suspirar.

63

Con el teléfono de Lorenzo, llamo a Patrick y le digo que voy hacia casa. Lorenzo, por supuesto, todavía tiene el móvil; yo no.

«Lo tendrías si estuvieras en Italia, niña», me digo a mí misma, pero aparto esa idea de mi cabeza. No puedo pensar en eso ahora mismo. No puedo pensar en nada excepto en meterme en mi coche y sacar ese veneno de mi cuerpo.

—Bueno —dice Lorenzo cogiéndome la muñeca izquierda y acariciando la antigua quemadura con el pulgar—. Tengo que salir, ¿sabes? Mientras todavía haya tiempo.

—Lo sé.

Él se aleja y abre la puerta del pasajero de su coche. De la guantera saca un sobre pequeño y me lo tiende.

—Esto es para ti.

Parece un pasaporte, y algo más, algo plano y duro. Supongo que es un smartphone.

—Dame un segundo —digo.

Cierro la puerta y me levanto la falda, me libro del paquete de látex y lo meto en una de las tazas para bebés color pastel de Sonia. Ella ya es mayor para usarlas, pero un vaso de plástico siempre ha sido una alternativa afortunada a un zumo salpicado por todo el parabrisas del Honda. La tapa se cierra con un chasquido y respiro de nuevo.

—¡Jean!

Morgan corre hacia nosotros, con los brazos levantados, frenético. El soldado que está tras él da unos pasos medidos, con los brazos relajados… excepto por la ligera tensión en el codo izquierdo y la mano extendida, cerca de su arma de servicio. Es la viva imagen de la disciplina militar. Es buena cosa para Morgan que no estuviera presente durante la época del reclutamiento obligatorio. Probablemente habría muerto en su primera trinchera. Si su propio pelotón no le hubiera matado primero, claro está.

El sobre de Lorenzo va a parar debajo del asiento de mi coche, como si las manos de otra persona estuvieran obedeciendo órdenes de un cerebro extraño. No pienso, simplemente lo escondo automáticamente, poniendo las pruebas fuera de la vista antes de que Morgan, que ahora llega a mi ventanilla, me pille con el pasaporte de la esposa difunta de Lorenzo. No sé qué pena se aplica por llevar identificaciones falsas, y no tengo ningunas ganas de averiguarlo.

El suero, desgraciadamente, tendrá que quedarse donde está un rato más.

—Les necesitamos dentro —dice Morgan.

—¿Por qué? —digo poniendo en marcha el motor del Honda y fingiendo ignorancia—. Si me he olvidado algo, ya vendré a buscarlo mañana. No he visto a mis hijos en todo el fin de semana.

Solo entonces se me ocurre por qué podrían querer que volviera dentro. El proyecto ha terminado y también mi indulto del silencio.

Morgan va a tocar mi ventanilla con una mano pequeña y rosada. Al mismo tiempo, Lorenzo se interpone entre nosotros.

—Déjela ir —dice Lorenzo.

El soldado no se ha movido, excepto para sacar su arma reglamentaria. No sé una mierda de armas, pero sí lo suficiente para comprender dónde puede acabar todo esto si no tomo un poco el control. Y rápido.

—Enzo. Tienes que irte —digo viendo en sus ojos que no tiene ninguna intención de moverse de su posición entre la solidez de ese cañón de acero y mi ventanilla abierta. Demuestra que tengo razón.

—Ninguno de los dos se va a ir —dice Morgan.

El reloj de mi salpicadero tarda una eternidad en pasar del treinta y seis al treinta y siete.

—Vale. —Quito mis manos del volante—. Vale. Ya apago el motor. —Con la mano izquierda todavía en el aire, lo apago con la mano derecha—. ¿Vale? ¿Puedo salir ahora?

Morgan, que se ha apartado todo lo posible de la línea de fuego, hace señas al soldado y el arma baja un poco. No vuelve a la pistolera hasta que abro la portezuela del coche.

Morgan dirige el desfile de cuatro personas a través del aparcamiento. Me consuela poco saber que Lorenzo está a unos pasos detrás de mí, un escudo vulnerable entre varias descargas de munición y mi propio cuerpo. Nos hacen pasar por el control de seguridad y nos meten en un ascensor. Esta vez, en lugar de apretar el botón del sótano, Morgan inserta su tarjeta-llave y aprieta SS. Subsótano.

Miro a Lorenzo a los ojos, los míos llenos de preguntas mezcladas con miedo y con derrota, mientras se abre la puerta. Él me pone la mano en la espalda, para tranquilizarme, y seguimos a Morgan a través de la puerta abierta, el soldado tranquilo y quieto, pero definitivamente presente, detrás de nosotros.

64

Si nuestro propio espacio de laboratorio y oficinas parecía una tumba solitaria, el subsótano es un auténtico hervidero de actividad. Está lleno de cubículos que albergan a dos hombres cada uno, muy juntos entre sí, con unas frágiles paredes que llegan a la altura del hombro y no permiten ninguna intimidad,observados constantemente por los guardias uniformados que patrullan los pasillos. Cuento doce de ellos, todos tan desprovistos de cualquier signo de humor como el hombre que ahora camina detrás de mí, lo bastante cerca para que me lleguen vaharadas de olor de una loción para después del afeitado espantosamente dulzona, de tabaco y de café requemado. Ni un solo ocupante de los cubículos levanta la vista cuando pasamos; tienen todos la cabeza baja, examinando montañas de gráficos en Excel y fórmulas escritas a mano, o mirando sin ver las pantallas de sus ordenadores.

Debe de haber al menos cincuenta personas en esa sala sin ventanas y sin aire. Algunos de ellos (la mayoría) son jóvenes, apenas salidos de la facultad.

Hago una pausa y miro en uno de los cubículos, porque me parece reconocer la escritura de Lin. Morgan chasquea los dedos delante de mi cara.

—Mira hacia delante, Jean.

La mezcla de loción para después del afeitado, tabaco y café se me clava en la nuca. La mano de Lorenzo roza la mía, insistente, recordándome que no estoy sola en esto.

Pasamos a través del banco de cubículos y llegamos al final de la colmena. Morgan inserta su tarjeta llave en otra ranura y unas puertas dobles se abren a una sala no distinta de la guarida de roedores y conejos del piso que está por encima del nuestro. Aquí, en lugar de ratones que chillan y conejitos que husmean, las jaulas alojan a primates. Grandes simios, en concreto. Hileras de jaulas de alambre llenan las paredes a derecha e izquierda, cada una etiquetada con un número de identificación y cuatro filas de datos: edad, especie, fecha del experimento, técnico que supervisa. Los aullidos y gruñidos de los chimpancés cuando entramos resultan ensordecedores.

Pero no es eso lo que me preocupa.

Tres cuartas partes de las jaulas están vacías. Siguen teniendo etiquetas pegadas a las puertas: BONOBO, GORILA, ORANGUTÁN. Tres de los cinco grandes simios. Los chimpancés chillones son los cuartos, y la mitad ya han desaparecido.

Trago saliva y miro a Lorenzo, que está tan pálido como las paredes del laboratorio. Por supuesto. Está pensando lo mismo que yo.

Están probando con los simios, una especie cada vez, y se han guardado a los chimpancés, los parientes más cercanos del ser humano, para los últimos.

O los penúltimos. Hay una quinta especie de gran simio que no está en las jaulas, al menos aún no, uno al que todavía no han llegado. Se me hiela toda la sangre en las venas.

La quinta especie de gran simio es la nuestra. Los humanos.

Se me doblan las rodillas y caigo hacia la izquierda, chocando contra la jaula del experimento número 412, un chimpancé macho que debe de pesar treinta kilos más que yo, por lo menos. Las repetidas advertencias de Lin resuenan en mi cabeza como un claxon.

—Nunca, nunca, Jean, y quiero decir nunca, te acerques a ellos. No les des comida, no los acaricies, no te acerques ni siquiera a cierta distancia de las jaulas. Quédate siempre en medio. Esos tipos pueden llegar a alcanzar hasta un metro de distancia y, créeme, no son nada simpáticos —dijo Lin, la primera vez que entramos en un laboratorio, pocos meses después de que llegasen los fondos de su beca y pudiésemos comprar un par de chimpancés.

—Pues parecen muy monos —dije yo—. Mira ese…

—Mason, un macho de metro veinte de alto, vestido con pañales, chupaba un polo en una jaula cercana.

—Espera a que saque los caninos, cariño —respondió Lin—. Esos chicos son bombas de relojería sin mecanismo temporizador. Un luchador profesional no podría con ellos, aunque lo intentase. ¿Has oído hablar alguna vez de Charla Nash?

Yo negué con la cabeza.

—¿Debería?

—No. Te diré una cosa, piensa en ese tipo, Hannibal Lecter. Piensa en lo que le hizo a aquella bonita enfermera que se olvidó de ponerle la máscara de hockey. Comparado con un chimpancé, Lecter es tan inofensivo como un gatito bajo anestesia. Y nunca sabrás de dónde te ha venido el golpe.

El golpe me viene ahora en forma de bofetada y el amargo sabor del hierro en los labios. Parte de mi cuero cabelludo (la parte de la que tira el número 412 con la fuerza de un camión trucado en un concurso de paletos con sus tractores) parece que me la han quemado o perforado con el lado más feo de una piqueta. Se me doblan las rodillas cuando el hueso se une con las baldosas, mientras dos fuerzas opuestas actúan sobre mí: la gravedad, que me impulsa hacia abajo, y el chimpancé intentando tirar hacia arriba de mi cabello.

La voz de Lorenzo, débil y lejana, grita:

—¡Haz algo, joder! ¡Haz algo!

¿Me está hablando a mí? Voy a tocarme el fuego que noto en la cabeza y una mano que no es una mano sino una garra me coge como una presa de acero. «Charla Nash, Charla Nash, Charla Nash», pienso, y el nombre chilla en mi interior junto con imágenes de sus ojos desaparecidos, de sus manos que parecía que hubiesen pasado por una picadora de carne, el hueco enorme en su cara donde tendría que haber estado la boca.

Un ruido de disparo zumba en el aire por encima de mi cabeza, y yo caigo flotando.

65

*N*o estoy inconsciente. Si lo estuviera, no notaría los dedos que buscan entre mi pelo enmarañado, eliminando el fuego del dolor. No estaría añadiendo zoos y safaris y fantasías infantiles de Jane Goodall a mi lista de cosas en las que no debo pensar nunca más. No oiría a Morgan chillar como un niño irascible al que le acaban de quitar el chupete de la boca.

—Pero ¿por qué demonios ha hecho eso? —dice.

Abro los ojos y veo al soldado con el arma en la mano, todavía temblando después de lo que ha debido de ser su primer disparo mortal, mirándome a mí, a Lorenzo, a Morgan y al muerto número 412 en la jaula que está por encima de mí. Antes de que pueda responder, Morgan abre de nuevo la boca.

—O sea, fantástico. Maravilloso. Idiota. Debería meterte en una de esas jaulas, solo que tú no tienes el cerebro suficiente para que trabaje contigo. ¿Sabes lo mucho que cuestan esos animales?

—Aparentemente, más que yo, Morgan —digo.

—Joder. —Se vuelve a Lorenzo—. ¿Cuáles son los daños?

Lorenzo me ha soltado los dedos del chimpancé del pelo y me ha dejado echada en el suelo de baldosas mientras inspecciona la brecha que tengo en la cara. Un reguero de sangre caliente se me mete en la boca.

—¿Te duele? —pregunta tocándome en un sitio cerca de la sien.

¿Dolor? No. Parece que me han arrastrado sobrer un papel de lija áspero. Arde.

—Sí —digo llevándome la mano a la herida.

—No, no hagas eso. Hay que limpiarlo. Morgan, deme un botiquín de primeros auxilios.

—¿Cómo narices tengo que saber yo dónde guardan la mierda esa de primeros auxilios? Yo soy un director de proyecto.

—Es un director de mierda, Morgan —dice Lorenzo—. Es un científico pésimo, un investigador patético, y si alguna vez lo cojo a solas, lo voy a machacar hueso a hueso. Por ahora, empiece a buscar. Pruebe en el armario de la esquina marcado con una cruz roja. —Y en voz baja, añade—: Gilipollas.

—¿Estoy bien? —digo queriendo tocarme la cara, asegurándome de que todo está donde se supone que tenía que estar.

—Mejor que bien —dice Lorenzo—. Y Morgan, cuando encuentre eso, llame a un médico.

Los zapatos de Morgan vuelven hasta que se encuentran tan cerca que casi me reflejo en ellos.

—Ni hablar. Esta es una instalación de seguridad, por si no se acuerda.

Lorenzo le ignora y me lava la parte derecha de la cara con agua oxigenada, y me coloca un vendaje limpio por encima de la herida que se alarga desde el nacimiento del pelo hasta la comisura del labio.

—Son arañazos superficiales, en realidad. ¿Te puedes poner de pie?

—Creo que sí. —Consigo enfocar el laboratorio, con los chimpancés que quedan—. ¿Qué está pasando, Morgan? —digo.

Él está ahora muy concentrado, olvidado ya mi casi encontronazo con un primate granuja.

—Necesitamos que vuelvan a trabajar.

—¿Haciendo qué? Ha dicho que ya habíamos terminado. Ese matón llamado Poe ha dicho que habíamos terminado. Han borrado nuestros expedientes.

Espero mientras Morgan se examina los cordones de los zapatos.

—Síganme —dice.

Salimos de la habitación de los animales y pasamos por más puertas. Dentro, una réplica del laboratorio del sótano hormiguea de actividad. Aparentemente, nadie ha oído mis gritos. Ni el disparo.

O quizá sí que los han oído y no les importa.

Me cuesta unos segundos ver los emblemas dorados en sus batas de laboratorio, y los pequeños cuadros dorados en las tarjetas que cuelgan en torno a los cuellos de todos los hombres. Aquí, igual que en la habitación de fuera, atestada de cubículos, todo el mundo tiene la cabeza gacha, y hay soldados patrullando por los pasillos.

—Bienvenidos al equipo Dorado —dice Morgan, que parece más un presentador de un programa concurso que un científico. No es ninguna sorpresa… el hombre no sabe dónde está el botiquín de primeros auxilios, aunque lo tiene delante de la cara. Nos lleva a una punta del laboratorio sin ocupar, de un metro cuadrado más o menos, y hace una pausa, esperando a que nos sentemos.

—Vale, Morgan. Me rindo —digo—. ¿Qué demonios es esto?

—Es su nuevo equipo. —Tiende una mano señalando a su alrededor. «Y podéis ganar todos estos premios», le oigo decir.

—No lo entiendo.

—Ya lo entenderá. —Morgan hace señas a un lugar detrás de mí.

Aparece un hombre con unas bifocales tan gruesas como culos de vaso y coloca dos archivadores muy abultados en el mostrador que tenemos delante, cada uno de ellos etiquetado como TOP SECRET con letras doradas. En el interior se encuentran la mayor parte de los datos que yo tenía en mi ordenador. Antes de que el hombre de las bifocales se vaya, veo otro brillo dorado en su dedo anular. Morgan se vuelve hacia el soldado que disparó al chimpancé («sin tiempo que perder», pienso) y le da unas instrucciones que no consigo oír.

—Gianna —dice Lorenzo dándome en el codo. No me mira, sus ojos están recorriendo el laboratorio. Entonces se señala el dedo anular de la mano izquierda.

El taburete en el que estoy sentada es de esos ajustables, con una palanca debajo del asiento. Busco por debajo y lo levanto hasta que puedo ver gran parte del laboratorio. Los hombres se rascan la cabeza, hacen rodar portaminas, se frotan los ojos cansados. En todas las manos que puedo ver hay un anillo de oro en el anular.

Y en todos los ojos se ve el miedo.

—No son voluntarios, ¿verdad, Enzo?

Él niega con la cabeza.

—Ay, Dios mío… —Cada uno de los hombres que están en este complejo está casado, quizá tenga hijos—. Un incentivo… —digo.

Morgan, que ya acaba de aleccionar al pobre soldado, que parece como si hubiera visto su última paga, vuelve con nosotros.

—Necesito una fórmula, gente. Para esta noche. Y para mañana por la mañana, un suero que funcione.

—Ya le hemos dado un suero que funciona —digo—. Y tiene las ampollas. Las cinco.

Me preparo para oír el típico «Jean, Jean, Jean», y me agarro al borde del mostrador con ambas manos. Será mejor agarrarse a algo, porque lo que me apetece hacer ahora mismo es coger a Morgan por el cuello. Bien fuerte.

Él sonríe.

—Me dieron «un» suero que funciona, Jean. Quiero otro.

Finjo una ignorancia completa.

Morgan junta las manos.

—Está bien. Dejen que se lo explique en términos sencillos. Tenemos un proceso antiWernicke. Y funciona. Todos hemos visto a la señora Comosellame pasar de balbucear como una idiota a un entusiasmo por los conejos.

—La señora Ray —digo—. Tiene nombre.

—Da igual. Ahora lo que queremos es lo mismo, pero distinto.

Lorenzo pone los ojos en blanco.

—¿Quiere opuestos semánticos, Morgan?

Si ese puñetazo molesta al jefe, no lo demuestra. Quizá es

que no ha pillado la broma. Morgan nunca fue una lumbrera en el universo lingüístico.

—Quiero lo contrario de lo que me han dado ya. Quiero una neuroproteína que induzca la afasia de Wernicke, y la quiero para mañana. Así que pónganse a trabajar.

Lorenzo es el primero que habla.

—¿Qué le han prometido, Morgan? ¿Ser miembro de por vida del mejor club masculino exclusivo de Washington? No sabía que se le levantaba aún.

—Simplemente denme lo que quiero.

Todos los ojos del laboratorio nos miran ahora.

—No —digo yo.

Morgan se inclina hasta que su nariz toca la mía.

—¿Cómo dice? No la he oído.

—He dicho «no». Es una negativa, Morgan. Una negativa a su petición. Lo opuesto de la aceptación.

Por primera vez desde que le conozco, Morgan se ríe. Es una risita breve, entrecortada y hueca.

—No es una petición, Jean.

Mira su reloj, suspira como si esta ocupación le estuviera costando una parte mayor de su valioso tiempo de lo que anticipaba, y llama a uno de los soldados que patrullan nuestro rincón del laboratorio.

—Cabo, lleve a estos dos a la sala 1 y enséñeles lo que hay dentro. En cuanto hayan echado un buen vistazo, me los trae de vuelta aquí.

La sala 1 está en el otro extremo del laboratorio, pasando por una serie de puertas cerradas, que podrían esconder cualquier cosa. Intento no pensar en las orwellianas posibilidades como ratas y serpientes. En cualquier caso, esos no son mis peores temores. Mis peores temores andan sobre dos piernas y tienen nombres como Sam, Leo y Sonia. Mis peores miedos son mis hijos.

El cabo, vestido de camuflaje y con botas de combate, nos hace atravesar las puertas de acero. Con la mano izquierda (también lleva anillo, me doy cuenta), pasa una tarjeta por el lector electrónico y se hace a un lado cuando las puertas se abren, revelando un vestíbulo y una puerta adicional que permanece cerrada mientras salimos del laboratorio que tenemos detrás. Solo cuando las puertas se vuelven a cerrar me doy cuenta de que aquel espacio es como una tumba.

Odio los espacios cerrados, siempre los he odiado.

Lorenzo busca mi mano. Tiene la piel caliente también; toda la habitación es un horno, y el sudor me cae a regueros por la cara, en lo que tendrían que ser ríos de sal, quemándome bajo las vendas de la mejilla. Pero no siento ningún calor en absoluto. Siento como si una sábana de hielo me hubiera envuelto el cuerpo, y el cabo sigue adelante y abre la puerta siguiente.

Dentro, sentadas en el único mueble que hay en la habitación, aparte de un inodoro sin tapa, hay tres personas.

Pienso en los grandes simios, en los homínidos. Gorilas y orangutanes, bonobos y chimpancés. Y, por supuesto, humanos.

La humana de la izquierda pronuncia mi nombre, mi antiguo nombre, un nombre que no he oído desde hace veinte años. Cuando oigo la segunda sílaba de «Jeanie», una sacudida de dolor la arroja contra la pared de acero. El horrible golpe hace eco en la habitación.

Parece el sonido ahogado de un disparo de escopeta.

$\mathcal{M}$e arrojo hacia delante con los pies inestables, pero Lorenzo me coge del brazo. Su presa es firme, casi me hace un moretón.

—No —dice—. Si habla otra vez, la corriente la….

Él es más fuerte que yo, pero me suelto, arrojándome hacia la mujer que está en el banco, cuyo cuerpo está desmadejado como si fuera una muñeca sin vida bajo las luces estridentes. No es como la recuerdo, no lleva unos vaqueros de cintura baja y una blusa de cachemir de dibujo llamativo, ni sonríe bajo un flequillo teñido del último color de moda, ni se prepara una infusión en un piojoso apartamento de Georgetown y maldice las instrucciones de montaje de la mesa de Ikea que desafían a mentes que tienen múltiples licenciaturas. Ahora lleva una túnica gris que hace juego con su pelo y con el color de su piel, excepto las palmas de las manos, que están desolladas y en carne viva tras un año de trabajos forzados que harían que hasta el granjero más curtido diese la espalda a la tierra y buscase otro trabajo de chupatintas en una oficina. Lleva una banda negra en la muñeca izquierda, donde llevaba un brazalete con animales del horóscopo chino.

—Jacko —digo yo, colocando una mano encima de sus labios agrietados—. Jacko, no digas nada más. No dejes que te lo pongan peor.

Jackie Juarez, en tiempos una mujer que yo pensaba que habría sido capaz de parar el mundo, se derrumba sin decir una palabra en mis brazos y solloza.

La puerta que tengo detrás se cierra, y luego se abre otra vez. No tengo que volverme para comprobar quién es. Huelo a ese hijo de puta.

—Morgan —digo. Luego oigo la bofetada, el gemido sorprendido, el clic metálico de un arma de fuego amartillada.

Otra cosa que sé de las armas: no se amartillan y apuntan a menos que estés dispuesto a usarlas.

—Cuidado, Morgan —digo sujetando aún a Jackie—. Lo necesita. Necesita su fórmula.

No es así, por supuesto; Morgan ya tiene las notas de Lorenzo. Solo estoy comprando tiempo.

Y luego me asalta la imagen: Lorenzo que corre escaleras arriba al laboratorio para comprobar su despacho, que vuelve y menea la cabeza diciéndome que sus documentos ya no están allí. Morgan exigiendo una fórmula para mañana.

—Soldado —dice Morgan—, aparte eso.

Me vuelvo desde Jackie a Lorenzo, que está quieto como si fuera de piedra, dispuesto a recibir una bala en lugar de una bofetada, y me doy cuenta de que no ha podido ser Morgan el que ha cogido las notas.

Así que, ¿quién demonios ha sido?

La pregunta queda enquistada en mi mente, pero la retiro hasta un rincón tranquilo para más tarde, y me vuelvo entonces hacia las otras mujeres que están en la celda.

Lin me mira a mí, luego a Lorenzo. Junto a ella se encuentra la belleza argentino-suiza que antes venía mucho a nuestro departamento. Sigue siendo muy bella, aun sin la cascada de cabello rubio cayéndole por la espalda.

Isabel Gerber.

Las dos llevan el mismo vestido gris y anodino que Jackie, y están sentadas una junto a la otra, con las manos en el regazo. Unas bandas negras idénticas les rodean la muñeca.

—Las cogimos huyendo en un coche —dice Morgan—. Malditas bolleras.

Lin abre la boca para decir algo, pero se lo piensa y la cierra otra vez. La decisión le cuesta un segundo, pero está clara en sus ojos.

Por encima de mi hombro veo las manos de Lorenzo que se están cerrando, formando puños.

—No lo hagas, Enzo. No vale la pena.

De repente deseo no haber dejado la ampolla en el coche. La habría sacado en ese preciso momento y se la habría metido por la garganta a Morgan, con cristal y todo. O mucho mejor aún: saboreo la imagen de Jackie, Lin e Isabel encerradas en una pequeña habitación con ese capullo. Una habitación insonorizada, sin ventanas.

—Bueno. ¿Dispuestos para trabajar ahora, chicos? —me dice Morgan—. ¿O mando a una de ellas a Fort Meade?

La expresión de las caras de las mujeres me dice que Morgan ya las ha informado, una vívida imagen tras otra.

«Tiempo», pienso yo. Todo depende del tiempo, de una forma u otra. El tiempo que no tuve hace veinte años, cuando los libros de texto y los exámenes orales y los trabajos de clase eran más importantes que las manifestaciones de Jackie y las reuniones de Planificación Familiar. Las veinticuatro horas que tengo que esperar antes de averiguar si la criatura que llevo en mi interior es un niño o una niña. Lorenzo tiene que irse «mientras todavía hay tiempo», aunque no estoy segura de que haya tiempo ya para ninguno de nosotros. Los plazos mortales de Morgan. La reunión de la mañana, para la que faltan solo dieciocho horas.

El momento en el que di una bofetada a Steven. Todos los momentos que pasaré deseando poder recuperar el tiempo perdido.

Morgan se adelanta y saca tres folletos rosa idénticos del bolsillo del pecho de su traje. Se los pasa como si estuviera jugando a las cartas primero a Isabel, luego a Lin, luego a Jackie.

—No os olvidéis de leer nuestros manifiestos, chicas —dice. Pone un énfasis asqueroso en la palabra «chicas».

—¿De verdad, Morgan? —digo yo.

—Eh, Jean, no soy yo quien hace las normas. Hable con el reverendo Carl si no le gusta. —Mira mi muñeca y se ríe con una risita hueca—. Será mejor que se dé prisa, antes de que le vuelvan a poner el brazalete.

Jackie, con los ojos secos —parece que los haya tenido así todo el tiempo—, coge el folleto del banco que está a su lado y, sin echarle ni una sola mirada, se lo arroja a Morgan. Le da de lleno en la frente, con un satisfactorio sonido.

Él no se agacha a recogerlo, sino que le da una patada enviándolo a través de la pequeña habitación.

—Ya aprenderás —dice, y va hacia el cabo para que abra la puerta interior.

Lorenzo me coge la mano, ayudándome a levantarme desde el sitio donde estoy arrodillada junto a Jackie.

—No pierdas la calma, Jacko —le digo—. ¿Me lo prometes?

Ella asiente.

—Haré lo que pueda.

«Todo lo que tendría que haber hecho ya», pienso mientras sigo a Morgan fuera de la habitación y de vuelta a la colmena que es el laboratorio.

67

𝓗ay un televisor en el laboratorio, de pantalla plana, del tamaño de un campo de fútbol. Un tamaño razonable, supongo, dado que el tipo de hombres que compran esas cosas pasan la mayor parte de sus fines de semana viendo a otros hombres arrojar un trozo de cerdo por una franja de hierba artificial de cien metros de largo.

Cuando aparece el reverendo Carl, vestido con su habitual estilo funerario, resulta imposible no mirarlo. Además, han subido el volumen a tope.

—Amigos —dice abriendo los brazos de esa manera tan típica suya, como si fuera el mismísimo Cristo Redentor de Río—. Amigos, tengo malas noticias.

—Apuesto a que sí —susurro a Lorenzo, que está a mi lado. Ha estado muy ocupado con la estequiometría de nuevo, un lenguaje que me es tan ajeno como las palabras que salen del televisor.

—Tranquilizaos, por favor, tranquilizaos.

Las manos del reverendo Carl aprietan el aire hacia abajo, y el murmullo del público se apaga. Es difícil decir dónde se encuentra, pero la multitud es demasiado grande para que sea la sala de prensa de la Casa Blanca. Y está en un escenario. El Kennedy Center, quizá. O el Arena, en el sudoeste de Washington D. C. Ha pasado más de un año desde que he visto algo que pueda considerarse entretenimiento. Las obras, las pocas que se representan, son o bien bobadas familiares, censuradas hasta resultar irreconocibles, o no están al alcance de la mayoría de la gente.

Sigue leyendo en voz alta el Manifiesto Puro, línea por línea, afirmación tras afirmación, creencia tras creencia. Su tema actual es el sufrimiento. Es uno de sus favoritos.

—Amigos, mis queridos amigos, sufrir es una realidad inevitable en nuestro mundo terrenal. Estamos llamados a sufrir por hacer lo que está bien, a veces, y nadie sufre más que yo en esos momentos. —Una larga pausa, para causar efecto. Al reverendo Carl le gusta alargar mucho las cosas, con o sin sufrimiento—. Aquí tenemos una oveja descarriada. —La cámara se acerca más a su cara, sonriente y veteada por las lágrimas, y luego se aparta y lo muestra extendiendo el brazo derecho y agitándolo hacia un lado del escenario—. Eso es. Ven ahora.

Una larga figura emerge del escenario ahora mismo. No sé quién esperaba que fuera. Del Ray, probablemente. O bien otra Julia King. Cualquiera.

No esperaba que fuera mi propio hijo.

El respingo de la multitud televisada (si es que hay multitud en realidad, podría ser todo enlatado) queda ahogado por la inhalación de cincuenta alientos en el laboratorio. Parpadeando bajo los reflectores, Steven avanza tímidamente hacia el centro del escenario, hacia los brazos extendidos del reverendo Carl.

—Tiene diecisiete años —susurro a Lorenzo—. Solo diecisiete.

No hay necesidad de explicarlo; Lorenzo ha visto fotos de mis hijos. En tiempos, esas fotos estaban por toda mi oficina.

—Cogido —dice el reverendo Carl—. Cogido en un sitio donde no debería estar ningún hombre ni niño. —Se vuelve a Steven—. ¿No es así, hijo?

Steven empieza a hablar, pero al final se limita a asentir con la cabeza. La rabia hierve en mi interior, a través de cada vena y cada arteria, y la presión crece hasta formar un grito contenido.

Me pierdo gran parte del discurso posterior. No oigo nada excepto el sonido de mi propio corazón, ensordeciendo mis oídos. Las pocas palabras que consiguen llegarme caen en mis entrañas como pesos de plomo: «fornicador», «traidor», «ejemplo», «juicio».

El reverendo Carl llama a la audiencia a que se una a él en su plegaria, inclina la cabeza y coge a Steven por la mano. Sigue otro plano de cerca, mostrando sus dedos entrelazados. Los de Carl están retorcidos como boas constrictor tenaces; los de Steven están flácidos, cinco dedos indefensos de los que se ha exprimido toda vida. A unos centímetros por encima de la mano, la muñeca de mi hijo tiene una banda de metal rodeándola.

Hace un millón de años... aunque en realidad fueron solo veinte, pero parece un millón, parece que sean decenas de millones, como ocurre con la vida propia en todas las épocas del mundo, Jackie me preguntó qué haría yo para seguir siendo libre. Anoche, en la encimera de una cocina que parece tan distante como aquel apartamento de Georgetown, le pregunté a Patrick si haría cualquier cosa, si llegaría a matar.

Ahora mismo, con una fórmula a medio cocinar en la mesa y el reverendo Carl riñendo a Steven por televisión, uno todas las preguntas y doy con una única respuesta.

«Sí, haría cualquier cosa. Mataría.»

La mujer que piensa esas palabras no parece yo, en absoluto.

O a lo mejor sí.

En cualquier caso, creo que me gusta, esta nueva Jean. Me gusta muchísimo más cuando veo a Morgan sonriendo ante la pantalla plana.

$\mathcal{A}$ las cinco en punto, el domingo por la tarde, en lo que debería ser una radiante tarde previa al verano, llena de olores a barbacoa y a escarabajos verdes, Morgan nos informa de que nadie se irá a casa.

—La cafetería está en la tercera planta, gente. Hay dormitorios en la sexta y la séptima. Si tienen que hacer alguna llamada, díganselo al sargento Petroski. —Morgan hace una seña hacia un improvisado control de seguridad en la entrada del laboratorio—. Buenas noches, chicos —dice, se vuelve y sale.

—Pasa bien pegadito a las jaulas cuando cruces la sala de chimpancés —digo tras él. La idea de que a Morgan le desgarren la cara unos cuantos animales de laboratorio enloquecidos me suena estupenda. Me vuelvo a Lorenzo.

—La clave es Petroski —digo yo—. ¿Qué tal va el trabajo?

Se apoya en el respaldo de su taburete del laboratorio sonriendo ampliamente.

—Está hecho.

—¿Cómo?

Lorenzo me enseña sus cálculos químicos.

—Necesito que le eches un vistazo, Gianna.

Señala un grupo de correlaciones entre la antigua neuroproteína que probamos con la señora Ray y la fluidez semántica, y luego mueve un dedo por la página, hacia las notas que ha estado trabajando por la tarde.

—¿Te suena bien?

Me parece fabuloso. También parece como si hubiéramos desatado al mismísimo demonio.

—Con esta cantidad, Enzo, estamos hablando de contaminación total, una disfunción completa de… —compruebo las cifras contra mis datos, por segunda vez— de más de tres cuartas partes del *gyrus temporalis superior*. Olvídate de la disfluencia de la señora Ray; esto convertiría a Henry Kissinger en un mudo. En unos cinco segundos.

La sonrisa no ha dejado su rostro.

—Sí. Es precioso, ¿verdad?

«Depende del concepto de belleza que tengas», pienso. Y tengo una deliciosa idea que supongo que se me ve en toda la cara, porque Lorenzo levanta una ceja.

—Puedo cocinar esto en unas pocas horas, creo. ¿Tienes pensado algún primer sujeto?

—¿Tú qué piensas? —digo examinando el laboratorio. Nadie parece escucharnos. La poca charla que pudiera haber se centra en el reverendo Carl y «ese pobre chico… me pregunto qué habrá hecho».

—Pienso —dice Lorenzo arqueando una ceja y luego la otra— que nos entendemos sin palabras.

—Sí, a veces lo hacemos, es verdad. De todos modos, mejor Morgan que una de las mujeres que están ahí —digo señalando con la barbilla hacia las puertas cerradas del otro extremo del laboratorio—. Ya has visto cuántos chimpancés quedan. Cuando se queden sin ellos, Morgan va a querer subir un escalón en la cadena alimenticia de los grandes simios.

Lorenzo deja de morder el extremo de su bolígrafo y se da unos golpecitos con él en los dientes. Es una costumbre antigua, que no le había visto hacer desde hacía más de un año.

—Hay un efecto secundario —dice.

—¿Cuál? ¿Vuelve azul a la gente?

Veo que el humor abandona su rostro.

—No, azul no.

—Por el amor de Dios… ¿Es letal? —digo.

—Podría serlo. —Señala hacia una serie de fórmulas en la libreta que está ante nosotros.

—No parecen como las tuyas antiguas. —Mientras más leo, el trabajo de Lorenzo me va quedando más claro—. Esto no es soluble en agua. Ni inyectable en la corriente sanguínea.

—Correcto. Si lo pruebas, les freirás medio cerebro. Tiene que ser administrado localmente. *In situ*, como diría César. Una cosa es reparar células. Si te pasas del objetivo, no ocurre gran cosa, has obtenido unas cuantas neuronas felices y ya está. Destruirlas es harina de otro saco.

—De otro costal. —La corrección me sale de forma natural, tan natural que no oigo la palabra que se oye a gritos dentro de mi cerebro: «trepanación»—. No, Enzo, imposible. Nunca lo conseguiremos.

Y no solo eso, sino que la idea de introducir un taladro eléctrico en un cráneo humano, aunque sea el de Morgan, me pone enferma.

—Quizá no. —Mira por el laboratorio, contando cabezas con la punta de su bolígrafo—. Hay cincuenta personas aquí, sin contar a los chicos de azul. A unos cuantos parece que los han reclutado muy jóvenes, recién salidos del colegio. Pero no son tan jóvenes, Gianna. Al menos tienen que ser licenciados. ¿Cuánto tardaríamos en dar una vuelta y leer las tarjetas de identificación? —Señala hacia la entrada del laboratorio—. Tú ve por ese lado; yo vuelvo por el otro. Nada exhaustivo, solo una supervisión ligera de los títulos, ¿de acuerdo? Si alguien te pregunta, vas al mostrador de seguridad a llamar a tu marido. Por lo del coche.

Por supuesto, tengo que llamar a Patrick, ya que no parece que vaya a poder salir pronto de este edificio. Necesitará el Honda, o al menos lo que dejé dentro del Honda. Dejo mi espacio de trabajo de medio metro cuadrado y empiezo a caminar por el pasillo más cercano, hacia el escritorio del sargento Petroski. Despacio.

—Tengo que hacer una llamada —digo—. Para decirle a mi marido que no voy a ir a casa esta noche.

Petroski sonríe.

—Claro, señora. ¿El número?

—Yo lo marcaré.

—Me temo que tengo que hacerlo yo.

Claro, no faltaba más. Probablemente tendrá que hablar por mí también.

Y efectivamente, así es. Petroski me pregunta cuál es el mensaje y me tiende una hoja de papel en blanco de una libreta y un lápiz.

—Escriba lo que quiera aquí, y yo se lo transmitiré. Palabra por palabra.

La nota es breve. «Recoge el coche y coge la taza de plástico de Sonia. Se llevará un disgusto si no la tiene a la hora de dormir.» No es una mentira total, aunque habría que poner los tiempos verbales en pasado. Se la tiendo a Petroski y parpadeo tres veces.

Él también parpadea.

—¿Algo más, doctora McClellan? —me pregunta.

Recuerdo a un soldado distinto sentado en este escritorio cuando Lorenzo y yo entramos, de modo que Petroski habrá llegado recientemente.

—¿Está usted de guardia esta noche?

—Sí, señora. Otro turno nocturno.

Mis ojos se mueven hacia su mano izquierda.

—Está usted casado —digo.

«Claro que lo está.»

—Sí, señora. Este mes hace dos años. —Su boca se curva con una sonrisa avergonzada—. Éramos novios desde el instituto.

—Yo también me casé joven —digo. Omito el hecho de que quizá no fuera una decisión demasiado inteligente—. Y tuve hijos muy joven. ¿Usted tiene hijos?

Petroski duda y la sonrisa se desvanece.

—Una niña. Cumplió un año en abril. —Más bajo, dice—: Un año. ¿Puedo hacerle una pregunta?

—Claro.

—Mire, no soy científico ni nada. Me saqué el título del instituto e hice unas cuantas horas en la universidad local, y luego me alisté. Pensé que el ejército podía darme una paga fija y todo eso. Además, ya sabe, si trabajas veinte años, te dan una pensión. Es algo seguro.

—Hacen que todo suene bien —digo.

Él se inclina hacia delante.

—Pero sé algo de niños. Soy el mayor, ¿sabe? Tengo cinco hermanos. El más pequeño nació cuando yo tenía quince. Se llama Danny. Un buen chico.

Asiento. El sargento Buenhombre sigue.

—Danny sabía lo que significaba «no» cuando tenía cinco meses. Antes del año ya decía «mamá» y «papá», y «Boo». Boo era el nombre de nuestro perro. No se le entendía mucho, pero hablaba. Y de repente —Petroski da con la palma de la mano en el escritorio—, ¡zas! Dos palabras, preguntas, cosas como «¿dónde Boo?» y «quiero zumo». Era como una especie de milagro, ¿sabe?

Claro que lo sé. He visto a cuatro bebés pasar por todas esas etapas. El balbuceo prelingüístico, las frases de una palabra, las frases de dos palabras, normalmente apenas más que un sujeto y un predicado. Luego, según palabras de Petroski, «zas». Empieza a ocurrir todo. A los tres años, Steven hacía peticiones: «Llévame al colegio» por la mañana, «por favor, hazme chocolate» por la tarde.

También conozco ese salto repentino, y lo mismo le ocurre a Petroski.

—Vi ese documental una vez, señora —dice—. No pude verlo todo… era demasiado horrible. Esa gente, ¿sabe? Tenían a una niñita encerrada en una habitación y no hablaron con ella durante doce años. Doce años, señora. ¿Se lo puede imaginar?

Niego con la cabeza, aunque sí que me lo puedo imaginar. Ha ocurrido en alguna ocasión.

Petroski sigue, un lingüista de salón que no se da cuenta de la razón que tiene.

—Así que si coges a un niño, cualquier niño, y le dejas hablar, pues habla. Pero si no… —otra palmada en la mesa entre nosotros, «zas»—, así son las cosas. Como si tuvieran una especie de mecanismo dentro.

—Es que lo tienen.

No necesito mencionar hipótesis del periodo crítico, también conocido como teoría de «o lo usas o lo pierdes», al sargento Petroski. Ha captado perfectamente de qué va la historia sin necesidad de usar jergas extrañas.

—Así que mi pregunta… —dice mirándome a los ojos. Los suyos son tranquilos y azules, pero hay mucho dolor tras ellos—. Mi pregunta es la siguiente: ¿qué le ocurrirá a mi niña si alguna vez llega a hablar? ¿Se va a volver como esa niña, Genie? ¿Acabará en alguna especie de residencia?

Tengo mil respuestas para él y ninguna. Genie, la niña del documental, no aprendió nunca a hablar. Después de años de experimentos y pruebas por parte de lingüistas con más interés en el libro que iban a escribir que en la propia Genie, la niña acabó exactamente donde Petroski sugería. En una especie de residencia.

Cuando he dado los toques finales a mi mensaje para Patrick, se lo tiendo a Petroski. Él me coge la mano.

—¿Puede ayudarme? Es usted doctora, ¿verdad?

Asiento. Más o menos.

—¿Puede ayudarme? —Se detiene, mira las tres franjas que lleva en su manga y dice—: Hice un juramento, ¿sabe? Quizá deberíamos resistirnos. Esta cosa Pura no puede durar para siempre.

Es hora de lanzar leña al fuego.

—Tiene usted razón. No puede ser. Probablemente no durará. Dentro de unos años, el reverendo Carl será una nota al pie del libro de la historia. Pero, claro, es posible que dure un poco todavía.

—Ya. —Petroski no se acaba de definir.

—¿Sabe, sargento? —digo inventándomelo mientras me alejo, odiándome por atizar así las llamas—, leí un artículo hace años. Pensábamos que los niños tenían hasta los trece o catorce años para… ya sabe, para que ocurriese ese «zas». Pero como experta le digo que tienen mucho menos tiempo. Tres, cuatro años quizá. Después, su cerebro… —busco la palabra correcta— se desconecta.

Su rostro palidece, y yo hago una mueca, aunque de hecho era la reacción que andaba buscando.

—Bueno, será mejor que vuelva al trabajo —digo. Es mejor, pienso, dejarle unos minutos para que vaya rumiando las cosas, mientras yo trabajo los detalles con Lorenzo.

Tras alejarme y dejar la llave del Honda en su escritorio, camino de vuelta a mi rincón del laboratorio, esta vez por una ruta distinta. La mitad de las tarjetas de identificación están vueltas del revés, pero leo una docena de ellas, manteniendo presente el consejo de Lorenzo de fijarme en los títulos y nada más.

69

Aproximadamente el dos por ciento de la población tiene un doctorado. Si se ignoran los doctorados en literatura, el porcentaje es menor. Mucho menor.

—He contado nueve —digo—. De unos doce.

Lorenzo debe de haber tenido mucha más suerte que yo con las tarjetas de identificación.

—He conseguido quince de veinte.

Dos tercios, tres cuartos, no importa. Estamos sentados en un laboratorio lleno de expertos. Con el tiempo suficiente, se puede conseguir que un mono escriba a máquina todo Shakespeare. En un laboratorio como este, se puede construir un cohete que vaya a Marte en muchísimo menos tiempo. ¿Una neurotoxina que estropee el cerebro? Yo calcularía una noche.

Que es justo el tiempo que falta para la reunión a la que asistirá Patrick mañana.

Compruebo de nuevo la sala. Los ojos están exhaustos, pero ocupados. Lorenzo les da hasta mañana para encontrar algo que satisfaga a Morgan.

—Creo que he encontrado a un aliado para nosotros —digo.

—¿Ah, sí?

—Ahí. En el mostrador de seguridad.

Lorenzo estira el cuello para ver por encima de la multitud.

—Estarás de broma.

Petroski no será quizá el tío más inteligente del mundo, pero tiene dos cualidades que me gustan mucho: tiene un miedo horrible por su hija y es fuerte. Que lleve un uniforme y tenga un llavero lleno de llaves colgando del cinturón tampoco hace ningún daño.

—Echa un vistazo a tu alrededor, Enzo —digo—. Estos tipos han trabajado sin parar durante mucho tiempo. Están muy cansados.

Y mientras lo digo, tres hombres, que parecen tener unos cuarenta años, salen del laboratorio escoltados por un solo soldado.

—No he visto a mi hijo desde hace una semana —se queja uno.

—¿Hijos? —dice el otro—. A mis hijos ya les parece bien así. Mi esposa, en cambio…

—Si no nos dan algo de comida y nos dejan dormir, mañana no podré seguir.

El tercer hombre parece que está a punto de quedarse dormido de pie.

—¿Ves lo que quiero decir? —digo mientras otras abejas obreras hacen señas de que están dispuestas para irse a dormir—. Lo único que tenemos que hacer es esperar.

—Error, Gianna —me mira Lorenzo—. Lo que tienes que hacer tú es dormir un poco. Al menos un par de horas.

Es tan probable que duerma ahora como que gane un premio Nobel, pero tiene razón. He chocado con el muro de la fatiga a toda velocidad, y mi siguiente tarea de laboratorio requiere que esté completamente alerta.

—Dos horas. Máximo. Suponiendo que Morgan se quede aquí a pasar la noche.

—Se quedará. Cuando salgas, compruébalo con tu nuevo amigo. —Lorenzo sonríe—. Y no flirtees demasiado con él. Soy celoso.

Desde el estante que tiene detrás saca una de las tabletas, va pasando páginas y toquetea unas cuantas veces con esos dedos suyos absurdamente largos, pero elegantes, y me la tiende.

—Un poco de lectura ligera para ti.

Leo el título en pantalla:

—*Neuroanatomía comparativa de los primates*. ¿A esto lo llamas ligero?

—En un sentido literal. El iPad pesa menos de medio kilo.

—¿Y cuánto pesa el libro?

—Tiene unas quinientas páginas. Te gustarán los capítulos siete y ocho.

Debe de ver las preguntas no pronunciadas en mis ojos, porque sigue diciendo:

—Mira, lo haría yo, pero empezaría desde cero. Además, no puedo leer esa mierda y además prepararlo todo aquí al mismo tiempo. Así que dale un repaso a tu ciencia cerebral, ¿vale?

Se vuelve hacia el ordenador que tiene detrás, saca el tablero y empieza a rellenar una petición para el laboratorio animal después de consultar un gráfico de sujetos disponibles. En el espacio para el número de identificación pone 413, luego pasa la página a una casilla vacía y empieza a buscar y picotear de nuevo. Veo que escribe: «Sedación, trepanación e inyección intracraneal de suero experimental Wernicke 5.2».

—Ay, hombre… —digo imaginándome a mí misma con un taladro en una mano y un iPad abierto en la otra con una imagen de instrucciones paso a paso. Yo no me apunté para esto—. No soy de las prácticas, realmente, Enzo.

—No tengo a nadie más.

En el espacio en blanco donde el formulario de petición dice «técnico», escribe «doctora Jean McClellan».

—Tenemos que hacerlo, ¿verdad? —digo.

—O eso o acabamos con un Morgan muerto. —La boca de Lorenzo se curva hacia arriba por una de las comisuras—. A menos que sea eso precisamente lo que quieres…

Por supuesto, es eso lo que quiero. Pero no tiene sentido ser demasiado codiciosa. Un Morgan mudo tampoco me parecería mal.

—Está bien —digo—. Voy arriba. Manda a alguien a buscarme si no he vuelto a las diez. ¿De acuerdo?

—Hecho.

No me paro ante el escritorio de Petroski para pedir un escolta. En lugar de eso, me dirijo hacia el soldado más cercano a él y hablo lo bastante alto para que mi voz llegue bien.

—Tengo que echar una cabezada. ¿Alguien me acompaña a los dormitorios?

Mientras mi escolta pregunta en voz alta en el laboratorio ahora medio vacío si alguien más quiere ir a la cafetería o a la cama, Petroski me hace señas de que me acerque, con un movimiento de la cabeza.

—He hecho su llamada —dice.

—Estupendo. Gracias. —No quiero pedirle ayuda, será mejor que la oferta venga de él.

Y así es.

—¿Puedo hacer algo más?

—Pues de hecho... sí, sargento. Hay algo.

Su rostro, suave y sin barba, inocente como el de un niño, se ilumina cuando le explico con detalle exactamente lo que quiero que haga.

70

Mientras Lorenzo está ocho pisos por debajo, sedando al desafortunado chimpancé número 413 y preparando el equipo que necesitaremos, yo estoy echada en un camastro estrecho, totalmente vestida, digiriendo un bocadillo rancio de la cafetería y el capítulo séptimo del texto de neuroanatomía de los primates, también conocido como mapa cerebral detallado de nuestro pariente más cercano, el chimpancé. Mi aprensión ha quedado aparcada de momento, sobre todo gracias a que esta tarde casi me muerde un compatriota del 413.

Cambio a una nueva ventana del iPad, compruebo la base de datos de revistas médicas en busca de artículos de procedimientos de craneotomía y trepanación, y echo una última y larga mirada a la mitad sin comer de mi bocadillo. No sería el compañero óptimo para mi lectura en la cama, de modo que dejo el queso y el trigo a un lado, y reviso los componentes de mi nuevo amigo, el taladro perforador Cushing.

Cuando pienso que no seré capaz de abrir un agujero en el cráneo de un mono, y mucho menos de un humano, me acuerdo de Jackie, de Lin y de Isabel.

«Coge fuerzas, Jean.»

Y sigo leyendo hasta que los párpados sucumben a la gravedad y el iPad se me cae de las manos.

El golpecito en mi puerta me parece que llega en el momento exacto en que me acabo de dormir.

—¿Doctora McClellan? —La voz suena ahogada, nubosa.

—Sí.

—Es hora de irnos. El doctor Rossi dice que la necesita en el laboratorio.

Todo el mundo necesita algo. Yo una semana de sueño ininterrumpida, más o menos.

—Vale. Ya voy.

Me arranco de la cama, me arreglo un poco la ropa (por lo que parece he dormido como un tronco, aunque sea poco rato) y abro la puerta. Es Petroski, y parece haber envejecido una década desde que le dejé abajo, en el subsótano.

—¿Ha descansado bien, señora?

Mi boca pronuncia los sonidos del «sí», aunque mi cabeza dolorida no está de acuerdo. Los pies se van colocando uno detrás de otro, y me llevan abajo al vestíbulo siguiendo órdenes automáticas de caminar, diciéndoles que sigan un paso más, y entro en el ascensor con Petroski.

—Todo preparado —dice—. Todo está exactamente como ha pedido.

—Bien. Ahora escuche, sargento. Su trabajo está hecho. Lo último que usted sabe es que el doctor LeBron ha accedido al laboratorio a las... ¿qué hora es ahora?

—Las diez y cinco, señora —dice levantando su muñeca izquierda para que yo lo vea.

—Bien. LeBron ha entrado al subsótano a las nueve quince. Le ha dicho a usted que tenía dolor de cabeza. Y no sabe nada más.

Con un estilo sorprendentemente militar, Petroski responde con un escueto:

—Sí, señora.

Y mantiene apretado el botón de abrir puertas cuando salgo del ascensor. En la entrada del laboratorio, hace una pausa.

«Por favor, no hay que echarse atrás ahora.» No sé muy bien si se lo digo a Petroski o me lo digo a mí misma.

Desliza su tarjeta por la ranura y espera a que se encienda la luz verde, y entro. Pasamos junto a los chimpancés que quedan, todavía ululando en sus jaulas, y observo que la jaula del chimpancé número 413 está vacía.

Igual que el laboratorio principal.

El primer trabajo de Petroski ha consistido en evacuar el subsótano, cosa que, a juzgar por los taburetes desocupados y el caos de documentos que han quedado extendidos en todas las superficies planas, ha hecho muy bien. Lo único que ha hecho falta ha sido Lorenzo, un quemador Bunsen, algo de papel de aluminio y una mezcla de azúcar y nitrato de potasio. Debía parecer que en el laboratorio de bioquímica había estallado una bomba.

Bueno. Esa era la idea.

Dejo al sargento en su mostrador y camino de vuelta entre los restos de libretas y calculadoras y gafas para leer hasta el lugar donde espera Lorenzo, medio de pie, medio apoyado en el mostrador, donde le he dejado dos horas antes. Está completamente tranquilo, y yo desearía que no me pusiera tan fácil estar enamorada de él.

—Ha funcionado de maravilla, Gianna. Silencioso, humeante y no mortal. Lo primero que hice cuando me compraron un juego de química fue una bomba de humo. Estropeé el mejor cazo para hervir pasta de mi madre. —Una travesura infantil aletea en sus ojos.

«Niños», pienso yo. Les encanta volar cosas. O al menos fingir que las han hecho explotar.

Él balancea una pierna apoyada en el mostrador.

—¿Estás preparada?

—No sé si podré hacerlo —digo notando que el queso y el pan se dirigen hacia un sitio donde no tendrían que ir—. ¿Dónde están?

—Aquí.

Abre la puerta de una habitación lateral. En ella solo hay dos camillas y una mesa quirúrgica con ruedas cubierta con un despliegue de instrumentos de acero que solo he visto en las películas: pinzas, retractores, fórceps, algo que parece un chisme para hacer bolitas de melón. En la camilla que está a mi lado se encuentra echada una chimpancé hembra de metro veinte de altura, con el cuero cabelludo parcialmente afeitado por el lado izquierdo. En la otra se encuentra otra forma de vida de metro setenta de alto, de un orden ligeramente inferior. Los dos están muy sedados, y su pecho se levanta y baja con un ritmo regular.

Petroski ha conseguido atraer a Morgan al laboratorio; Lorenzo ha rematado el trabajo.

—Creo que me gusta más cuando está así —digo yo—. ¿Por quién empezamos?

Lorenzo señala al chimpancé.

—Está bien. Un chiste malo.

Pero necesito el humor para seguir adelante con esto. En cuanto veo el taladro de craneotomía con su irregular broca de acero, un poco como un diente contrahecho, me lo pienso. No, no necesito el humor para seguir adelante con esto. Lo que necesito es a un maldito neurocirujano.

—¿Gianna? —dice Lorenzo. Comprueba su reloj—. No van a estar inconscientes siempre.

Cojo el taladro y lo pongo en marcha. Hace un ruido sordo, mientras la broca gira. No puede ser que este diminuto artilugio vaya a perforar el hueso de un cráneo.

—No puedo —digo dejando el taladro. Y decía que estaba dispuesta a hacer cualquier cosa...

71

No sé cuántas veces había dicho «podría matarlo» en mis cuarenta y tantos años. Quizá unos cuantos miles.

Podría matarlo por dejar la ropa en la lavadora. Podría matarlo por no llamar para decir que llegará tarde. Podría matarlo por romper el jarrón de cerámica de mamá. Podría, podría, podría. Matar, matar, matar. Por supuesto, nunca hablaba en serio. Esas palabras están tan vacías semánticamente como «te quiero a morir» o «tengo tanta hambre que me comería un caballo» o «apuesto mi vida a que los Sox van a perder en el campeonato de este año». Nadie se muere de amor, aparte de en una novela de Brontë, ni se come un caballo entero, ni apuesta su vida a un juego de béisbol. Nadie. Pero decimos todas esas tonterías constantemente.

El hecho es que no sé si habría podido matar al chimpancé 412, ni siquiera cuando se estaba portando fatal.

Ahora sé que no puedo acercar un taladro al cráneo de ninguno de los dos homínidos que están en esas camillas.

Y no tengo que hacerlo.

—Que venga Petroski —digo a Lorenzo.

Él me mira.

—No. No le voy a pedir que lo haga él. Necesito las llaves de la sala 1.

De nuevo, la mirada.

—Para sacar a Lin. Y a las demás. Dile al chico que yo diré que le drogué y le robé las llaves si llega el momento. Pero creo que aceptará —le explico lo de la hija.

—Yo lo haría —dice Lorenzo—. Seguirnos el juego, quiero decir. Si fuera mi hija. —Sus ojos recorren mi cuerpo deteniéndose en la pequeña hinchazón donde antes tenía la cintura—. Nunca me habría ido sin ti, Gianna. Nunca.

—¿De verdad?

—De verdad. —Da un rápido rodeo en torno a la habitación buscando cualquier cosa que pudiera ser una cámara, y me besa—. Nunca.

—Ahora ya sabes lo que siento por Sonia. Y por los chicos.

Sonia sobre todo, sin embargo. Nada es tan malo como la idea de dejarla atrás mientras todo se va al infierno. Nada excepto traer a otra niña a este infierno. Aparto el pensamiento de mi mente para las próximas doce horas.

—Venga, trae a Petroski, vamos a organizar esta pequeña fuga de la cárcel.

Cinco minutos más tarde Lorenzo vuelve con Lin. Cuando ella ve las dos camillas, se vuelve hacia mí con la boca abierta y los ojos también muy abiertos. Le pido a Lorenzo que se lo explique mientras yo me ocupo de Jackie y de Isabel. No tienen que estar presentes mientras hacemos lo que vamos a hacer. Mierda. Ni siquiera yo quiero estar presente.

Lorenzo me informa de que no tengo elección. Lin hace una seña con el pulgar de la mano derecha hacia arriba y se golpea la palma izquierda.

—Necesita que la ayudes —dice él.

Miro la pulsera negra de Lin.

—¿Cómo se las ha arreglado para decirte eso?

Lin pone los ojos en blanco, agita ambas manos hacia delante y hacia atrás delante de su pecho y luego junta los dedos índice y medio de cada mano y señala con ellos hacia mí, agitándolos.

—Dice que no importa, y que te des prisa —me dice Lorenzo—. Yo te puedo traducir.

—¿Los dos conocéis el lenguaje americano de signos? —digo yo—. ¿Por qué?

Él se encoge de hombros.

—Tú hablas un poco de vietnamita, ¿no?

—Sí.

—¿Por qué?

—Vale. Entendido.

A través de Lorenzo oigo las instrucciones de Lin, mientras las dos nos lavamos las manos hasta el codo en uno de los fregaderos del laboratorio de bioquímica. Es como cirugía cerebral para inútiles. «Comprueba las constantes vitales todo el rato. Pásame los instrumentos con mango primero. Quítate de en medio, no me tapes la luz.» Y al verdadero estilo de Lin: «Joder, tía, no te desmayes».

Las tres primeras cosas puedo hacerlas. No estoy segura de poder hacer la cuarta.

De vuelta en la habitación blanca, a Lin le cuesta dos minutos retraer la piel de la cabeza del chimpancé y treinta segundos más perforar un agujero del tamaño de un centavo. Apaga el taladro, me lo pasa junto con el trozo de cráneo del chimpancé y hace señas a Lorenzo.

—Dice que pienses que esto es como el tapón de un fregadero —repite Enzo, pasándome ese consejo maravilloso.

—Para ti resulta muy fácil, Lin —digo yo—. A mí siempre me ha interesado mucho más la mitad lingüística de la neurolingüística.

Ella se ríe, pero sus manos están demasiado ocupadas para cotillear, palpando el tejido blando del interior del cráneo del chimpancé. ¿Cómo demonios es posible que gente como el reverendo Carl y Morgan LeBron quieran coger a esa mujer e incapacitarla? ¿Cómo se le puede ocurrir a alguien que eso tenga sentido?

—Vale. Allá vamos.

Lorenzo trae dos jeringas enteras de líquido claro de una ampolla a la mesa quirúrgica. Parece inofensivo, como el agua. Deja una en la mesa entre las camillas y sujeta la otra ante Lin.

Veo sus manos tranquilas al insertar la fina punta de la aguja a pocos milímetros del tejido cortical del chimpancé y aprieta el émbolo echando un vistazo a las lecturas. Asiente, aparentemente satisfecha de no haber matado a su paciente, e inyecta el suero restante, y luego reemplaza el trozo redondo de cráneo («un tapón, Jean, es solo un tapón») y cose su trabajo. Todo el proceso ha costado cinco minutos.

Algo bueno, realmente, ya que tanto el chimpancé como Morgan han empezado a moverse.

72

*U*n encuentro personal y cercano con un primate enfurecido ya es suficiente para mí. No quiero revivir la experiencia.

—Necesitamos salir de aquí, Enzo. Ahora mismo —digo contemplando con horror el pecho del chimpancé, que empieza a subir y bajar más deprisa—. ¿Lin? ¿Cuánto tiempo tenemos antes de que se despierte?

Lin sacude la cabeza a un lado y otro, levanta cuatro dedos, luego dos.

No hace falta que Lorenzo traduzca.

—¿Seis minutos? —digo con esperanza.

Ella niega de nuevo con la cabeza, levantando dos dedos y señalando con ellos hacia mí.

Busco algo a mi alrededor, cualquier cosa que se pueda utilizar para atar al animal, pero solo encuentro hilo de suturas en la mesa quirúrgica. No vale.

—Bien, bien. —No hay tiempo que perder—. Lin… asegúrate de que la jaula está abierta. Enzo, tú y yo vamos a llevarnos a esta niña de vuelta adonde debe estar.

Los latidos de mi propio corazón marcan cada segundo que pasa, mientras Lin sale corriendo del quirófano improvisado y sigue el ruido de los chimpancés ululantes que quedan hacia la parte delantera del laboratorio.

El chimpancé número 413, con los ojos llenos de asombro, se lleva un brazo largo y peludo a la cabeza. Luego vuelve la cara hacia la mía.

—¿Enzo? ¡Empuja! —chillo. La camilla choca contra un par de taburetes de laboratorio, tirándolos al suelo. Lorenzo coge uno y luego sostiene dos más, evitando un efecto dominó de muebles que vayan cayendo y que podría bloquearnos el paso. Jackie e Isabel están en el centro del laboratorio, horrorizadas e indefensas.

—No digas nada, Jacko —ruego—. No digas nada. Llévate a Isabel a algún otro sitio. Encerraos en un armario si es necesario. —La imagen mental que tengo es la de aquella mujer destrozada, Charla Nash, a la que le faltaba toda la cara, excepto la piel de la frente.

—¡Petroski! —chillo en el espacio blanco vacío del laboratorio, mientras Lorenzo empuja la camilla más allá de las encimeras llenas de papeles que vuelan, gafas, una puta regla de cálculo—. ¡Petroski!

Petroski viene corriendo desde su puesto. El chimpancé emite un gemido bajo, no un aullido ni un chillido, sino un quejido hueco, acongojado.

«No la mires, Jean. No te atrevas a mirarla.»

Pero, claro, la miro.

La furia arde en sus suaves ojos castaños cuando abrimos la jaula. Petroski saca su arma de servicio. Su mano tiembla, y su pulgar acciona algo que hace clic. El seguro, quizá. ¿Qué demonios estoy haciendo?

—No dispare a menos que sea necesario —digo—. Está bien, Enzo. A la de tres. Uno…

La garra del chimpancé se aparta de su cabeza y se tiende hacia mí.

—Dos —digo jadeante.

La iodina de la herida me llena la nariz y ella se estira.

—¡Tres!

Con toda la fuerza que tengo, levanto al animal de la camilla con Lorenzo soportando casi todo el peso. Una garra me roza los labios mientras el chimpancé 413 rueda al interior de la jaula. Lorenzo la cierra y retrocede hasta el centro de la sala llevándome con él. Una mano peluda sale entre los barrotes, con los dedos extendidos, y luego se retrae. El chimpancé se vuelve a masajear el lado de la cabeza.

Casi parece que está intentando recordar algo.

—Ay, Dios, Enzo. Morgan. ¿Dónde está Morgan?

Según nos enseñaron, sé que solo hay una forma de entrar y salir del laboratorio, y Morgan no ha pasado por allí. Lorenzo vuelve a la sala de cuatro zancadas, mientras yo le chillo que saque a Jackie y a Isabel de en medio. No sé si me ha oído.

Lin señala algo que no entiendo, me señala a mí, luego al chimpancé en la jaula.

—Estuvo cerca... —digo sin estar segura de si era eso lo que quería decir.

Ella asiente.

—Vamos a ver a Jackie y a Isabel —digo—. Y a ayudar a Lorenzo.

Asiente otra vez.

No sé si me doy cuenta estando todavía en la sala de primates, o lo pienso cuando ya voy atravesando el laboratorio con sus taburetes inclinados y sus papeles desperdigados por todas partes, pero el caso es que me doy cuenta. Se me viene encima como un puto piano que cayera de un piso alto. Morgan. Una jeringuilla. Lorenzo.

«No es soluble en agua. Ni inyectable en la corriente sanguínea. Prueba a hacerlo y les freirás medio cerebro.»

Mis piernas parecen moverse solas.

$\mathcal{M}$organ LeBron mide metro setenta y podría hacer inclinarse la balanza a los sesenta y ocho kilos, después de que alguien le mojara con una manguera. Lorenzo puede cogerme con un solo brazo y el otro atado a la espalda. No es rival para él, a menos que el más pequeño de los dos tenga una ventaja.

Morgan la tiene.

La tiene con veinte centímetros cúbicos de veneno y una aguja terriblemente puntiaguda.

Y ahora mismo la tiene apretada contra el cuello de Lorenzo, en ese punto blando que hay justo dos centímetros por debajo de la oreja.

—¡Fuera! —dice alguien. No sé si es Lorenzo o es Morgan, chillando en la habitación de un blanco inmaculado, con una camilla y una mesa de operaciones con ruedas. Es solo una voz. Una palabra que no tiene otro objetivo que aterrorizarme.

—Morgan… —empiezo.

Él no me permite terminar.

—¡Tú, puta zorra! ¡Puta cabrona!

La mandíbula de Lorenzo se tensa, pero las palabras no me preocupan nada. La jeringuilla sí, pero todo lo demás que Morgan pueda decir no es más que un amasijo de fricativas y velares. Puedo divorciarme de todas ellas.

Pero de esa maldita jeringuilla no. Eso es real.

Doy un paso hacia delante, muy lento, una especie de paso a cámara lenta en una película de ciencia ficción.

—Gianna. No. —Lorenzo suena tan pétreo y firme como su cuerpo.

—¿Gianna? ¿Quién cojones es Gianna? —Y cuando dice

mi nombre, mi otro nombre, los ojos de Morgan brillan—. Aaah, ya lo veo. Vosotros dos tenéis un rollo. Vaya, hombre, mataré dos pájaros de un tiro. —Suena casi atolondrado ahora—. Qué bonito es todo, los pobres amantes desgraciados, haciéndose ojitos. Dime, Lorenzo, ¿lo hace bien ella? Parece un poco vieja desde aquí donde estoy. Pero a lo mejor te gusta que tus zorras estén bien castigadas y hechas polvo.

Los músculos del brazo izquierdo de Lorenzo se tensan y su mano se cierra formando un puño.

—Ah, ah, ah, doctor Rossi. —Morgan empuja un poco más la aguja contra la piel.

Un pinchacito rojo aparece en la punta de contacto, y una única gota de fluido claro rueda por un lado del cuello de Lorenzo. Es imposible saber si es sudor o suero.

—Ya sabes —dice Morgan con una voz dulce como el caramelo, pero aún amenazante—. Yo no soy un científico en realidad. Repasar todos esos datos, hacer una y otra vez los mismos experimentos. Odio toda esa mierda. Pero entiendo muy bien las cosas. Y a la gente. Y otras cosas también. Como por ejemplo, en esa botellita de ahí dice: «Solo inyección local». —Señala con la barbilla hacia el contenido derramado de la bandeja quirúrgica, sin apartar los ojos de mí—. Lo he visto, y he tenido que preguntarme: ¿por qué? ¿Por qué solo local? ¿Qué ocurriría si yo metiera esta aguja así…? —La aguja se entierra un milímetro o dos en el cuello de Lorenzo, demasiado cerca de la vena yugular—. ¿Qué ocurriría si empezara a apretar el émbolo? ¿Alguna idea?

—Adelante, Morgan —dice Lorenzo—. Gianna, sal de aquí ahora mismo. Tengo una llave de repuesto bajo el guardabarros del coche. Cógela y vete.

—No seas tan valiente. —Los ojos de Morgan, esos asquerosos ojos de rata, perforan los míos—. Muévete, perra, y le empiezo a meter esto dentro. —Sus ojos se desvían ligeramente a la izquierda, por encima de mi hombro—. Vuelve al laboratorio.

Me cuesta un momento darme cuenta de que no me está hablando a mí. Alguien me coge firmemente, no tanto como un hombre, pero con fuerza, por el codo, haciendo que me vuelva un poco.

Jackie.

Su cabeza se sacude con un movimiento firme, definido. «Vámonos», dice. En la mano libre tiene las llaves de Petroski. Parecen diminutas campanitas de metal en el silencio de una habitación donde todo el mundo parece contener el aliento.

—Llama a Petroski —digo—. Vamos a arreglar esto.

Tengo que poner en funcionamiento todas las partes de mi cerebro humano para sobreponerme al instinto reptiliano de huir.

—No hagas ninguna tontería, Jean —me amenaza Morgan.

—Escuche. Si le queda algo de humanidad, Morgan, hará esto bien. Haga que Petroski le dispare. Que sea limpio. Siempre puede decir más tarde que ha sido un accidente.

Hay una pausa mientras Morgan lo piensa.

—¿Defensa propia? —sugiero—. Lo del suero va a ser difícil de explicar. Estamos hablando aquí de un reputado bioquímico, no de un idiota cualquiera reclutado en la universidad. Piénselo. Piense lo que va a decir cuando Lorenzo Rossi salga de este edificio hablando raro. Piense lo que va a decir la embajada italiana.

A Morgan le cuesta una eternidad pensar. Paso la mitad de ese tiempo pensando en armas.

Como cualquier mecanismo, tiene partes. La parte en la que metes la bala, la parte por la que sale la bala, y la parte que hace que la bala vaya de un sitio a otro. Fácil. Sencillo. Sin cambios durante siglos. Culata, percutor, cañón. En un orden u otro.

Durante la otra mitad del tiempo que tarda Morgan en pensar, pienso en el sargento Petroski, el licenciado en filosofía convertido en soldado. Marido. Padre. Un hombre al que le tiembla la mano cuando saca la pistola reglamentaria. Un hombre que sabe dónde está la seguridad y cómo separarse de ella.

Jackie me tira del brazo otra vez y me vuelvo hacia ella.

—¿Qué harías para ser libre, Jacko? Porque, ahora mismo, yo haría cualquier cosa.

Ella no dice una sola palabra, pero sonríe.

—¡Petroski! —chilla Morgan.

El eco de unos pasos pesados atraviesa el laboratorio. Bajo ellos, cruje el papel. Un crujido agudo marca el final de un par de gafas perdidas. Todo el mundo se para cuando el sargento Petroski se acerca a la puerta abierta que tengo detrás.

—¡Señor! —aúlla.

Todo ocurre en un parpadeo, pero sé que mi mente está registrando cada imagen, cada fotograma de la película. Quizá algún día sea capaz de poner esas imágenes en cámara lenta, volverlas a ver en tiempo real. Ahora mismo, la secuencia es incoherente y dispar, y la banda sonora embrollada.

—Dispare a este hombre —dice Morgan.

Petroski saca el arma reglamentaria. El cañón está lo bastante cerca de mi oído para que note perturbaciones en el aire a mi lado, vea el temblor de la mano de Petroski, que intenta estabilizarse.

—¿Ha quitado el seguro? —digo.

El clic es como un disparo, automático y ensordecedor.

—Ahora, Jackie.

Ella se le echa encima. La mano de Petroski se afloja. Más tarde, no llegaré a saber nunca si ha cooperado o si todo le ha cogido por sorpresa, pero hago el movimiento que había planeado, cierro los dedos en torno a la culata y apunto a unos centímetros por debajo de la insignia azul que brilla en el cuello de Morgan.

Y aprieto el gatillo.

74

Morgan cae y yo caigo con él, y en mis oídos chilla una nota en la gamao de coloratura de sopran, y Jackie intenta cogerme por debajo de los brazos antes de que me dé contra el suelo. Es fuerte, o lo era en tiempos, pero la gravedad es la que acaba ganando. Caigo al suelo con un golpe que noto, pero que no oigo, y me doy cuenta de que sostengo algo en la mano.

Lorenzo está a mi lado, con su aliento en mi cara. Veo que su boca se mueve y noto que separa mis dedos, soltando el abultado acero entre ellos.

—Relájate —dice. Parece que lo hace bajo el agua, pero veo los sonidos individualmente. Él recoloca la pistola de Petroski con un movimiento del pulgar, con su camisa limpia la culata y el gatillo, y se la devuelve al soldado, que está inclinado sobre Morgan contemplando la sangre que florece en su pecho. Un charco de un horrible color escarlata mancha el suelo blanco de baldosas.

—¿Dónde aprendiste a hacer eso? —le digo a Lorenzo. Las palabras suenan vagas, casi irreconocibles.

—Dos años en el ejército italiano. Todavía se hace la instrucción. —Luego, más serio, añade—: ¿Me oyes?

Asiento.

—Un poco.

—Te pitarán los oídos un rato. Quizá una hora. Pero luego mejorará, confía en mí.

—Le he dado, ¿verdad?

Lorenzo mira por encima de su hombro al lugar donde yace Morgan.

—Sí. Se podría decir así. —Las palabras siguen amortiguadas, pero son algo más inteligibles.

—Tenemos que trasladarlo —digo.

Jackie ya ha pensado en eso. Está de pie en la puerta con Lin, Isabel y varias chaquetas de traje y batas de laboratorio, todo lo que ha quedado de los hombres a los que han evacuado. Me toca el brazo, luego hace un gesto hacia el suelo, donde está echado Morgan, se señala a sí misma y hace un movimiento circular con el dedo. Es menos elegante que el lenguaje de signos estructurado que usan Lin y Lorenzo, pero la entiendo. Jackie se ocupará de la cosa ensangrentada del rincón.

Petroski, ligeramente recuperado de la conmoción (aunque me pregunto si se acabará de recuperar del todo algún día), ayuda a Lin y a Isabel a hacer rodar a Morgan y envolverlo en ropas mientras Jackie empieza a limpiar la habitación. Es una escena de una película de terror, sangre en el suelo y una fea mancha tipo Rorschach en la pared, detrás del lugar donde Morgan estaba de pie, sujetando a Lorenzo a punta de aguja. Lorenzo ve la cara que pongo y se explica.

—Calibre cuarenta y cinco, Gianna. Le has hecho un agujero del tamaño de Virginia.

—Le he matado, ¿verdad? —No es una pregunta, sino más bien una ayuda para acabar de procesarlo. Le he matado, sí. He matado a un ser humano.

—Sí —dice él bajito—. Y ahora tenemos que irnos. Todos.

Lorenzo y Petroski arrastran el cuerpo sin vida de Morgan LeBron a la camilla y se lo llevan. Veo que las puertas de la sala 1 se abren y luego se cierran. Un minuto más tarde están de vuelta en el laboratorio principal, con una camilla con ruedas menos. Los seis trabajamos en silencio con lejía y trapos, borrando toda la sangre de las paredes y el suelo de la habitación, y echando un trapo empapado en lejía y sangre tras otro en una gruesa bolsa de plástico que Lin se ha procurado de un armario de limpieza. De vez en cuando, Isabel y ella se hacen señas la una a la otra. No las entiendo, pero lo que dicen parece consolador, esperanzador.

Cuando no queda nada más que un intenso olor a cloro, salimos y nos quitamos los restos de Morgan de nuestra piel. Lin desaparece y vuelve con seis batas de laboratorio limpias, que nos tiende. Solo tengo que echar un vistazo a mi ropa para comprender por qué necesito taparla. Todo el mundo está más o menos igual.

Me vuelvo a Petroski.

—¿Puede sacarnos de aquí y pasar por seguridad?

Ninguno de los seis pares de oídos ha percibido al intruso, el gigante que se interpone entre nosotros y la salida.

«Oh, mierda», pienso yo. Quizá lo haya dicho en voz alta o a lo mejor no, pero el caso es que lo oigo con nitidez, como un claxon.

El hombre que ha entrado silenciosamente en el laboratorio es la última persona a la que quiero ver, y la que llevo toda la semana viendo, siempre cuando no me lo espero, como si su única tarea fuera vigilarnos.

Poe.

Ahora me doy cuenta de que quizá esa haya sido su tarea, todo el tiempo.

—Déjenlo todo y vengan conmigo —dice.

La mano de Petroski va a la 45 que lleva en la cadera, y yo sigo los ojos de Lorenzo, que sigue el movimiento.

—No sea estúpido, doctor Rossi —dice Poe.

Abro la boca para hablar, pero de ella no sale nada.

Poe mira al soldado que se interpone entre él y el resto de nosotros. Parece que uno de sus ojos siguiera clavado en el arma mientras el otro examina nuestro pequeño grupito de rebeldes. Da un paso adelante, saca la 45 de su funda y monta el cargador.

—Será mejor que la lleve yo, por ahora. —Hace una seña a Petroski y dice—: Usted primero. Luego el doctor Rossi. Señoras, en fila india, como en el colegio. Y no digan ni una sola palabra.

Nos ponemos en fila y Poe se queda a retaguardia, siguiéndonos por la sala de los chimpancés. En las puertas, da instrucciones a Petroski de abrirlas, y caminamos la corta distancia que hay desde el laboratorio al ascensor de servicio más cercano.

Ya está abierto.

Y dentro hay una cara que reconozco como una madre reconoce a su propio hijo.

75

La puerta del ascensor podría ser la mismísima boca del infierno, con su ominosa advertencia de «Abandonad toda esperanza» inscrita allí donde deberían estar los números iluminados. Pero, aun así, entro, siguiendo a los demás. Adiós a la esperanza.

Es mi hijo.

Steven se abalanza hacia mí, súbitamente más niño que hombre. En dos días se ha quedado más delgado, y los huesos de las costillas suben y bajan bajo mis manos, al atraerlo hacia mí. No sé adónde nos llevará Poe, pero en este viaje estaremos juntos.

Poe nos interrumpe, separando con suavidad el abrazo maternofilial.

—Ya habrá tiempo para esto más tarde, doctora McClellan. Cuando lleguemos a la planta baja, no levanten la vista y no hablen. —Saca tres brazaletes negros del bolsillo de su cadera y nos los pasa a Lorenzo, a Petroski y a mí—. Pónganselos.

—No, ni hablar —dice Lorenzo—. Ni de coña.

Petroski se pone blanco, meneando la cabeza.

—Son de plástico —dice Poe—. Háganlo. El sargento Petroski no puede sacarlos de aquí, pero yo sí. Mientras hagan lo que les digo.

Yo me coloco el brazalete en torno a la muñeca y el ascensor se cierra con un susurro. Los hombres hacen lo mismo.

Miro a Poe con un interrogante en el rostro.

—Diga.

—¿Qué está pasando? —pregunto preparándome para el habitual pinchazo de dolor.

Pero no ocurre nada.

—Confíe en mí —dice Poe—. Mantengan la cabeza baja y… no sé, intenten fingir que están muy cansados, hasta que pasemos por seguridad.

Ninguna de las personas del ascensor, incluyéndome a mí, mientras capto mi reflejo en la pulida pared de acero, necesita que la empujen para parecer cansada. Compruebo el reloj de Lorenzo y veo que son las dos de la mañana, pero parece que ha pasado un año entero desde que Morgan nos hizo volver, ayer por la tarde.

Poe aprieta el botón de la planta baja.

—Cuando salgamos, sigan en fila y métanse en la parte de atrás de la camioneta.

El viaje parece durar una hora.

—Vale —dice Poe—. Las señoras primero.

Salimos en fila, Lin, Isabel, Jackie y luego yo. Noto que algo me presiona en la espalda al salir del ascensor, y por un breve e irracional momento pienso que es el cañón de la pistola del 45 de Petroski, pero no, es algo cálido y tranquilizador. La mano de Lorenzo.

—Estoy aquí mismo, Gianna —susurra.

Donde estaban los dos soldados, ahora cuento diez pares de botas muy pulidas. Un par se adelanta a paso rápido.

—No puedo dejarles salir, señor —dice una voz—. Órdenes del doctor LeBron.

Me muero de ganas de decirle que el doctor LeBron no va a ordenar nada en el futuro cercano ni distante, aunque quizá pida algo de hielo mientras arde en el infierno. Me sorprendo sonriendo, y me muerdo la carne de las mejillas por dentro.

Poe, que está justo delante de mí, saca un sobre que me resulta familiar. En la esquina superior derecha está el sello presidencial. En la izquierda, donde normalmente se encontraría el remite, solo hay una letra P mayúscula plateada, grabada en relieve.

—Dígaselo a él —dice Poe tendiendo el sobre.

Hay un ansioso roce de papel al abrir el sobre y desplegar la carta que va dentro.

—Fort Meade —dice el soldado—. Ya veo. Bien, entonces ya sabe adónde tiene que ir. —Luego, con una voz más bronca, añade—: Apártense, hombres. Déjenlos pasar.

Circulan unos susurros a mi alrededor.

—¿No es esa la doctora...?

—Eh, ese chico es el que salió en televisión anoche.

—Creo que la conozco de algo...

—Maldita sea, hoy siete.

La cita de Burke me vuelve a la memoria, la misma que parafraseó Steven cuando vinieron unos hombres a buscar a Julia King.

«Lo único que hace falta para el triunfo del mal es que los hombres buenos no hagan nada.»

Al pasar junto a las filas de botas, mientras oía los susurros y murmullos de esos hombres, no acababa de decidir si sentía asco o compasión.

Quizá una mezcla de ambas cosas.

Lorenzo es el último en subirse a la furgoneta y ocupa un lugar a mi lado. Antes de que Poe cierre la puerta, noto una incómoda ausencia de ventanas, de manilla interior en las puertas de atrás. El terror se me mete debajo de la piel cuando el motor se pone en marcha, y me pregunto si no nos habrán engañado.

—¿Todos están bien? —dice una voz. Es masculina, suave y baja. La reconozco, pero no soy capaz de situar el timbre—. Ya puedes encender las luces, Christopher.

Esa voz... Tan condenadamente familiar.

Cuando las luces se encienden, iluminando no siete, sino nueve caras, veo por qué. Del y Sharon están en la parte de atrás de la furgoneta, con nosotros. Cojo la mano de Sharon y la aprieto. Ella me devuelve el apretón y casi quiero arrojarme en los brazos de esa mujer a la que apenas conozco.

—Ya habrá tiempo para eso más tarde —dice ella.

—Sharon, cariño, ¿puedes ocuparte de esos brazaletes? —dice Del señalando las muñecas de Jackie, de Lin y de Isabel—. ¿Te acuerdas de cómo se hace?

Sharon pone los ojos en blanco.

—Hice lo de nuestras niñas, ¿no? —Y luego, dirigiéndose a mí, añade—: Hombres… Piensan que ellos son los únicos expertos. —Le da un beso a su marido en los labios—. No te preocupes, cariño. Te amaré hasta que te mueras. Y quizá un poco después todavía.

Se pone a trabajar en el contador de Jackie con el mismo aplomo que usó Lin para trepanar al chimpancé.

—Quizá notes un pequeño hormigueo, pero, por favor, no digas nada, si no quieres que las dos salgamos disparadas. Del es bueno, pero esta llave no es la misma que usaron esos matones que te pusieron esto. Vale. ¿Lista?

Jackie asiente y me mira directamente.

—¡Ya! —dice Sharon con una nota de triunfo en la voz, y pasa a Lin.

Las primeras palabras que salen de la boca de Jackie son exactamente las que esperaba.

—Me cago en la puta. Esto era peor que aquel asqueroso retiro de meditación al que fui hace veinte años.

«La misma Jacko de siempre», pienso, y hablo con ella, con ella de verdad, por primera vez en dos décadas.

76

Cuando entramos por el camino de tierra ante la casa de los Ray, Del y Sharon ya nos lo han explicado todo: el trabajo encubierto de Poe, que ha tenido éxito, el arresto programado de Del, el rescate de Steven.

—Esa parte fue fácil —dice Sharon—. Estaba un piso por debajo del laboratorio. Junto con unos pocos chicos del ejército que pensaban que podrían tomar el edificio. Pero no lo consiguieron. Esos chicos tenían más valor que cerebro. —Miro a Petroski, que mira al vacío, al aire que tiene delante—. Lo siento, no me refería a usted, soldado.

Por la forma en que sus ojos se mueven hacia arriba y a la izquierda, es eso exactamente lo que quiere decir.

—Lo hizo muy bien, Sharon —digo yo, viendo que un brillo de confianza ilumina los ojos de Petroski.

Poe apaga el motor y da la vuelta para dejarnos salir. Cuando ayuda a bajar a Lin, su diminuta mano desaparece en la de él. Los dos juntos forman una especie de ridículo cuadro a lo King Kong. Lorenzo salta y me tiende ambas manos.

—¿Jean?

La voz de Patrick corta el aire nocturno al mismo tiempo que me dejo caer en brazos de Lorenzo. Me aparto de él y cruzo el camino de tierra hacia mi marido, notando un tirón en ambas direcciones, notando como si estuviera desgarrada en dos.

—Gracias a Dios, cariño —dice Patrick abrazándome. Cuando aparece Steven, los tres nos quedamos de pie en un abrazo triple, hasta que Poe tiene que romperlo.

—Más tarde —dice Poe—. A algunos nos espera una noche muy larga.

Mi larga noche empieza comprobando rápidamente los tres cuerpos dormidos y echados en colchonetas hinchables en el salón de Sharon Ray. Y acaba cuando caigo derrumbada de cara en el hueco vacío junto a Sonia. Lo último que noto antes de dormir es su diminuto pecho que sube y baja debajo de mi brazo. Lo último que oigo es a Poe, en la cocina de los Ray, delineando el plan para mi huida.

Y así es como transcurre el último día.

Patrick nos da un beso y se despide, primero de los gemelos, luego de Sonia, luego de mí y finalmente de Steven. Presta una atención especial a Steven. Nunca se olvida uno de su primogénito, supongo. No es que los quieras más, pero el vínculo es diferente, primario. Mientras se aleja con la única ampolla escondida en su maletín, me alegro de no tener ya perro. Lo tuvimos una vez, una alocada mezcla de collie y beagle y pastor que se sentaba con aire taciturno en la alfombrilla de entrada en cuanto Patrick se iba por la mañana hasta que volvía al ponerse el sol. No creo que pudiera soportar ver esperar a ese perro.

Ya es terrible así.

Todo lo que pasa después de que desaparezca ese coche, con sus luces traseras brillando en la oscuridad previa al amanecer, es un constructo, un vídeo que pongo mientras los niños se pelean por el último *brownie* que ha traído Sharon, y Sonia les dice a sus hermanos en términos bastante claros que ella «sabe» que están haciendo trampas con las cartas, mientras la taza de café de Patrick, medio vacía, se queda en la encimera de una cocina ajena, con el líquido que queda en ella evaporándose y condensándose hasta formar un barrillo espeso y marrón. Todavía me huele a mierda, este café americano, pero me lo bebo de todos modos.

—Voy a echarme un minutito nada más —le digo a Sharon, que está preparando el desayuno para una docena de personas hambrientas.

Ella me hace señas de que me vaya con una comprensión demasiado fatalista, diciéndome que use su habitación, si quiero. Me retiro con el resto de mi café a un sitio que no me resulta familiar, con las persianas echadas y un ventilador de techo que ronronea una nana monótona.

Veo a Patrick aminorar el paso y detenerse en la puerta de seguridad, enseñando su tarjeta de identificación al agente del servicio secreto, un hombre que lleva un pinganillo en el oído en lugar de una insignia de las SS bordada en el brazo. Aparca y creo que mira al cielo, quizá hacia ese fragmento en el este donde el sol intenta abrirse camino entre la oscuridad.

La reunión está prevista a la hora del desayuno, pero Patrick debe de tener la sensación de que es la Última Cena, y que él es el Judas de la multitud, pasando una taza envenenada.

Ese era el plan, ponerlo en el agua. O el café. O el champán que seguro que abrirán y verterán en delicadas copas flauta de cristal, para que doce huéspedes distinguidos vayan bebiendo mientras se felicitan los unos a los otros.

Uno es el presidente Myers. Otro es Bobby Myers, milagrosamente recuperado de su viaje de seis días a la tierra de la afasia. Nunca sabré si el daño cerebral era real o inventado, pero si tuviera que apostar, ya sé dónde pondría mis fichas. Luego están el reverendo Carl y Thomas el Intimidador. Seis miembros de la Junta de Jefes del Estado Mayor están presentes también, así como el fiscal general y el presidente del Tribunal Supremo, ambos notorios partidarios del Movimiento Puro.

Patrick es el número trece. El Judas Iscariote del Despacho Oval.

Echada en la cama, adormilada por el giro del ventilador de techo, esas coincidencias religiosas me resultan divertidas. Agua, vino, trece hombres… El reverendo Carl y su locura. Dicen que Cristo fue una de estas tres cosas: un lunático, un mentiroso o un señor. Loco, malo o Dios, como dice el dicho. No puedo creer que Carl Corbin sea un dios, aunque creyese en tales entidades divinas.

Dios jugará o no jugará a los dados, pero es absolutamente cierto que no los carga con venenos que alteran la mente.

Mi café se ha quedado frío, pero me lo bebo igualmente.

El domingo por la noche (¿hacía de eso solo doce horas?)

Patrick decidió que lo echaría en el agua y el café primero. Luego, lo que quedase en la ampolla, se lo guardaría para sí, por si surgía la necesidad. Tiemblo al pensar en su huida, en la huida de Judas, pero Poe me dice que Patrick insistió en ello. Muchos planes muy bien pensados acaban fallando.

Y eso es lo único que puedo ver. Quizá mi imaginación no esté por la labor. Quizá esté demasiado por la labor, en un vívido tecnicolor y láser. Después de todo, ¿quién quiere soñar despierta con la muerte de su marido?

Compruebo el reloj de la mesilla de noche de Sharon. Sus manecillas dicen que es la hora.

78

$\mathcal{N}$o duermo. No puedo. Por el contrario, me voy con los niños a los establos, y veo que Sonia lleva a sus hermanos a hacer una visita. Ahora tiene muchísimas palabras, un auténtico torrente de ellas.

—Esta —dice dando unas palmaditas a la yegua ruana con una mano y acariciándola entre los ojos con otra— es Aristóteles. Es una chica, aunque Aristóteles era un hombre. Es mi favorita. Sharon dice que es superlista.

Mientras Sonia le entrega trozos grandes de zanahoria, dando instrucciones a los chicos de cómo tienen que poner las palmas planas exactamente para dejar que el caballo coja la zanahoria sin que se lleve unos cuantos dedos al mismo tiempo, saco el teléfono móvil de mi bolsillo y marco un número.

El recepcionista no está demasiado emocionado con mi súbito cambio de planes.

—Señora McClellan —dice con una voz tan nasal y constipada como la de Morgan.

—Doctora McClellan —le corrijo.

Él no se disculpa, sigue con su lección.

—Programamos esas pruebas por anticipado por un motivo. Se suponía que debía de estar usted aquí hace una hora. No sé si podré volver a darle hora hasta... —Oigo roces de papeles junto al teléfono—. Hasta la semana que viene, como muy pronto.

—No importa. No voy a ir a hacerme las pruebas —digo, y cuelgo.

—Vamos, mamá... —dice Sonia—. Te toca a ti darle de comer a Aristóteles.

—Si Aristóteles come más zanahorias, la señora Sharon se va a encontrar con un montón de caca de caballo. Y adivina a quién le pedirá que limpie el establo... —digo.

—Se llaman boñigas, mamá. —Sonia parece absolutamente extasiada ante la idea de pasar la tarde retirando estiércol de caballo. «Pues que le aproveche», pienso.

—¿Puedo ser veterinaria cuando sea mayor? —dice.

—A lo mejor. Pero tienes que ir muchos años al colegio. ¿Estás dispuesta?

—Tú lo hiciste, mamá —dice Steven.

Pienso que me va a explotar el corazón, y sé que tomé la decisión correcta.

—Voy a volver a la casa, ¿vale? —digo, y salgo, secándome las mejillas con el dorso de las manos. El lado izquierdo me arde, aunque no tanto desde que Lin entró en acción y me cambió las vendas. Pero, aun así, la sal pica.

Lorenzo está sentado en el parachoques trasero de la furgoneta, mirando hacia la carretera, esperando.

—¿Qué? —pregunta cuando me reúno con él.

—No puedo irme sin los niños.

—Poe dice que tienes que hacerlo. Aunque... —hace una pausa, como si no quisiera decir el nombre de mi marido— aunque Patrick tenga éxito, las cosas no cambiarán de la noche a la mañana. Tienen nuestros nombres. Tienen fotos. Necesitamos salir del país.

—¿Dónde está Poe, por cierto? —digo cambiando de tema. Ya me he decidido: necesito seis pasaportes, no uno.

—Se ha ido con tu marido —dice Lorenzo. Y luego, levantando la vista, añade—: Hablando del rey de Roma...

El coche de Patrick se acerca a nosotros como un tren desbocado, frenando de golpe junto a la furgoneta. Una nube de polvo se levanta del suelo, y cuando se abre la puerta del conductor sale Poe.

La puerta del pasajero no se abre.

—¿Dónde está Patrick? —digo yo—. ¿Dónde demonios está?

Poe responde chillándole a Lorenzo. Oigo todas las palabras. Ve. Lin. Parar. Sangre. Intento. Ayuda. No. Tiempo.

Mi cerebro llena el resto y abro la puerta trasera de golpe, golpeando el lateral de la furgoneta. El ruido es un golpe sordo. Dentro de mí se oyen gritos, un largo grito final que se va alargando y que finalmente se desvanece y queda en nada.

—¿Qué le ha pasado? —digo, pero no tengo que preguntar.

79

𝒴o quería que el funeral de Patrick fuera algo discreto, pero mirando a mi alrededor, veo a un montón de hombres y mujeres en la pequeña granja de los Ray, y me doy cuenta de que mis esfuerzos han sido en vano. Vecinos que no me importaban nada están aquí, incluyendo a Olivia y a Evan King. Y también Julia, claro. Ella y Steven están hablando con el aire vacilante de niños asustados, que es lo que son, ahora lo sé. Unos pocos amigos han venido en coche desde la costa oeste, ya que los viajes de avión se han suspendido temporalmente.

Todo el país se encuentra en un estado de transición caótica, gracias a Patrick.

En muchos aspectos, todavía le quiero. En muchos aspectos, siento que se haya ido.

La radio y la televisión han permanecido en silencio estos días, y los periódicos están publicando refritos de noticias antiguas. Washington D. C. está completamente bloqueada, mucho más que la cámara acorazada de un banco. El huracán de terror quizá haya terminado ya, pero sabemos que la tormenta todavía durará. Sabemos que todavía no estamos seguros.

Del y Sharon han decidido quedarse, sin embargo, y Jackie se quedará en la granja para ayudar con la resistencia, para limpiar las ruinas y reconstruir.

—Yo también me quedo —le digo después de que entierren a Patrick—. Quiero quedarme.

Ella me trata con la misma dureza que me ha tratado siempre, desde que éramos jóvenes e idiotas. O mejor dicho, yo era idiota. Yo creo que Jackie nunca lo fue.

—Tienes que irte —dice Jackie—. Y ahora mismo, joder. —Cuando intento protestar, me pone una mano en el vientre—. Sabes que tienes que hacerlo, Jeanie.

Y tiene razón, claro está. Jackie siempre ha tenido razón en algunas cosas. Me coge entre sus brazos, ahora ligera y nervuda, debido al trabajo físico, y en el abrazo lo noto todo. Gratitud. Orgullo. Perdón. Ya no hay burbujas a mi alrededor.

—Venga, chica. Te espera tu hombre —dice, y rompe el abrazo.

«Mi hombre.»

Me parece demasiado pronto para pensar en Lorenzo como mi hombre, mi amante. Pero noto su mano en mi espalda al acompañarme hasta la granja. El gesto es muy sencillo y muy complejo al mismo tiempo. En parte quiero volver, correr hacia el montículo de tierra donde está enterrado Patrick, pero no lo hago. Me quedo con Lorenzo y recojo a los niños, diciéndoles que empiecen a hacer el equipaje.

Quizá una pequeña parte de mí se quede aquí, en esta granja. Para hacer compañía a Patrick.

Chris Poe meneó la cabeza cuando le pregunté qué había ocurrido en la ciudad. Insistí, sin embargo. Es bonito ser capaz de insistir otra vez, aunque la información que pedía fuese difícil de escuchar.

La vida nos arroja sus pequeñas ironías a la cara. De modo que el hecho de que Morgan LeBron, el incompetente idiota al que me cargué solo hace unos pocos días, fuera la causa de la muerte de Patrick me sorprendió menos de lo que sería de esperar.

—Yo no estaba allí dentro —me dijo Poe examinando un terrón de tierra que se le había pegado al zapato—. Y el señor… Patrick, salió corriendo por la puerta lateral como un jabalí salvaje que huele la sangre.

Asentí, para hacerle saber que podía seguir hablando.

—Sí… —Poe aplastó con su zapato el terrón, haciendo girar la punta hasta que ya no quedó más que polvo—. Lo único que oí fue: «¡Bloqueo! ¡Bloqueo!», y algo sobre el memorándum de Morgan. Bueno, eso no es del todo cierto. —Otra bola de arcilla sufrió también bajo la bota izquierda de Poe—. Oí disparos. ¿Sabe que siempre hay unos tipos en los tejados de la Casa Blanca? ¿Esos a los que nadie ve?

—Lo sé.

—Bueno, pues esos fueron los que dispararon. No sé qué más decirle, doctora McClellan.

—Jean —dije cogiéndole la mano—. Jean está bien.

Se volvió para irse, con los hombros caídos y los puños muy hundidos en los bolsillos. Luego se volvió a mirarme.

—Solo sé una cosa, Jean. Cuando su marido recibió esa bala, juro que estaba sonriendo.

—Gracias —dije—. Para mí con eso basta.

Y sigue siendo verdad.

80

*E*n Canadá hacía calor en junio y julio, mientras conseguíamos hacer todo el papeleo y esperábamos a que las seis peticiones de pasaporte fueran abriéndose camino poco a poco por las oficinas de Montreal. Me habría gustado quedarme, aunque solo fuera durante los meses de verano. Había algo muy consolador en los lagos y ríos, a medida que los días calurosos se iban transformando en noches frescas y tranquilas. Pero nos llamaba el hogar, y nunca se me ha dado bien el francés. Y también tenía que ver a mi madre.

La costa sur de Italia, por el contrario, no es tranquila, en absoluto. Los turistas han invadido nuestra soñolienta ciudad, y vendrán más aún en agosto. Pero, aun así, aquí es donde quiero estar.

Lorenzo lleva trabajando en su proyecto día y noche, desde que llegamos el lunes. Dice que tendrá el suero preparado para el fin de semana, gracias a las notas que Poe robó de su despacho, allá en Washington. Ha prometido llevar a los niños a una excursión a Capri, cuando termine. Se le da bien tratar con ellos, y Steven, aunque al principio estaba receloso, ha empezado ya a tratarle como si fuera un hermano mayor.

Me parece bien.

Hemos ido siguiendo las noticias desde que cruzamos la frontera de Maine a Canadá, y luego el Atlántico, desde Canadá hasta aquí.

La radio y la televisión volvieron de nuevo a la vida; las imprentas empezaron a funcionar y a sacar periódicos de nuevo. Las mujeres se manifestaron en silencio hasta que se liberaron sus muñecas y sus palabras. Jackie parecía estar a la cabeza de todas las manifestaciones. Me escribe diciendo que, cuando esté preparada, vendrá a visitarnos.

No creo que volvamos nunca a Estados Unidos, ni siquiera ahora que mi segundo país ha vuelto a ser lo que era antes de este último año; ni siquiera ahora, que un nuevo presidente ha cogido las riendas del anterior, explicando en los términos más sencillos que nunca permitirá que América repita el desastre en el que cayó en los últimos doce meses. Con los primeros once hombres en la línea de sucesión muertos por el veneno, esperando el juicio por conspiración o renunciando al cargo, la tarea de reconstrucción recayó, entre todas las personas, en el secretario de salud y servicios humanos. Irónico, realmente, cuando pienso que quizá habría sido el siguiente trabajo de Patrick.

Jackie trabaja también voluntariamente como coordinadora de campaña. En su carta de la semana pasada me contaba cosas de las elecciones de mitad de periodo de gobierno, de que el Congreso estaba volviendo a la normalidad, y lo mejor de todo quizá, de todas las mujeres que se estaban presentando para los cargos. «Imagínate, Jeanie —escribía—. Un veinticinco por ciento en el Senado y el Congreso. ¡Veinticinco! Tendrías que volver y meterte tú.»

«Quizá el año que viene», le escribí yo. Y era sincera.

Por ahora, sin embargo, Jackie tiene mi apoyo financiero y moral. No estoy dispuesta a meterme en política, ahora mismo no. A los chicos les encanta el sol y el aire de Italia, la segunda lengua de Sonia está empezando a ser tan expresiva como la primera, y todo el mundo está muy emocionado con el bebé que está a punto de nacer.

Y yo también disfruto mirando a las mujeres aquí. Hablan con las manos, los cuerpos y las almas, y cantan.

Agradecimientos

*U*n hombre llamado Stephen King dijo una vez: «Nadie escribe una novela larga solo». Yo tenía unos diez años o así cuando leí esas palabras por primera vez al principio de *El misterio de Salem's Lot*. Todavía me parecen muy ciertas hoy.

Voz nació de múltiples madres y padres, y les debo dar las gracias a todos ellos:

A mi agente, Laura Bradford, por su honradez y su sinceridad, y por animarme siempre. Ningún escritor podría desear un defensor mejor de su obra.

A mi editora en Estados Unidos, Cindy Hwang en Berkley; a mi editora en Gran Bretaña, Charlotte Mursell, en HQ HarperCollins; y a los equipos de ambas editoriales, por su entusiasmo.

A mis primeros lectores, Stephanie Hutton y Caleb Echterling, por leer a toda velocidad una novela escrita en dos meses y hacerla brillar.

A Joanne Merriam y Upper Rubber Boot Books. Si no hubieran solicitado originales para la antología *Broad Knowledge: 35 Women Up to No Good*, el cuento de la doctora Jean McClellan quizá no habría existido nunca.

A Ellen Bryson, Kayla Pongrac y Sophie van Llewyn, que criticaron el relato con ojos agudos y me animaron a seguir.

A la enorme multitud de escritores y editores de microrrelatos que me han apoyado de una manera extraordinaria y han alabado mi obra breve a lo largo de los años. Todos sabéis a quiénes me refiero.

Y a ti, querido lector, que serás al final el que juzgue esta historia. Espero que la disfrutes. Sobre todo, espero que te ponga un poco furioso. Y que te haga pensar.

Y finalmente, a mi marido, Bruce, que me apoya en casi todo lo que hago. Y que nunca jamás me dice que no hable tanto.

© B. DELCHER

Christina Dalcher

Christina Dalcher es doctora en Lingüística por la Universidad de George-town. Se ha especializado en el campo de la fonética y los sonidos de los dialectos italianos y británicos. Ha impartido clases en distintas universidades de Estados Unidos, Inglaterra y Emiratos Árabes Unidos. Christina y su marido actualmente reparten su residencia entre el sur de Estados Unidos e Italia. *Voz* es su primera novela.